Lv 2 から
チートだった元勇者候補のまったり異世界ライフ
Chillin Different World Life
of the EX-Brave Candidate was Cheat
from Lv 2
Miya Kinojo 鬼ノ城ミヤ
Illustrations by 片桐

Name
バナザ／フリオ
∞
Name
フェンリース
∞

Name
魔王ゴウル／ゴザル
∞
Name
ウリミナス
∞
Name
バリロッサ
∞
Name
ツーヤ
∞
Name
金髪勇者
∞

――一夜を明かして
「旦那様……」

Level 2
ATK……∞
DEF……
AGI……∞
MP……∞
HP……∞
Chil in Different World Life
Lv2からチートだった
元勇者候補の
まったり異世界ライフ
著 鬼ノ城ミヤ イラスト 片桐

Level 2～

Lv2からチートだった元勇者候補のまったり異世界ライフ

Contents

Chillin Different World Life of the EX-Brave Candidate was Cheat from Lv2

第一章 勇者候補

王都パルマの城下町にあるここ卸売市場関係者専用の荷馬車専用積込場には、今日も卸売市場へ荷物を運び込んだり、購入済の荷物を積み込んでいる荷馬車が列をなしていた。

この大陸の中央にあり、そのすべてを統括している巨大都市パルマ。

ここでは、常に多数の人々や荷馬車が昼夜問わず行き交っており、都市の繁栄を支え続けていた。

もっとも、人種至上主義を唱えるボブルバム教を庇護《ひご》し推奨しているため、王都に亜人の姿は少ない。いたとしても奴隷か、裏通りでひっそり暮らしているのがせいぜいである。

これが王都から遠く離れた辺境の地となると、逆に人種の姿を見ることの方が稀《まれ》となる。

そんな王都パルマの荷馬車専用積込場でスペード商会の商人・バナザは今日も忙しく歩き回っていた。

荷馬車への購入品の積込作業を指揮しながら、辺境から戻って来たばかりの荷馬車隊の荷物の積み下ろし作業を同時進行で進めているバナザ。大手商会のスペード商会だけあり、その荷物量は相当なものなのだが、バナザはこれを涼しい顔で処理し続けていた。

生まれも育ちも王都パルマのバナザは、幼いころから算術に長《た》けており王都の学校でも幼少部の頃からその名を知らない者がいないほどの有名人となっており、高等部を卒業すると同時にスペード商会へと就職した。

商会に就職すると、算術だけでなく商才をも発揮し始めたバナザは、売れる品を見極める能力、容赦ない値引き交渉、それでいて誰とでも分け隔てなく接する気さくな性格も相まって、商会の上司からだけでなく、本来商売敵であるはずの他の商会の者たちからも好かれているという稀有《けう》な存在であった。

また、バナザは一見すると女性ではないかと見間違うばかりの美形な顔だちをしており、均整の取れた体つきも相まって、彼に恋心を抱く女性も多いのだが、仕事をするのが楽しくて仕方がない今のバナザは、女性からの誘いよりも仕事を優先し、毎日遅くまで残業し、休みなく働き続けていたのであった。

「バナザよ、あと何箱積めばいいのじゃ？」

荷馬車に荷を積んでいた集団の中、黒い鎧《よろい》に身を包んだ鬼人がバナザの姿を見つけると声をかけた。

「クロさん、お疲れ様。そうですね、あとそっちに一山、五箱を積んでください。それで申し訳ないのですが、このあとの商談次第であと四、五箱追加になる可能性がありますので、みんなで食事でもしながらお待ちいただけますか？」

バナザは、書類を確認しながらそういうと、腰の袋から金貨を取り出しクロに差し出していく。

そのバナザの行為に、周囲の商売人たちが一斉にざわつき始めた。

（おい、あいつ、亜人に金を渡してるぞ）

（亜人なんぞ隅で待たせとけばいいだろうに）

（まったく、あいつは変わってやがる）

ぼそぼそとした話し声が周囲にまん延する中、クロは困ったように首をかしげた。

「バナザよ、気持ちはありがたいのじゃが……ワシは鬼人じゃ……亜人じゃで、そう気を使わんでくれ」

だが、バナザはそんなクロへ、飄々《ひょうひょう》とした笑顔を向けると、

「それがどうかしましたか？　取引の相手に僕の都合で待っていただくのですよ？　これくらいさせていただかないと、むしろ僕の気持ちが収まりません」

そう言うとバナザは、金貨をクロの手に無理やり持たせた。

「じゃ、じゃがのう……」

それでも、困惑の声を上げるクロ。

すると、そんな二人へ、一人の女商人が笑顔で歩み寄ってきた。

「クロさん。バナザさんは一度言い出したら絶対に聞かないのはご存じでしょ？　おとなしく隊商のみんなと五龍亭にでも行って、食事をしてきなさいな」

その女商人の言葉を聞いたクロは、

「そ、そうか？　まぁ、亜人のワシらにもいつもよくしてくれるバナザが気を使ってくれて、クインがそう言うんじゃしな……仕方ない、おとなしくご馳走《ちそう》になるとするか」

そう言うと、自らの荷馬車隊の方へ視線を向けて、

「おい、野郎ども！　バナザさんのおごりで飯に行くぞ！　全員バナザさんにきっちり礼を言って

からワシについてこい」

ガハハと笑いながら街道裏の方へ向かって歩いていく。

その声を受けたクロの荷馬車隊で作業していた他の鬼人達《たち》は、一斉に荷馬車での作業の手を止めると、まず、バナザの前へと移動していき、

「バナザさん、いつもすんません」

「ゴチになってきまさぁ」

「恩にきますぜ」

そう口々にお礼の言葉を述べると、街道裏へと歩いて行ったクロの後を慌てて追いかけていった。

バナザはそんなクロ達を笑顔で見送ると、その視線を横の女商人クインへと向けた。

クインは、クイン商会という小さな商会の会長の一人娘であり、クイン商会の仕入れ全般を若くして取り仕切っていた。

バナザ同様、この王都で生まれ育ちながら亜人達のことを全く差別することなく接しており、彼女が配下として雇用しているのは、すべてコボルトという亜人であるという点でも、皆から奇異の目で見られることが多かった。

そのため、気立てがよく、美人でスタイルがいいにもかかわらず、クインには浮いた話がまったく聞こえてこないのだが、一部では、

「クインはさ、バナザと付き合ってるんだろ？　変わり者同士でさ」

と揶揄《やゆ》する声も少なくなかった。そんなクインに、バナザは飄々とした笑顔を向けると、

「助かったよクイン。このお礼はいつかするね」

そう言うと両手を合わせてクインを拝むような仕草をした。

そんなバナザに、クインは、

「いつものことじゃない、気にすることはないわよ」

そう言い、にっこり笑顔を返した。

そんな二人の周囲の人々は、あからさまに二人と距離を取っており、ひそひそ話を続けていた。

それは、
亜人を差別することなく、いつも屈託なく接しているバナザ。

そして、それどころか、亜人を雇用し奴隷ではなく雇用しているクイン。

その二人を蔑み、奇異の目で見つめ続けているものにほかならなかった。

バナザは、そんな周囲を見回していくと、

「……別に、亜人と仲良くすることってさ、変なことじゃないと思うけどなぁ」

そう言いながら、その顔に苦笑を浮かべた。

そんなバナザに、クインもまたその顔に苦笑を浮かべ、

「そう言える王都の人って、そうはいないんじゃないかな？　今、この市場に限って言えば、おそらく私とあなたの二人しかいないと思うしね」

クインの言葉に、バナザは、少し寂しそうな表情を浮かべた。

「……いつかさ、人だからとか、亜人だからとか……そんな差別のない世界になってくれないもの

かなぁ」

そう言いながら空を見上げるバナザ。クインも、バナザ同様に空へ視線を向けた。

「そうね……それにはまず私たちのような若い世代から頑張っていかなきゃならないかもだけど……さてさて、何からしたらいいんでしょうね」

そう言い、少しおどけた表情を浮かべるクイン。バナザは、そんなクインを見つめながら、

「そうだね……僕には……何が出来るんだろう……」

そう言いながら、自分の手のひらを見つめた。

「……あれ？」

そのとき、バナザは、自らの手が何かおかしいのに気が付いた。

気のせいか、手が輝いているように見えたのである。

バナザは何度か瞬《まばた》きし、改めて自分の手を見つめる。その輝きは納まるどころかさらに輝きを増していき、あっと言う間にバナザの体中を覆っていく。

「な、なんだ!?」

困惑の表情を浮かべるバナザ。

そして、その光は唐突に消え去った。

同時に、その場からバナザの姿も消え去っていたのだった。

「そういえば、バナザ、今度さ……」

クインは、少し照れくさそうにしながらバナザへ視線を向けて言った。

だが、そこには、先ほどまでそこにいたはずのバナザの姿はなかった。

「あれ？　バナザ？」

クインは、怪訝《けげん》そうな表情を浮かべながら周囲を見回した。

だが、バナザの姿はどこにもなかった。

「バナザ？」

もう一度その名を呼ぶクイン。

だが、その声に返事はなかった。

◇クライロード城◇

『一九八人目の勇者候補の召喚に成功しました』

……はい？

聞きなれない声を耳にしたバナザは、その目を開いた。

その途端、バナザはその目を丸くした。

バナザは、つい先ほどまで荷馬車専用積込場で作業をしており、顔なじみのクインと談笑していたはずであった。だが、今バナザの周囲を取り囲んでいるのは、どこか教会を思わせるような造りをしている巨大な空間であり、バナザはその中央付近に立っていた。

その周囲には複数の魔法使いらしき女たちが詠唱を行っており、その詠唱によってバナザの足元の巨大な魔法陣がゆっくりと回転していた。

ちなみに、この世界では魔法を使用することが出来る者の呼称が男女で違っており、男を魔導士といい、女を魔法使いという。例外的に最上位以上の魔法を極めた者のみ男女ともに大魔導士を名乗ることを許されていた。

（な、なんなんだ、一体……ここは、どこなんだ？）

先ほどまでいた市場とは明らかに違う周囲の様子に、バナザはただただとまどい、その場に立ち尽くしていた。

ほどなくして、バナザのもとに一人のメイド服をまとった女が歩み寄ってきた。

女は、バナザの前で一度スカートを左右に広げながら優雅に一礼すると、

「我が世界へようこそ勇者候補様、さぁ、こちらへお越しくださいませ」

そう言いながら、バナザに対し右手で前に進むよう促した。

だが、バナザは動けなかった。

自分の目の前にいるメイド服の女の言葉が自分に向けられていると理解出来なかったため、その場に立ち尽くしたままになっていたのである。

バナザが立っているのは、祭壇とおぼしき場所の中心であり、その周囲を何人もの司祭や魔導士風の人達が取り囲み、何らかの魔法を詠唱し続けていた。

この祭壇は、更に大きな建物の中にあるらしく、数枚のステンドグラスから差し込んでいる陽光だけでは、その全容を見渡すことは出来なかった。

「勇者候補様、次の候補者の方が間もなく召喚されます。急いでこちらへ移動してください」

呆然《ぼうぜん》としたまま周囲を見回していたバナザの手を、先ほどのメイド服の女が引っぱり、バナザを魔法陣の上から移動させていった。

魔法陣から降りたバナザに対し、メイド服の女は、一度きちんと向き直ると恭しく一礼した。

「勇者候補様。この度は我がクライロード魔法国の呼びかけに応じてくださりありがとうございます。早速ですが、勇者候補様には、能力測定を受けていただきます」

（……呼びかけ？……応じた？……僕が？）

メイド服の女の言葉に、どんどん混乱していくバナザ。

メイド服の女はそんなバナザの様子に気が付いたらしく、にっこり笑むと、

「いきなりの出来事に混乱されていますね。それはもう当然でございましょう。では、水晶の間へご案内する間に簡単に事情をご説明させていただきますね」

そう言うと、メイド服の女は、バナザをいずこかへ案内しながら説明を始めた。

「ここクライロード魔法国は、あなたの住んでいた世界とは別の世界に存在する国家でございます。このクライロードは、この世界の中央に位置しておりまして、同時にこの世界最大の領土を誇る巨大国家でございます。

この世界の中に数多《あまた》存在しております多くの国々と盟約を結び、その盟主としてこの世界を統治しているのでございます」

メイドは、廊下を曲がると、バナザをその先へと案内していく。

バナザは、メイドの話を聞きながら、周囲を見回しつつその後をついていった。

かつて王都パルマで仕事をしていた際に、王都の城にも出入りした経験のあるバナザなのだが、今彼が歩いている城内の様子は、パルマのそれとは明らかに違っていた。

（……信じられないけど……このメイドさんの言う通り、僕は本当に異世界に来てしまったみたいだ……）

バナザは、その額に汗をかきながら、メイド服の女の後に続き廊下を歩き続けていた。

そんなバナザに、メイド服の女は言葉を続けていく。

「そんなクライロードが統治するこの世界は、長く平和な日々を送っていたのです。……ですがその平和な日々を、魔王が奪い去っていったのです」

メイド服の女は、そう言いながら顔を伏せた。

「はるか昔、伝説の勇者によって倒された魔王は、以後その後継者が現れることもなく、魔王族は完全に死に絶えたと思われていました。……ですが、その魔王はいきなり現れたのです……強大な力とともに……。新たに出現した魔王は世界征服を宣言し、大侵攻を開始しました。魔王軍は強く各地の都市は瞬く間に蹂躙《じゅうりん》されていきました。この侵攻に対し、我がクライロード魔法国は古《いにしえ》の伝承に従い異世界から勇者たりうる人物を召喚し、その侵攻に対抗しようとしているのでございます」

「……ちょっといいかな……よくわからないんだけど……古の伝承とはいえ、なんで異世界から召喚してくるんだい？　どうせならこの国の力を持った騎士や冒険者を勇者にした方が、その力量もよくわかっているし、確実なんじゃないのかな？」

バナザの言葉に、メイド服の女は一度頷《うなず》くと、

「それはですね、古の伝承によりますと、異世界からこの世界に呼び寄せられた者には、ほぼ例外なく神界の神より加護が与えられる、とされているからなのです。

この天啓とも呼ばれている加護はですね、普通の人族がいくら鍛錬を繰り返したとしても到達することが出来ないほど強力とされています。そのため、この世界の強き者を勇者に任命するよりも、より強力な勇者が誕生するのです。

百年以上昔にこの地に召喚され、魔王を倒した勇者様は、召喚された時点で、レベル１の段階にして、力・守り・速さ・魔力・ＨＰの主要五項目の値がすべて９９９という破格の能力に加え、強力なスキルまで数多く備えられた状態でこの地に召喚されたのです」

メイド服の女の話によると、この世界での標準的な主要五項目の値は、10であり、レベルが上がっていくと、この数値が上昇していくのだという。レベル１で数値のすべてが９９９というのは、奇跡でも起きない限りまずありえないのだという。

レベルが上がっていけば、その数値も上昇していくのだが、初期値の数値が高ければ高いほど、その数値の上がり方も半端なく大きくなるのが通常らしく、先の伝説の勇者もレベル48の状態ですでに数値が強大すぎて勇者本人にも正確な数値が確認出来ないほどに成長していたのだという。

メイド服の女に案内され、バナザは、とある一室へと通された。

部屋に入りながら、バナザはメイド服の女へ視線を向けていった。

「っていうか、そもそもなんで僕が召喚されたんだい？　僕はただの商人だ……多少剣は使えるけ

ど、害獣を一人で倒せるほどの腕前じゃない……そんな僕が勇者候補だなんて……どう考えても間違って召喚されたとしか思えないんだけど……」

そう言いながら、バナザは困惑の表情を浮かべていた。

そんなバナザに、メイド服の女はにっこり微笑《ほほえ》んだ。

「その身に秘められた力というものは、えてしてご自分ではわからないものなのですよ。かつての伝説の勇者も、元は軍の落ちこぼれだったといわれています」

そう言うと、メイド服の女はある一か所を指さしていった。

「さぁ、その能力を測定いたしましょう……バナザ様、この水晶に手をおかざしください」

メイド服の女が指さした先には、バナザの腰の高さくらいにしつらえられている台があり、その上に青い水晶がおかれていた。その水晶は神々しい光を放ち続けていた。

「こう……ですか？」

バナザは困惑しながらも、言われるがままにその水晶へ手をかざした。

メイド服の女は、そんなバナザに向かって恭しく一礼すると、その水晶の中を覗《のぞ》き込んでいく。

「……え？」

メイド服の女は目をぱちくりさせると、一度その水晶から目を離し両目をこすった。

そうしてから、再び水晶の中を覗き込んでいく。

「……なんということでしょう……」

メイド服の女は、両肩を震わせながら、思わずその口元を押さえ絶句した。

そんなメイド服の女の姿を、バナザは水晶に手をかざしたまま見つめていた。

その水晶の中には、

Lv……1
力……9
守……8
速……6
魔……1
HP……10
スキル　算術・商才

そんな文字が並んでいたのであった。

その数字を目にしたバナザは、なぜメイド服の女が絶句しているのか理解した。

先ほどのメイド服の女の説明によれば、バナザの能力はこの世界のごく一般的な成人男性とほぼ同じ数値でしかないと表示されているのである。

スキルにしても、召喚の天啓として神から与えられたというより、元の世界で商人であったバナザがもともと持っていた物と思われた。

「神による天啓の痕跡が皆無……そんな……こんなケース、はじめてです……ありえません」

信じられないといった表情を浮かべ困惑し続けるメイド服の女。

その様子に気が付いたらしく、周囲にいた他のメイド服の女達や魔法使い達が二人の周囲に集まってくる。その者達は、バナザの前にある水晶の数値を確認すると、皆一様に狼狽《ろうばい》し困惑した表情になっていった。

瞬く間にバナザの周囲は騒がしくなり、なにやら小声で相談を始めている者達の姿も見受けられるようになっていった。

(大失敗だ……すぐに元の世界に送り返せ)

(いや、もう少し調べた方がいい、まったくなんの痕跡もないというのは不自然すぎる)

(だが、転移ゲートが閉まってしまうと……)

そんな時だった。

「あぁ！　素晴らしい！　伝説の勇者様に匹敵する力をお持ちの方が召喚されました！」

バナザのすぐ隣。

先ほど部屋に入ってきて水晶に手をかざしたばかりの人物の前で、バナザを連れてきたメイド服の女とは別のメイド服の女が、感涙にむせびながら、歓喜に打ち震えた声を上げていた。

「どうしたのですか、チハヤ?」

周囲にいたメイド服の女達が、そのメイド服の女の声を聞き、その周囲へと集まっていく。

そんな一同は、チハヤと呼ばれたメイド服の女が見つめている水晶へと視線を向けた。

この人物の能力値が表示されているその水晶の中には、

Lv……1
力……999
守……999
速……999
魔……999
HP……999
スキル　習得前

という数字が並んでいた。

先ほどのメイド服の女の説明によれば、これは百年以上前にこの地に現れたという魔王を倒した勇者が召喚された際と同じ数値ということになる。

その水晶の前にいる男性は、屈強な肉体を豪華な鎧に身を包んでおり、どこかの国の騎士なのだろうと容易に想像出来た。

切れ長の目に、金色の長髪。男ですら魅了されかねない美貌を兼ね備えているその男は、

「そうか……私がこの世界を救う勇者に選ばれた、と、いうことなのだな」

「そうです！　勇者様！　我らをお救いくださいさい！」

いつの間にか、バナザの前にいたメイド服の女までもが、その金髪の騎士の元へと駆け寄り歓声

を上げていた。

その噂《うわさ》を聞きつけた者たちが次々と部屋に入ってくる。その者達は、金髪の騎士の水晶の数値を目にすると、皆一様に歓声を上げ、歓喜し、感涙した。

部屋の中は瞬く間に人であふれかえっていき、皆が金髪の騎士へ歓声を上げていく。

その様子を横目で見つめながら、人の波に押されて部屋の隅へと追いやられてしまっていたバナザは、ただ茫然《ぼうぜん》とその場に立ち尽くしていたのだった。

◇クライロード城・玉座の間◇

「お父様、お話があります」

玉座の間に、足早に入ってきた一人の女が、玉座に座っているこの城の主《あるじ》であるクライロード王の前で片膝をつくと、ひれ伏しながら声をかけた。

「なんじゃ第一王女よ……ワシは忙しいのじゃ……新しく召喚された勇者の誕生の宴《うたげ》に参加せねばならんのじゃからな」

そう言いながら、王は玉座から立ち上がった。

すると、第一王女と呼ばれたその女は、立ち上がると王の前に立ちふさがった。

「その異世界の勇者を魔王討伐に向かわせる件、今一度お考え直しいただけませんか？　すでに二百名近い勇者候補を召喚いたしました……その中で、少しでも勇者の素質があると見込まれる者は全員魔王討伐へ送り込まれましたが……誰一人として戻ってこないではありませんか……これ以上無駄に犠牲者を増やすのは……」

「何が無駄なものか！　現に魔王が退位し、その息子が魔王の座を継いだとの噂がある……これこそ、送り込み続けた異世界の勇者の誰かが前魔王を倒した証拠ではないか」

「それですが……敵にも味方にも残虐非道であった前魔王の行いに怒った魔族たちが反乱を起こした結果との噂もございます」

「えぇい、くどい！」

王は、いらだった様子で眼前に立ちはだかっている第一王女を突き飛ばした。

「あぁ」

床に倒れこむ第一王女を、王は見下ろす。

「今度召喚された勇者候補は、かつて魔王を倒した伝説の勇者並みの逸材と聞く……きっとこやつが魔王を倒し、勇者候補召喚を終わりにしてくれるはずじゃ」

第一王女に向かってそう言い放つと、王は玉座の間を後にしていく。

その途中、側近の一人を手招いた王は、近づいてきた側近の耳元に口を寄せた。

（よいか、勇者候補の召喚は続けるよう指示を出しておけ）

（で、ですが、今回の勇者様は）

（馬鹿者、今回の勇者で魔王が倒せると決まったわけではあるまい。

魔王が倒されたとの報告が届くまで、勇者候補の召喚は続ける……わかったな）

王の言葉に、側近はようやく頷くと廊下を足早に駆けていった。

その後ろ姿を見送った王は、側近とは逆方向へと歩いて行ったのだった。

第一王女は、そんな王の後ろ姿を、床に倒れこんだまま見つめていた。

「第一王女様……」

そんな第一王女に、第一王女お付きの女騎士達が駆け寄った。第一王女を助け起こそうとする女騎士。だが第一王女はそれを手で制すると、自らゆっくり立ち上がった。

（どうすれば……どうすればいいの）

第一王女は、肩を落としたまま玉座の間を後にしたのだった。

◇クライロード城・迎賓の間◇

「救国の勇者殿、よくぞこの世界を救いに来てくださった！」

王は、自らの横の席に座っている金髪の騎士に向かい満面の笑みを浮かべていた。

クライロード城の迎賓の間では、勇者誕生の宴と称して城をあげての盛大な晩餐会《ばんさんかい》の真っ最中であった。

王は、金髪の騎士を自分と同列の席に座らせ、ご機嫌な様子で酒を飲み続けていた。

その何杯目かの杯をかざすと、王はおもむろに立ち上がり会場内を見回していく。

「よいか、ワシはこの金髪の騎士殿をこの世界の勇者に任命する。勇者殿のためであればクライロードに生きる者達だけでなく、その盟友国も必ずやそのお力となりましょう」

王がこう宣言すると、会場中から割れんばかりの歓声が上がっていく。

「王様ばんざ〜い！」

「クライロード王ばんざ〜い！」

「勇者様ばんざ〜い！」

「金髪の勇者様ばんざ〜い！」

会場内の大歓声はいつまでも続き、勇者に任命されたばかりの金髪の騎士はそんな皆に向かって笑顔で右手を振っていった。

バナザはそんな会場の隅っこにいた。

あの水晶の間で、金髪の騎士を囲む人々によって部屋の外に押し出されてしまったバナザ。

その後、金髪の騎士とともに部屋の中の全員がいなくなってしまい、途方に暮れたバナザはクライロード城内の目立たない場所を点々とし、いつしかこの会場の中へと紛れ込んでいたのだった。

（な、何かの宴会みたいだけど……ば、ばれたら追い出されるよね、やっぱり）

人々の視線にびくびくしながらも、バナザはそっと料理が並んでいるテーブルへと歩み寄っていく。

そこでいくつかの料理を取り皿へと取っていくと、即座に部屋の隅へと移動した。

物陰に隠れ、安堵《あんど》のため息をもらしたバナザは、取ってきた食事をゆっくりと口に運んだ。

（あぁ、おいしい）

この世界に召喚されて以降、初めて口にする食べ物にバナザは何度も頷きながら、次々と料理を頬張っていった。

空腹が満たされ、どうにか人心地ついたバナザは、改めて会場内を見回していく。

（これだけ人がいれば、何か情報を得られるかもしれない……元の世界に戻る方法もひょっとしたらわかるかも……）

バナザは、そう呟《つぶや》くと、

「あの、ちょっとすみません」

周囲にたむろしている人々へと話しかけていった。


バナザは、あれから何度も、人々に声をかけていった。

だが、声をかけられた者達は皆、

「勇者様を歓待するのに忙しいんだよ！」

「勇者様にお声をかけなきゃいけないのよ！　邪魔しないで！」

といった返事をするばかりで、誰一人としてバナザの言葉に耳を傾ける者はいなかった。

この勇者誕生の宴はその後、三日三晩続いていった。

その間、この会場が一度も閉鎖されなかったおかげもあり、バナザもその会場の一角にあるソファで寝起きしながらこの期間を過ごした。その期間中、何度も何度も人々に声をかけ続けたバナザ。だが、そんなバナザの言葉に耳を貸すものは、いつまでたっても現れなかった。

そして、三日目の夜。

「それでは皆の者、最後にもう一度この金髪の勇者殿に盛大な拍手を！」

王の最後の挨拶をもってこの宴は終了した。

徐々に会場から人々が姿を消しはじめ、ほどなくして会場内の片づけが始まる中。

相変わらず会場の隅のソファに座っていたバナザは、会場を後にする人ごみの中にある人物を見つけ、思わず目を見張った。

それは、最初にバナザを水晶の間に連れて行ったあのメイド服の女であった。

バナザは、部屋を出ていこうとしていたメイド服の女に向かって慌てて駆け寄っていく。

「す、すみません、ちょっといいですか？」

「は、はい？　なんでしょう？」

バナザに声をかけられたメイド服の女は、バナザの顔を見ても、最初はただきょとんとするばかりだった。そんなメイド服の女に、バナザは、

「僕のこと覚えていませんか？　ほら、勇者候補で召喚された……」

なおも言葉を続けていく。

「勇者……候補って……え？　まさかあなた、バナザ様ですか!?」

バナザの言葉を聞くうちに、やっと記憶が戻って来たらしいその女は、目を見開いていき、

「……え、あなた……なんでまだこの世界にいるのですか？」

その顔を真っ青にしていった。そんな女を前にして、バナザはきょとんとなった。

「なんでって言われても……誰も何も言ってくれなかったから……」

バナザの言葉に、メイドはさらに青くなった。

そして、しばらく口元を両手で覆ったまま絶句していたメイドは、ゆっくりと話し始めた。

「勇者候補の召喚はですね、とても難しいんです。勇者としての適性があまりにも低い方が召喚されてしまうことも少なくありません……。そういった方はですね……通常ですと、その日のうちに元の世界へ送還されるのが通常なのです。というのもですね……あなたを召喚するのに使用したゲートは、通常二四刻で閉じてしまうのです。このゲートが一度閉まってしまいますと、同じゲートを探すことは、ほぼ不可能でして……」

メイドの言葉にバナザは思わず絶句した。

バナザがこの世界に召喚されて、今日で三日目である。

二人はしばし絶句したまま、互いに顔を見合わせていたのだった。

◇◇◇

バナザは、城の中のとある一室へ通されていた。

先のメイド服の女によりこの部屋へと通されたバナザは、

「し、少々お待ちください……今、上の者と話をしてまいりますので」

そう言い残して部屋を去っていったメイド服の女の帰りを待ち続けていたのだった。

すでに二刻近く過ぎている。

（僕は……一体どうなってしまうんだ？）

バナザの顔には、焦りの色が浮かんでいた。

そんな部屋の中に数人の魔法使いと、城の役人らしき男が入ってきた。その中の役人らしき男が
バナザの真正面に立ち、魔法使い達がその横に並んでいく。

そして、一同が並び終えると、役人らしき男はバナザに向かっておもむろに口を開いた。

「バナザさんでしたか……この度は我がクライロード魔法国の手違いにより、貴殿に多大なるご迷惑をおかけしましたことを、心からお詫《わ》び申し上げます」

役人の男は、そういうと深々と頭を下げた。

その横に立っていた魔法使い達もそれに続いて頭を下げていく。

役人の男の話によると、バナザは勇者候補不適格とみなされていたため、本来であればゲートが開いているその日のうちに元の世界へ送還されるはずだったのだという。

だがあの日、バナザとほぼ同じタイミングで伝説の勇者並みの能力を持った金髪の勇者の召喚に成功したことで、召喚に携わっていたすべての関係者が我を忘れて歓喜してしまい、すぐに送還しなければならなかったバナザのことを、すっかり忘れていたのだという。

メイド服の女の報告を受けた城の魔法使い達は、必死になってバナザを元の世界へ送還する方法を探った。だが、バナザの世界へのゲートはすでに閉じており、無限に存在するといわれる異世界のゲートの中から、彼の世界のゲートを見つけだすことは出来なかったのだという。

「……城の魔法使いを総動員して探してはみたのですが……」

役人の男の隣に立っていた魔法使いは、そう言うとその場でうつむいた。

「そ、そんな……それじゃあ僕は……」

その言葉を聞いたバナザは、ただただ青くなり、その場で固まるしかなかったのだった。

◇クライロード城・玉座の間◇

翌朝、バナザは城の玉座の間へと通された。バナザの前には一段高い場所に玉座があり、そこにこの城の主であるクライロード王が座っていた。

王は、バナザが部屋に通されて以降、一度も口を開いていなかった。

バナザが軽く頭を下げた際にも、王は無反応のままバナザをじっと見つめるばかりだった。肘掛けに右ひじをかけ、頬杖《ほおづえ》をしたままバナザを見つめるその表情は、どこか不機嫌そうに見える。

しばらくすると、王は横に立っている側近に視線を向け、目で何か合図をした。

すると、王の側《そば》に控えていた側近の男がおもむろに王とバナザの間に歩み出た。側近の男は、バナザへ視線を向けると一度軽く咳《せき》ばらいをし、その手に持っていた紙を開く。

「異世界より参られた元勇者候補バナザ殿に対し、王からのお言葉を伝える」

そういうと側近の男は、手に持っている紙に書かれている内容を読み上げ始めた。

「今回、勇者候補に不適格となった貴殿を送還出来なかった件について、すべてクライロード魔法国の失態であることを認め、心から謝罪するものである。

ついては、貴殿にはこの世界で暮らすことを特別に許可するものである。

ただし、諸般の事情を考慮した結果、街中で暮らすことは禁止とし、北方にあるデラベザの森にのみ居を構えることを許可する。

街への出入りは許可するが、今回の一件を口外することはこれを固く禁ずる。

謝罪の品として、相当額の金と当面の生活に必要な物資を下賜する……以上」

側近の男の読み上げが終わると、王は即座に玉座から立ち上がり、そのまま玉座の間を後にした。

その間、ただの一度もバナザに対して頭を下げることはなかった。

「ち、父上……」

そんな中、王の後方に控えている列の中から一人の女が王の後を追いかけた。

女は、部屋を出る前に、一度バナザへ視線を向けると、深々と頭を下げていった。

側近の男は読み上げていた紙を懐にしまうと、改めてバナザへ視線を向けた。

「デラベザの森への馬車はすでに用意してある。謝罪品もそこで受け取れる手筈《てはず》となっている。さ、即刻旅立たれよ」

側近の男はそれだけ言うと、先ほど王が出ていった扉を通り部屋を出ていった。

王の後ろに並んでいた者達も、ぞろぞろとそれに続いていく。

「え？　ち、ちょっと……」

あっという間にいなくなっていく人々を前にして、バナザは慌てて声をかけていく。

だが、そんなバナザの声に耳をかそうとするものは誰一人としていなかった。

そんなバナザの元に、彼がこの部屋に入る際に使用した扉の方から一人の衛兵が歩み寄った。

「バナザ様、こちらへ」

衛兵はそう言うと、自らが先ほどまで立っていた扉を右手で指示する。

その姿には威圧めいた雰囲気が多分に含まれており、バナザに早くここから出ていくよう促しているのがありありと伝わってきた。

バナザは、その指示にただ従うしかなかったのだった。

◇◇◇

「父上、いくらなんでもひどすぎると思います」

廊下を歩く王のあとを、先ほど玉座の間で王に声をかけた女が駆けよりながら声をかけていた。

王は、肩越しにその女へ視線を向けながら足を止めた。

「何がひどいというのだ、第一王女よ？　勇者候補にすらなれなかった屑《くず》への申し渡しの場にわざわざ同席してやったのだぞ？　十分すぎる対応だと思うが？」

王はそう言うと、その女——第一王女から視線をはずし、再び前を見て歩き始める。

しかし、第一王女はさらに王へ歩み寄った。

「あのお方は、我らの勝手な都合でこの世界に呼び寄せられたのですよ。しかも我らの手違いで元の世界に戻れなくなったのです……そんな方に一言も声をかけず、一度も頭をさげられないなんて王としてあるまじき行為ではありませんか？」

必死に言葉をつづける第一王女。

だが、王はそんな第一王女を一瞥《いちべつ》することもなく廊下を歩いていく。

「……それに、デラベザの森へ住めというのもあんまりです。あの森は以前から魔王軍の者と思われる魔族達が多く見受けられており、魔王軍の前線基地が設営されているのではないかとの噂が絶えないあたりではありませんか。

そんなところに住めだなんて……父上は、あの方に死ねと言っておられるのですか」

ここで、王は足を止めた。同じく立ち止まった第一王女へゆっくり視線を向けると、

「……そうだ……と、言ったら、どうする？」

そう言い、王はその口元にニヤッと笑みを浮かべた。

「……ま、まさか父上」

その氷のように冷たい視線を前に、第一王女は言葉を失い、その場に立ち尽くした。

そんな第一王女を一瞥すると、王は再び廊下を歩き始めた。

第一王女は、そんな王の後ろ姿を呆然とした表情のまま、ただただ見つめていたのだった。

「王よ」

第一王女を置き去りにし歩いていく王の横に、先ほどバナザへ王の言葉を読み上げた側近の男が歩み寄っていった。その男は王の真横に並ぶと、そのまま王とともに廊下を歩き始める。

「あの者を、デラベザの森への馬車へ案内させておきました」

その言葉に王は軽く頷くと、その視線だけを側近の男へ向ける。

「……で、魔法袋に仕掛けはしておいたのであろうな？」

そういう王に、側近の男はニヤリとすると、

「はい、それはもう万事抜かりなく……」

そう王へと返事をした。その言葉を聞いた王は、

「ただでさえ魔王討伐に金がかかって仕方がない時なのだ……仕方あるまいて」

その口元をニヤリとさせ、ふっふっふと、不敵な笑みをもらした。

廊下に、そんな王の笑い声が不気味にこだましていった。

◇◇◇

衛兵に連れられたバナザは、その足で城の入口へと案内された。

そこには、側近の男の言葉どおりすでに馬車が一台とまっていた。

「バナザ様、ではこれにお乗りください」

衛兵は、そういうと馬車の扉をあけた。

有無を言わせないその姿を前にしたバナザは、仕方なく馬車へと乗り込んだ。

(詳しい説明もないまま、いきなり放り出されるのか)

これが体のいい厄介払いなのは、バナザにも理解出来ていた。

勇者失格の烙印《らくいん》を押された自分が城や、その近辺にいては何かと不都合なのであろう。

(とはいっても、せめてもう少し説明してくれても)

バナザがそう思っていると、いきなり馬車の扉が閉められた。

ガチャガチャ。

不穏な音がした気がしたバナザは、中から扉を少し押してみた。

だが、その扉はピクリとも動かなかった。

(外から施錠されたってことか?)

バナザは思わず眉をひそめた。逃げ出す気はなかったものの、まるで重罪人のような扱いを前にバナザは重苦しい息を吐きだしながら席に座った。

ほどなくして馬車が出発した。馬車はかなりの速度で進んでいき、窓から見えていた城の姿があっという間に小さくなっていく。

バナザは、まんじりともしない様子でその光景を見つめていた。

「ねぇ、御者の人」

バナザは、前方についている小窓をあけると、そこから御者の男へ声をかけた。

「なんです? 申し訳ないんですが、あんたとは話をしないようにって言われてるんで、あんまり話しかけてほしくないんですがね」

男は愛想なくそういうと、すぐに押し黙った。

バナザは、そんな男の態度に少しむっとしながらも、

「そう言わないでくださいよ。僕はとある遠い場所から無理やり連れてこられたもんですから、このあたりのことがさっぱりわからないんです。目的地に着くまでの間だけでいいですから、暇つぶ

しがてら僕の話に付き合ってくださいよ」

努めて明るい口調でそう言葉をかけた。

御者は、バナザの言葉を聞いた後しばらくしてから、

「……ちょっとだぞ」

そう、ぶっきらぼうに返事をした。


その後の道中、バナザは御者と会話をかわしていった。

ぽつりぽつりではあるものの、御者はバナザの質問に答えていった。

御者の話によると、デラベザの森は、城からは馬車でも二〇日近くかかる場所にある未開の森で、人族の集落は周囲に存在していないのだという。

「……噂だがな、最近はあのあたりで魔王軍の姿がみられたって話だ……せいぜい気をつけな」

御者の言葉に、バナザはただただ唖然《あぜん》とするばかりであった。

(城に行くのに馬車で二〇日……周囲に人族の街もない……そんなとこでどうやって暮らしていけっていうんだ?)

バナザは、深いため息をついた。

(いくら邪魔者だからって……もう少し、何かしてくれてもいいんじゃないか?……城で、とは言わないけど城下町か、城の近くの街で暮らせるように手配してくれるとか……)

一度はそう考えたバナザだったものの、もしそんなことを言っていたら、城の地下牢《ちかろう》で死ぬまで

幽閉されていたかも……そう思い当たったこともあり、まだ自由がある分ましなのかもしれないな、と、自分で自分を納得させていったのだった。

そして二〇日後、馬車は目的地であるデラベザの森へと到着した。

「それではバナザ様、私はこれで失礼します」

御者は、デラベザの森の少し手前にある草原でバナザを降ろした。

この二〇日間、トイレ以外での下車は認められず、そのトイレの際にも、腰に荒縄を巻き付けられ、御者が同行するという徹底ぶりであった。

バナザは、馬車から降りると思いっきり伸びをした。そんなバナザの周辺には草原があり、その奥にうっそうとした森が姿を見せていた。

「あれがデラベザの森です……あの森の中のどこかでお暮らしください。それと、最後にこれを渡すよう、指示されておりますんで……」

御者はそういうと、小さな布袋をバナザへ手渡した。

「これは……ひょっとして魔法袋かい？」

「知っておられるので？」

「えぇ、前の職場で使ったことがあるものですから……」

御者の言葉に、バナザはそう答えた。

——魔法袋。

一見するとただの小さな布袋なのだが、その中にはちょっとした宝物殿並みの空間が広がっており、魔法の力でどんな大きな品物でも収納することが出来るマジックアイテムである。

この魔法袋は、バナザが元いた世界にも存在しており、商人であるバナザはよく使用していたのである。もっとも、高価なマジックアイテムのため、バナザ個人では所有しておらず、もっぱら勤め先の所有物を借りていたのであった。

「じゃ、使い方は説明しなくても大丈夫そうだが、一応説明書も一緒に渡しておく。じゃ、最後にこの受領書にサインしてくれ」

御者はそういうと、バナザに一枚の紙を差し出した。

そこには「受領書」と書かれており、受領品目としては「魔法袋……一」とだけ書かれていた。

「……あの、魔法袋の中身があってるかどうかを確認したいんだけど」

バナザがそういうと、御者は腕を組み、

「城からはその紙しか受け取ってないんだ。悪いな」

そう、ぶっきらぼうに答える。

(仕方ない、とりあえず魔法袋の中身を確認するだけでサインしようか)

バナザはそう考えると、おもむろに魔法袋へと手をかけた。

すると、御者が血相を変えてバナザの手を押さえた。

「ちょ、ちょっと待ってくれ」

御者のあまりの慌てぶりに、バナザはびっくりしながら視線を向ける。

御者は、そんなバナザを見つめながら、

「その中身を確認するのは俺の姿が見えなくなってからにしてくれ……そ、そうしてもらうよう城から言われているんだ」

そう、上ずった声をバナザへとかける。

その慌てぶりに、何かひっかかるものを感じたバナザだったものの、御者があまりにも頑《かたく》なにそう言い続けるため、仕方なく魔法袋の中身の確認をあきらめ、受取書にサインをした。

御者は、バナザから受領書を受け取ると、そそくさと馬車へと乗り込んでいき、挨拶もそこそこにその場から立ち去って行った。そんな馬車に向かってバナザは、

「二〇日間お世話になりました〜」

そう、大きな声をかけながら手を振った。

だが、御者はその言葉に反応するそぶりも見せないままに、馬車を高速で走らせていった。

その姿は、あっという間に丘の向こうへと消えていったのだった。

バナザは、そんな馬車の後ろ姿を複雑な面持ちで見送ると腰につけていた魔法袋を手に取った。

(僕の世界の魔法袋と、使用方法が一緒だといいけど)

バナザは、ゆっくりとその袋に神経を集中していく。

すると、バナザの目の前の空間にウインドウが現れたかと思うと、その中に、魔法袋の中身と思われる一覧が表示されていった。

バナザは、魔法袋の使用方法が元いた世界と同じであったことに安堵しながら、目の前に現れたウインドウに表示されている内容を確認していった。

【魔法袋】内容物
・金貨……十万枚
説明：クライロード魔法国の通貨（金）
・家構築魔法……一セット
説明：望む場所に家を設置出来る（改造・回収・再設置可能：マジックアイテム）
・永続水袋……一袋
説明：永続的に飲料に適した水を出す袋（マジックアイテム）
・簡易保存食……九九食
説明：保存食
・衣類……二〇着
説明：一般的な冒険者服上下セット（衣服）
・武具セット……八セット
説明：一般的な冒険者用武具セット（武具）
・農工具セット……三セット
説明：一般的な農業・工業・採掘用道具（道具）

何度もその内容を確認していきながら、バナザは腕組みしたまま今後のことを考えていた。

（とりあえず、すぐに家を構築出来るみたいなので住む場所には困らないようだな……それにさしあたっての食料の心配もしなくてよさそうだし……）

バナザは、安堵のため息を漏らしながら、ウインドウを閉じた。

（……ん？）

そのとき、バナザは、妙な光景を目にした。デラベザの森から何かが飛び出してきたかと思うと、一目散にバナザめがけて迫ってきたのである。

よく見ると、それは一匹のスライムだった。

そのスライムは、わき目もふらず、ただひたすらまっすぐにバナザへと突進してくる。

バナザは、慌てて周囲を見回し、身を隠せる場所を探した。

だが、バナザの周辺は一面の草原であり、どこにも隠れることが出来る場所はなかった。

（……これは、戦うしかないのか……な？）

バナザは、慌てて魔法袋から剣を取り出した。

その剣を一目見たバナザは絶句した。

「うわ……ひどい剣だな、これ」

元の世界で商人をしており武具の目利きにも優れているバナザには、その剣が見てくれだけの粗悪品であることを瞬時に見抜いたのである。

そんなバナザに、スライムは一直線に向かってきていた。

（これはもう、やるしかないのか）

覚悟を決めたバナザは剣を構え、迫ってくるスライムに向かって身構えた。

バナザが身構えた次の瞬間、スライムは、地面からバナザに向かって飛びかかった。

「う、うわぁ」

バナザは、体を網のように広げながら自らに迫ってくるスライムの姿に怯《おび》えながらも、手にしている剣を必死に振り回した。

すると、その一撃が運よくスライムの核を貫いたらしく、スライムは力なく地面に落下していき、ほどなくして消滅していった。

その光景を、バナザは剣を構えた姿勢のまま荒い息を吐きながら見つめていた。

「……よかった……なんとか倒せて……」

安堵から、その場にへたり込んでいくバナザ。

するとその時、バナザの眼前に、いきなりウインドウが開いた。

先ほど、魔法袋を確認した際に開いたようなウインドウが彼の眼前に広がったのだが、今回そのウインドウの中に表示されているのは魔法袋の中身ではなかった。

そのウインドウは彼のＬｖが上がったことを告げており、レベルアップに伴って変化した彼のステータスを表示していたのであった。

だが、その表示を確認したバナザは、思わず首をひねった。


【Ｌｖが上昇しました】

Ｌｖ……2
力……∞
守……∞
速……∞
魔……∞
ＨＰ……∞
スキル　∞

「レベルが上がったのはわかったけど……なんだろう？　このよくわからないマークは……」

バナザは、表示されているマークの意味が理解出来ずにいた。

首をひねり、その表示を確認してはまた首をひねるのを繰り返していった。

だが、いくら考えても、バナザにはその答えを導き出すことが出来なかった。

――この「∞」のマーク。

それは「表示出来る上限数値を突破したため表示不能」のマークであった。

バナザは、レベル１の際には、この世界の成人男性並みの能力しかもっていなかった。

しかし、レベルが２に上がった途端に、彼のすべての能力値は歴代の勇者を超越し、魔王をも軽く凌駕《りょうが》するほどのものへと上昇したのである。同時にこの世界に存在するありとあらゆる魔法とスキルをも習得していた。

これこそが、彼がこの世界に召喚された際に神から受けた真の加護『超越者』なのであった。

だが、バナザはそのことにいまだに気づくことなく、ステータス表示を確認し、ひたすら首をひねり続けていたのだった。

◇◇◇

その後も、しばらくステータス表示を見つめながら首をひねり続けていたバナザ。

「……とはいえ、わからないものは、どう考えてもわからない……か」

そう呟いたバナザは、小さく息を吐きだすと、その視線を森の方へと向けていった。

「とりあえず、住む場所をどうにかしないといけないな……」

バナザは、そう呟くと腰につけている魔法袋を見つめていった。

この魔法袋の中には『家構築魔法』が入っている。

そのため、家を建てる場所さえ決めてしまえば、この魔法を使用して家を建てることが出来るため、バナザはそれをどこにしたものかと考えながら周囲をひたすら見回していった。

すると、そんな彼の目の前に、再びウインドウが表示された。

そのウインドウは、先ほどまでのものとは明らかに違っており、ウインドウの周囲が赤く点滅していた。

「今度は……なんだ？」

バナザは思わず唾をのみこみながら、その内容を確認していく。


『注意：所持品の中に隠蔽魔法を付与された物があります。
　＊所持者に不利益を生じさせる可能性大＊

魔法袋
居場所探知魔法：所持者の居場所を術者に定期的に通知する
強制回収魔法：所持者死亡時に対象アイテムを術者へ強制的に回収する
魔物誘因魔法：魔物を自動的に誘因する魔法

強制解除しますか？　はい／いいえ』

このウインドウの文字を見て、バナザは冷や汗が出るのを感じた。

居場所探知や、強制回収はまだわかるのだが、一番問題なのは三つ目の「魔物誘因魔法」である。

どう考えてもこの魔法は、バナザが魔物に襲われるように仕向けている物である。

先ほどスライムがいきなり襲ってきたのも、この魔法のせいなのだろうとバナザにも理解出来た。

（要は、とっとと死んでくれってことなのか）

バナザは、その内容に絶句していた。

「……しかし」

バナザはそのウインドウの最後の一行の表示を見つめていた。

「強制解除……出来るのか？」

思わず呟くバナザ。

すると、その言葉に呼応するかのように、ウインドウがもう一枚浮かび上がった。

『すべて強制解除可能です。

強制解除しますか？　はい／いいえ』

その表示を確認したバナザは、

（……まぁ……　『はい』だよなぁ）

そう考えた次の瞬間、バナザの腰の魔法袋が小さく光った。

同時に、先ほどまでバナザの前に表示されていたウインドウが消滅し、新たなウインドウが表示された。

『以下の魔法が強制解除されました。

居場所探知魔法／強制回収魔法／魔物誘因魔法』

その表示を確認しながら、バナザは思わず首をひねった。

「……今ので、隠蔽魔法が解除されたのか……」

バナザは、呟いた。

そんなバナザの目の前に新しいウインドウが表示された。

『あなたの周囲では、以下の魔法が常時発動しており、その中の「魔法警戒」「魔法解除」が発動いたしました。
・魔法警戒
悪意を持った魔法に対し注意・警告を発する
・魔法解除
悪意を持った魔法を解除する（選択式）
・魔法索敵
周囲百キルミ内に敵意を持った生物・罠《わな》の有無を索敵
・自動マッピング
周囲百キルミの地形を自動で脳内マッピングする（具現化可能）
……次のページを表示しますか？　はい／いいえ』
促されるままに次のページを開いていくと、ページにして一六ページ、数にして六四個にも及ぶ魔法が、バナザの周囲で常時発動していることがわかった。

だが、その内容を前にして、バナザは再び考えこんでいった。

(魔法を使えないはずの僕の周囲に……なんでこんなに魔法が発動しているんだ？　これを僕が常時発動してるっていうの？　わけがわかんないよ……)

バナザは腕組みしながら、必死に考えを巡らせていった。

そのまましばし熟考したバナザは、とある結論を導き出した。
・先ほど自分はレベル2になった
・この世界ではレベル2になるとこれくらいの魔法が使えるのが当たり前なんだ
「……そうだ……きっとそうに違いない、うん」

バナザは、そう呟きながら、自分を納得させるように何度も何度も頷いていたのだった。

ちなみに常時発動魔法というのは、この世界に存在する魔法の八〇％以上を習得した者が使用出来るようになる魔法スキルである。

この世界の中で、この常時発動魔法のスキルを所持している者は、総勢でも二十人程度しかいない。その二十人の中で、一番多くの常時発動魔法を習得している者でも、合計四つなのであった。

つまり、レベル2になり、この常時発動魔法をいきなり六四個も習得し、それを発動しているバナザは、この世界最高の魔法使いといっても過言ではなかった。

これは、バナザがレベル2になった際に発動した、神の加護『超越者』によるものに他ならなかった。

たまに表示されるウインドウは、魔法に関する情報を術者の求めに応じて伝える常時発動魔法の一つであり、術者が望めば非表示設定にすることも出来る。

それほどの能力を手に入れているバナザなのだが、当の本人は自分がそんな規格外の存在になっているとは夢にも思っていないわけで……

「そうだ、まずは、どこか暮らせるような場所を探さないと……」

ひとしきり考え込んだ後、バナザはそう呟くと森の方へ向かって歩き始めた。

すると、そんな彼の前に再びウインドウが開いた。

しかも、そのウインドウは先ほどと同じように赤く点滅している。

「こ、今度はいったい何なんだ？」

バナザはびっくりしながらウインドウへ視線を向けた。


『警告：この森は重度の魔素により汚染されています。

　浄化しますか？　はい／いいえ』

その表示を見ながら、バナザは再び首をひねった。

（魔素？……魔素って、なんだ？）

バナザが疑問に思うと、彼の目の前に新しいウインドウが開いた。

『魔素：人種に重度の被害を与える暗黒魔法系素粒子を含んだ液体／気体等の総称
主に強力な力を持った魔族によって生成・散布され一帯を汚染する』

その内容を確認したバナザは、何度か頷くと、

「そういうことなら……出来るのならしといた方がいいよね」

そう思いながら、頭の中で「はい」を選択した。

すると、再度ウインドウが開き、

『注意：この魔法は、あなたの魔力総量の三分の一を使用します。

使用してよろしいですか？　はい／いいえ』

（どうせもともと魔力なんてなかったんだ……魔力総量だってたかがしれてるだろうし、そんなに大したことじゃないだろう、うん）

バナザは、そう考えながら、半ば開き直り気味に、頭の中で再度「はい」を選択した。

すると、バナザの周囲からまばゆい光が発し始めた。

その光は一気に拡大していき、あっという間に、バナザの目の前に広がっている広大なデラベザの森全体を包み込んでいく。

「な……なんだぁ!?」

そのあまりに膨大な光の量に、しばし呆然とするバナザ。

そんな彼の前で光り輝いていたその光は、ものの五秒もしないうちに収縮し、消え去っていった。

先ほどまで光り輝いていたデラベザの森は、先ほどまでとなんら変わらない様子で、バナザの前に広がっているように見えた。

「なんだ……思ったより簡単な魔法だったんだな」

その光景に少し安堵しながら、バナザは自分のステータスを表示させると、その中の魔力の欄を確認していく。

そこには、数値そのものは表示されてはいないものの、魔力の総量を表示していると思われるバーのようなものが表示されており、その三分の一ほどが黒くなっていた。

（たぶんこれがさっきの浄化って魔法を使ったことで消費された魔力ってことなんだろうな）

バナザは、その表示を確認しながら、納得したように頷いた。

すると、その黒い部分はバナザがその表示を確認している間にどんどん回復していき、ものの二分もするとすべて回復してしまったのであった。

「やっぱり僕の魔力って大したことなかったんだな。総量の三分の一も使ったのに、こんなに早く全回復しちゃうんだもん」

そう言いながら、バナザはその顔に苦笑を浮かべた。

それもまた、『超越者』の加護によってもたらされた超回復能力であることに気づかないまま……

◇その頃・クライロード城◇

クライロード城内にある魔法省。ここでは、魔王軍による魔法の使用を察知し魔王軍の動向を監視するため、多くの魔導士や魔法使い達が魔力検知魔法を展開し続けていた。

そんな魔法省の中は先ほどから大混乱に陥っていた。

「ま、魔法省長様！　た、大変です！　先ほど神聖最上位魔法である【浄化魔法】が発動された痕跡が確認されました」

魔法使いの一人が興奮した様子で、この魔法省の責任者である魔法省長へ報告する。

その言葉に、魔法省長と呼ばれた豪奢《ごうしゃ》な法衣に身を包んだ白鬚《ひげ》の老人は顔を輝かせた。

「おぉ！　それはきっと、魔王討伐に旅立たれた金髪の勇者様が放たれたに違いない！　こんなに早くに最上位魔法を使用出来るようになるとは、さすがは百年に一人の逸材といわれるお方だけのことはある！」

魔法省長は、興奮した口調でそう言うと思わず右手を握りしめた。

だが、そんな魔法省長の前で、先ほど報告を行った魔法使いは困惑の表情を浮かべていた。

「そ、それが、魔法省長様……金髪の勇者様は、確か南方へ向かわれているはず……。ですが浄化魔法は、はるか北方で使用された模様……」

魔法使いの言葉に、魔法省長は驚愕《きょうがく》の表情を浮かべながら魔法使いをにらみつける。

「そんな馬鹿なことがあるものか！　何かの間違いにきまっておる！　そもそも浄化魔法は我がクライロードの魔法使いがすべての力を集結してやっと使用することが出来るという究極の最終兵器

なんだぞ？　それを勇者様以外の誰かが使用したとでも言うのか？」

「で……ですが……」

二人は、その場で顔を見合わせながら、押し黙った。

魔法省内は、いまだに大混乱に陥ったままであった。

◇デラベザの森◇

浄化魔法を使用したバナザの前に新しいウインドウが表示された。

レベルが上がったために表示されたらしいその内容を確認したバナザは、再び首をひねっていた。

Ｌｖ……３６７
力……∞
守……∞
速……∞
魔……∞
ＨＰ……∞
スキル　∞

「……はい？」

先ほどスライムを倒した際に、レベルが2に上がったのを確認していたバナザ。

それが、新たに表示されたウインドウの中では、その数値が367にまで跳ね上がっていたのである。

「……僕はさっき浄化って魔法を使っただけで、別に魔獣とか倒してなんかないのに……」

困惑しながら、再びあれこれ原因を考えていくバナザ。

だが、いくら考えても彼には思い当たる節がなかったのだった。

――バナザのレベルのこの急激な上昇なのだが、ここデラベザの森の奥には魔王軍の一部隊がその存在を隠ぺいした状態で駐屯していた。

魔素は、その魔王軍の魔族たちによってもたらされたものなのであった。

そんな魔王軍は、バナザが使用した浄化魔法に巻き込まれすべて消滅してしまったのである。

結果的にこの魔族たちを討伐したことになったバナザは、大量に経験値を得たためレベルが一気に上昇したのであった。

ちなみに、この森に駐屯していた魔王軍は、魔王軍四天王の一人、牙狼《がろう》族の猛者フェンガリルとその配下であった。

このフェンガリル……クライロードの数万の軍勢をただ一人で壊滅させたことがあるという伝説級の魔族であり、魔王軍四天王筆頭と恐れられている存在なのであった。

バナザは、自分が浄化魔法を使用した際にこんなことが起きていたなどとは夢にも思っていなかった。そのため急激なレベルアップの理由をあれこれ必死に考えていたものの、まったくその答えに思い当たらず、ひたすら困惑し続けるのだった。

考えに、考えに、考えぬいた挙句、バナザはある結論を導き出した。

「僕の魔法の能力が低すぎて、正しく表示されないんだな、きっと」

そう言いながらバナザは、自分を納得させるために何度も何度も頷いたのだった。

その結果、このレベルアップ通知機能は信用出来ないと決めつけたバナザは、その表示機能を非表示設定に切り替え、以後二度と開こうとしなかったのだった。

（もうこれ以上悩むのは御免だよ、ホント……）

レベル上昇の件をどうにか自己完結させたバナザは、改めて森の方へ視線を向けた。

浄化を行ったとはいえ、つい先ほどまで魔素に汚染されていた森である。

そのため、バナザはこの森の中に足を踏み入れることを躊躇《ちゅうちょ》していたのだった。

（とはいえ、街で暮らすことは禁止されているし……そもそも城から殺されかけていた僕が街に出入りしていると知られたら、下手をしたら捕縛されてしまうんじゃないか？……一体どうしたらいいんだ？）

バナザが腕組みしながら考え込んでいると、その目の前に新たなウインドウが表示された。

『推奨：姿形変換魔法
あなたの姿形を視覚的に変更可能
実行しますか？　はい／いいえ』

そのウインドウを確認しながら、バナザは思わず頷いた。

(なるほど……見た目の姿を変えておけば、街に行っても僕だと気づかれないかもしれないな)

そう考えたバナザは『はい』を選択した。その眼前に新たなウインドウが表示されていく。

『性別は？　男／女

身長は？　高／中／低

人種は？　人／亜人／魔族

……

……

……』

(結構めんどくさいんだな、これ……)

膨大な数の選択肢を一つ一つ選択していきながら、バナザはその顔に苦笑を浮かべていた。

かなりの時間を要した後、バナザは自分の容姿を『男性・人種・普通身長』といった、あたりさわりのないごく普通の姿に変えていった。

バナザは、細身ながらしまった体つきであり、一瞬女性と見間違うほど端整な顔立ちであった元の姿からはかなり変わった姿となっていた。

「さて、次は着るものだけど……」

バナザはそう呟くと魔法袋の中に入っている何着かの服を取り出してみる。

だが、中に入っていたのは先ほどの剣同様、粗悪な品ばかりで、中には着る前からすでに破れているものまで交ざっていた。

（さすがにこれは着れないよなぁ）

バナザが目の前の服を確認しながら困惑していると、再びウインドウが表示された。

『服再構築魔法により服をコーディネート出来ます。

使用しますか？　はい／いいえ』

（へぇ、服を作り変えることが出来るのか）

バナザは、その魔法の「はい」を脳内で選択した。

すると、その表示の上に新たなウインドウが表示された。

『脳内で再構築後の服をイメージしてください』

バナザは、その指示通り、脳内でいかにも冒険者風といった服を思い浮かべていく。

すると、バナザの目の前の服が一瞬にしてイメージ通りに変化していったのである。

「うん、これなら大丈夫だな」

何度か服をひっぱり、強度的にも問題なくなっているのを確認したバナザは、その服を身に着けた。名前も本名であるバナザを名乗っては危険と考えた彼は、かつての飼い犬の名前である『フリオ』を名乗ることにした。

「……さて、大体の準備は整ったけど……問題は移動距離か」

バナザ改めフリオは、しばらく前に城の馬車が消えていった方角を見つめながらため息をついて言った。

何しろここに来るまでには、馬車で二〇日かかっているのである。歩いたら一体何日かかるんだろうと考えながら、フリオはその場で腕組みし、考え込んだ。

すると、再びウインドウが表示された。


『転移魔法で、城下街まで転移しますか？　はい／いいえ』


「転移魔法？」

フリオはその表示を見つめながら首をひねった。

（そういえば、僕のいた世界でもすごく高位の魔法使いが使用出来るって聞いたことがあったな……確か、一度行ったことのある場所に一瞬で移動出来る魔法だったっけ？）

そう考えているフリオの目の前に、新たなウインドウが表示された。

『転移魔法
一度行った場所へならピンポイントで移動可能。
自分の周囲の人間も同時に移動させることが出来る』

（へぇ、そういう魔法なんだ、この転移魔法って）

フリオは、その内容を確認すると頭の中で「はい」を選択した。

するとフリオの体は一瞬にしてクライロード城の城下街へと転移された。

「うわ、ほ、ホントに街だ!?」

その結果に、フリオは思わず目を見開いた。

自分で使用したものの、まさか本当に一瞬で移動出来るかどうか疑心暗鬼であっただけに、実際に移動出来たことにフリオはただただ驚いていたのだった。

（すごいな、この転移魔法って……馬車で二〇日もかかった距離を、本当に一瞬で移動出来るなんて……）

フリオは、転移魔法の効果に内心興奮しながらも、その興奮を周囲に悟られないよう努めて平静を装いながら街の人ごみの中へと紛れ込んでいった。しばらく街中をブラブラしていたフリオは、

（とりあえずどこかの宿に宿泊しながらこの世界のことを調べよう……これからのことは、それからだな）

そう考え、宿屋を探しながら通りを歩いていく。大通りから一つ入ったところで「宝珠の加護亭」という看板が掲げられている宿を見つけたフリオは、

「とりあえず、入ってみるか……」

そう言いながら宿の中へと入っていった。「宝珠の加護亭」は一階で食堂を営業しているらしく、昼食時の今はそれなりの人族や亜人の客でにぎわっていた。

「いらっしゃいお客さん、見ない顔だけどこの街ははじめてかい？」

カウンターの中で料理をしている、四〇代前半と思われる整った顔立ちの女将《おかみ》が元気な声をかけてくる。そんな女将に、フリオは飄々とした笑みをその顔に浮かべていくと、

「東の小さい村からやってきた駆け出しの冒険者で、名をフリオと言います。ここらで宿を探しているのですが、こちらの店で宿泊出来ますか？」

「あぁ、大丈夫だよ。今なら部屋が空いてるからぜひ泊まってっておくれ」

フリオの言葉に、女将は微笑んだ。

女将から提示された金額は、フリオがいた世界の物とは異なっていた。そのため、いまいちその金銭感覚が理解出来ないフリオは、とりあえず魔法袋の中にあった金貨を一枚差し出した。

「あんた、見た目と違ってどこかの貴族のぼっちゃんかい？　そんだけあればウチの一番いい部屋で半年近く宿泊出来ちゃうよ」

女将はそう言いながら笑った。

「な、仲間と一山当てましてて……今はその帰りなんですよ」

フリオがそう言ってどうにかその場を取り繕うと、女将はそれ以上詮索することなく、その金貨を受け取った。

「部屋は二階、一番奥の部屋を使ってね。とりあえず半年分先払いってことでこの金貨は受け取っとくよ。途中でチェックアウトするなら残金は返すけど、なるべく長く泊まってちょうだいね」

女将は最後にそう言うと、フリオに向かってバチッとウインクしていった。

そんな女将に、フリオはただただ苦笑するしかなかったのだった。

女将から部屋の鍵を受け取ったフリオは、指示された二階の一番奥の部屋へと入っていった。

その部屋の中にはかなり広いベッドが二つあり、風呂も部屋の中に設置されている。

フリオが元いた世界では、宿の風呂といえば桶《おけ》の湯で体をふくのが一般的であり、その基準で考えるとこの部屋は女将が言っていたように、この宿の一番いい部屋なのだろうと思われた。

部屋の内装を確認したフリオは休憩もそこそこに、情報収集のために街へ出かけるための準備を始めた。一応、魔導士として行動しようと考えているフリオは、途中の道端で拾っておいた木切れを魔法袋から取り出した。

「さて……うまく出来るかな？」

フリオはそう呟きながら木切れを魔法でカスタマイズしていった。

こうしたい、ああしたいと考えるだけで、目の前に最適な魔法が表示されるため、フリオは、難なく魔法を使いこなすことが出来ていき容易に作業を進められた。

ほどなくして、木切れは豪奢な魔法の杖らしく姿を変えていた。

「うん、まぁ、いい感じじゃないかな」

フリオは、満足そうに頷くと、その杖を片手に宿の一階へと下りていった。

宿の一階は食堂である。

フリオは、とりあえずそこで食事をとりながら情報収集をするつもりだった。席に着くと、ほどなくして宿の女将が水をもってフリオのテーブルへとやってきた。

「あぁ、フリオさん。部屋はどうだった？　上客さんだからね、うちの宿で一番の部屋を使ってもらってんだよ」

そこまで言うと、女将はフリオの耳元に口を寄せていき、

「女の子のご用命があったらいつでも言ってね。アタシがたっぷりサービスしてあげるからさ」

そう言うと、いたずらっぽくウインクしながら顔を離す。フリオは、

「あはは、またまた女将さんたら……冗談が好きですねぇ」

そう言いながらその顔に苦笑を浮かべていく。すると女将は、

「なんだい、つれないねぇ。あんたさえ良ければアタシは構わないのにさ」

そう言いながら陽気な声で笑った。

フリオは苦笑をつづけながらも、その話題から解放されるためにお勧めランチを注文した。

女将はフリオの注文を受けると、自ら厨房《ちゅうぼう》へと入っていく。

そんな女将の後ろ姿を見送ったフリオは、

（やれやれ、やっと解放された）

そう、内心で安堵の息をもらしながら、その場で耳に意識を集中し始めた。

食事が出てくるまでの間、周囲の人々の会話を盗み聞き、情報を収集しようとしていたのだった。

すると、盗聴に適した機能や魔法が、ウインドウで表示されたため、フリオはそのいくつかを使用していきながら、周囲の人々の会話を盗み聞きしていった。

その結果、フリオはいくつかの情報を得ることが出来た。

・金髪の勇者が南方に向かったらしい
・北の森で謎の巨大魔法が使われた
・最近ゴブリンの被害が多い
・奴隷の質が悪くなった

窓の外を眺めるふりをしながらフリオはさらに聞き耳を立て続けていた。

「お待たせしました」

そうこうしていると、食堂の店員らしい犬種の亜人の女が食事を運んできた。

「失礼なことを聞くけど、君はこの店と奴隷契約を結んでいるのかい？」

フリオがそう聞くと、亜人の女は笑いながら、

「そんなことしてませんよぉ、女将さんには家族同然にしてもらっています」

そう答えた。フリオはその言葉を聞きながら、思わず感嘆の声をもらしていた。

（やっぱり異世界だな……城下街で亜人が奴隷契約もなしに働けているなんて）

フリオの元いた世界では、人種至上主義が浸透しており、城下街の人族の店で働いている亜人は、

例外なくその店の奴隷なのであった。

「あまり長話してると、女将さんに怒られますので……」

亜人の女はそう言うと、フリオに深々とお辞儀をしてから店の奥へと戻っていった。

フリオは、そんな亜人の女にお礼を言いながら見送ると、運ばれてきた食事を食べることにした。

食事は、パンが二つと、野菜の具だくさんスープ。これに肉と芋系の野菜を一緒に炒《いた》めたものが皿に盛りつけられていた。

いずれも素朴な味わいでなかなかの味であり、昼を少し過ぎた今の時間でも多くの客でにぎわってるのが理解出来た。

ここにやって来るまでの間、フリオは馬車でデラベザの森へ移動している最中だったため、御者から渡された粗悪な缶詰しか口にしていなかった。

そのため、フリオはこの料理をあっという間に平らげていった。

「ごちそうさま、とてもおいしかったです」

フリオが厨房の奥にいる女将に声をかけると、女将は嬉《うれ》しそうに笑った。

「お口にあったようで何よりだよ。晩御飯も腕によりをかけるから楽しみにしときな」

そう言うと女将はフリオに向かって、再びバチッとウインクしていった。

フリオは、そんな女将に困惑交じりの引きつった笑顔を返すのがやっとだった。

第二章 フェンリース 8

食事を終えたフリオは、街の表通りを散策してみることにした。

食堂で聞いていた会話の中に、表通りに冒険者に仕事を斡旋《あっせん》する冒険者組合があるとの情報があったため、とりあえずそこへ向かうことにしたのであった。

フリオが元いた世界では、冒険者組合に登録し、そこに掲示される害獣駆除や運搬護衛などの仕事依頼をこなすことで報奨金を受け取ることが出来た。

この世界に来たばかりでなんのコネももっていないフリオが手っ取り早く稼ぐとなると、こういった場所に登録しておいて報奨金で稼ぐのが一番だと考えたのであった。

初めて通る街並みだが、フリオの目の前には小さなウインドウが表示されており、そこには、

【クライロード城下街　冒険者組合　このまましばらく直進】

と、道案内が表示されている。常時発動されているスキルの一つ『道案内』の効力のおかげで、フリオは見知らぬ町中を迷うことなく進むことが出来ていた。

「ん？」

その道中、不意に後方に妙な気配を感じたフリオ。

横目で後方を見やると、ボロキレのような服に身を包んだ子供がフリオの様子を用心深く探りながらゆっくりと近づいてきていた。

どうやら物取り目的らしく、その目はフリオの持ち物を物色している。

用心深く近寄って来たその子供は、フリオの腰の魔法袋を奪おうと手を伸ばした。

しかし、次の瞬間、フリオが常時展開している魔法のいくつかが自動発動し、子供の手は魔法の壁に弾《はじ》かれた。

「え？　な、何!?」

予想外の出来事に困惑の声を上げる子供。

そんな子供の足元から、今度は縄が出現しあっという間にその子供を縛り上げていった。

足までがっちり固められてしまった子供は、バランスを崩しその場へと倒れこんだ。

フリオは振り向くと、改めてその子供をよく見ていく。

その子供はひどく痩せており、身に着けている物もどれもボロボロである。

その風貌から察するに、物取りも食うに困ってやったのだろうと想像出来なくもない。

その子供は、何か言おうと口を動かしてはいるものの、その足元から口までしっかりふさがれているため、何を言っているのかまではわからなかった。

「なんだなんだ？」

「一体何が起きたんだ？」

縄でぐるぐる巻きにされた子供が転がっている光景を目にした周囲の人々がフリオのそばに集まり始めていた。

それを見たフリオは、とりあえず面倒ごとに巻き込まれるのは御免とばかりに、魔法袋から金貨を一枚取り出すと、その子供のポケットに縄の隙間からねじ込んだ。

そして、その子供の耳元に口を寄せると、

「もうこんなことしちゃ駄目だよ」

そう囁《ささや》いた。

フリオは、少し離れてから子供の拘束魔法を解除した。

子供は、いきなり解放されたことに困惑しながらも人ごみの中へと駆け込んでいった。

物陰から、その後ろ姿を見つめていたフリオは、その姿が完全に見えなくなったのを確認すると、自らに気配隠蔽の魔法を発動させて、そのまま人ごみの中へと紛れ込んでいったのだった。

ほどなくして、フリオは、街の冒険者組合の建物へとたどり着いた。

冒険者組合の建物は、割と大きな二階建てとなっており、一階は冒険者の受付と食堂、および武具の売店、二階は宿泊施設となっていた。

（とりあえず冒険者としての登録が必要だろう）

そう思ったフリオは、天井から【冒険者受付】と書かれた看板がぶら下がっているカウンターへと歩み寄っていった。受付の中にいた赤髪のエルフの女がフリオに気付き、微笑《ほほえ》んだ。

「こんにちは。今日はどういったご用件でしょう？　冒険者の登録ですか？　それともお仕事の斡旋希望ですか？」

「仕事の斡旋が希望なんだけど……それには冒険者の登録が必要なのですか？」

「はい、基本的にはそういう仕組みになっております」

そう言ってまた微笑む赤髪のエルフ。

「冒険者組合に慣れておられないのでしたら、簡単にご説明いたしますが？」

「そうですね、そうしてもらえると助かります」

エルフの言葉に、フリオは飄々《ひょうひょう》とした笑みを浮かべながら頷《うなず》いた。

「わかりました、では……」

そう言いながら、受付のエルフはフリオに向かって話し始めた。

エルフの説明によると、基本的な仕事の流れとしては、
まず、冒険者の登録を行う。次に、組合の仕事をこなし実績を積み重ねていく。

するとその実績に応じて冒険者のランクが上昇していき、より高報酬が約束された難易度の高い仕事を請け負うことが出来るようになっていく仕組みになっているのだという。

ちなみに、組合の仕事は登録しなくても受けることは可能となっている。

だが、組合に登録したうえで組合が斡旋した仕事を引き受ける場合、その仕事に必要とみなされた準備金が事前に支給され、万が一任務遂行中に怪我《けが》をすれば組合所属の回復系魔法使いに無料で治療してもらえるため、ほとんどの冒険者は登録を行っている。

ただし、一度引き受けた仕事を途中放棄したり、所定期限内に完了出来なかった場合には違約金を請求されることになる。

また、例外として『ランク未指定の仕事』という物も存在しているのだという。

達成が非常に困難と予想されるため、途中放棄しても違約金は発生しないものの、仮に遂行中に

大怪我を負ったとしても保険などが一切適用されず、また準備金なども一切支給されない劣悪な条件の仕事がほとんどなのだという。

その代わり、達成出来た場合には、莫大《ばくだい》な報奨金が約束されていることが多いのだという。

ただし、中には難易度の割に報奨金が格安だったり、依頼主が依頼内容を不当に過小に情報提供しているケースも少なくない。

このランク未指定の仕事をこなしていれば冒険者としてのレベルも一気に跳ね上がっていくものの、そんな仕事ばかり請け負っていれば、命がいくつあっても足りないのは間違いないといえた。

受付のエルフの説明を一通り聞いたフリオは、その場で冒険者としての登録を済ませた。

すると、フリオはネックレス状になっている銀のプレートをエルフから受け取った。

「このプレートには、あなたの冒険者組合の登録情報が魔法で記憶されています。

個人情報は魔法で読み取ることが可能となっています。

仕事を受ける際、完了した際には、必ずこれを冒険者組合の受付へお持ちくださいね。これに実績を記録していきますので」

説明を聞きながら、フリオはプレートへ視線を向けた。

そのプレートには『E』の文字が両面に浮き出ていた。

「この『E』って文字はなんなんです？」

「はい、それが冒険者ランクになります。冒険者ランクにはSからEまでございます。最初は全員Eランクからのスタートになります」

「あぁ、じゃあさっきの説明にあった依頼をこなしたら上がっていくランクってこれのことなんだ」

「はい、そういうことです」

「なるほど……じゃあこの文字が早くSになるようにしっかり頑張らないと、ってことですね」

フリオはそう言いながらプレートを首にかけた。

するとエルフは、フリオに向かって微笑み、

「はい、期待しております。では登録料として銀貨一枚をお支払いください」

そう言いながら右手を差し出した。

フリオは、魔法袋から金貨を一枚取り出すと、

「これで支払ってもいいかい？」

そう言いながらエルフへ金貨を差し出した。

「はい、大丈夫ですよ」

エルフは再び微笑みながらそれを受け取ると、フリオにお釣りの銀貨を手渡した。

お釣りを受け取ったフリオは、早速冒険者組合が斡旋している仕事が掲示されている依頼掲示板の方へ向かって歩き出した。

（……ん？）

掲示板の少し手前でフリオはその足を止めた。

フリオのすぐ前にある掲示板の手前に一人の少女が立っていた。

その少女は、掲示板を見に来た冒険者に近寄って行っては何事か話しかけていたのである。

(あの女の子は、いったい何をみんなに話しているんだ?)

フリオは不審に思いながら、その場で聞き耳を立てた。耳に意識を集中したことで自動的にいくつかのスキルが発動し、フリオは少女の言葉を難なく聞き取れていた。

その少女は、

「デラベザの森まで私を警護していってくださいませんか?」

周囲の冒険者達《たち》にむかってしきりと、そう話しかけ続けていた。

組合に所定の金を払えば、正式な依頼として掲示されるのだが、少女は手持ち金が足りなかったらしく、こうしてランク外の仕事として個別に声をかけ続けていたのである。

しかし、このデラベザの森は魔族が住んでいると噂《うわさ》の場所であり、しかも少女の提示している金額が銅貨数枚と異常に安く準備金もなしという劣悪な内容であったため、ほとんどの冒険者達は少女の言葉を無視していたのであった。

中には、少女を可哀《かわい》そうに思ってか、

「あそこまでは馬車で二〇日はかかる……せめて馬車と食事代を負担してくれるんなら引き受けてやるけど?」

そう持ちかける冒険者もいたのだが、少女はそこまで持ち合わせていなかったらしく、結局皆立ち去っていくのであった。

フリオは、そんな少女を少し離れた場所から見つめていた。

（デラベザの森なら、ついさっきまで僕がいた場所だ……さっきの転移魔法を使えばすぐに行ける……それに、あの女の子、相当困っているみたいだし……）

フリオは、その場でしばし考え込むと、やがてその少女へ歩み寄っていった。

「お嬢さん、僕でよければお連れしますよ？」

フリオは、そう、その少女に声をかけた。

するとその少女は飛び上がらんばかりにびっくりしながら、フリオの方を振り返った。

その様子からして、半ばあきらめかけていたであろうことが容易に想像出来る。

少女は、フリオを見つめながら、

「あ……あの……報酬はほとんどありませんけど……それでもいいのですか？」

そうおずおずと答えた。するとフリオは、その少女に飄々とした笑みを浮かべる。

「まぁ、行くだけなら転移魔法ですぐですから、準備金も報奨金もいりませんよ」

そのフリオの言葉に、周囲にいた冒険者たちが一斉にざわつき始めた。

（おいおい、転移魔法が使えるって？……あんな若造がか？）

（嘘《うそ》をつくにしてももっとましな嘘をつけよな）

（Eランクの冒険者が転移魔法なんて使えるわけがねぇだろ）

周囲の冒険者たちの言葉を聞きながら、フリオは、内心「しまった」と思っていた。

先ほど自分があっさりと使用出来たため、転移魔法はこの世界で魔法を使えるものならだれでも簡単に使用することが出来るものだと思っていた。そのため、まさかその名前を口にしただけでこんな騒ぎになるとは夢にも思っていなかったのである。

少女の前で、フリオは困惑の表情を浮かべながら後頭部をかいていた。

すると、そんなフリオの前に一人の女騎士が歩み寄った。

女騎士は、少女とフリオの間に立つとフリオの顔をじっと見つめていく。

「貴殿、転移魔法が使用出来るといわれるのか？……大変申し訳ないんだが、私には貴殿がそんな高等魔法を使用出来る優秀な魔法使いにはとても見えないのだが？　むしろ、他の意図をもってそのお嬢さんに声をかけたように見受けられるんだが？……たとえば少女の体目的とか、誘拐し売り飛ばそうとか……」

甲冑《かっちゅう》に身を包んだその女騎士は、露骨に嫌悪の表情を浮かべながらフリオをにらみつけていた。

そんな彼女の後方には、彼女のパーティのメンバーと思われる数人の女性達が控えており、その女騎士同様に嫌悪の表情をフリオへと向けていた。

フリオは、そんな女騎士とその後方にいる女達へ交互に視線を向けながら、その顔に作り笑いを浮かべていた。

(困ったな……転移魔法を使えるって軽々しく口にしちゃったもんだから、この人達に完全に疑われちゃってるなぁ……女の子も若干警戒気味になっちゃってるみたいだし……う～ん、どうしたらいいだろう)

作り笑いを浮かべ続けながら必死に考えを巡らせていくフリオは、やがてあることを思いついた。

「そうだ、もしよかったら皆さんもご一緒しませんか？　報酬はすべてみなさんが受け取ってくだされば結構ですので」

フリオは、女騎士たちへそう話しかける。

女騎士は、フリオの言葉を聞くと、一度後方にいる仲間達の元へと戻っていき話し合いを始めた。

頭を突き合わせ、何事かひそひそと相談していく。

フリオは、その気になればスキルを発動しその相談の内容を聞くことが出来たのだが「僕が疑われている立場なんだし……」そう思い直し、思いとどまったのであった。

やがて、話がまとまったらしい四人の中から女騎士が歩きだし、再びフリオの前へと移動してきた。女騎士は眼前のフリオに対し、

「その提案にのろう……ただし、何か不穏な動きがあれば即座に相応の対応をさせていただくので、そのつもりで……」

厳しい口調でそう言い放った。フリオが女騎士の話を了承すると、フリオと女騎士一行、そして少女の六人は、冒険者組合の建物を後にした。

しばらく通りを進んでいくと、一角で裏道へと入っていく。これは、フリオが転移魔法を使用しているところを他の者たちに見られないようにするためであった。

「さ、ここらでいいだろう、やってみせろ」

人気がまったくないところまで移動し、女騎士がやや高圧的な態度でフリオに言った。

その後方では、彼女の仲間達が少女を守るように取り囲み、フリオへ視線を向けていた。

（何もそこまで警戒しなくても……）

フリオは、内心で苦笑しながら、改めて周囲の皆を見回していく。

「じゃ、行きますので、皆さん僕の周囲に集まってください」

フリオの言葉に、女騎士達はいまだに半信半疑な様子のまま、言われたとおりに、フリオの周囲へと集まってきた。皆が自分の周囲に集まったことを確認したフリオは、デラベザの森へ転移するよう意識を集中する。

フリオが自分の目の前に出現したウインドウの表示に従って転移魔法を発動させると同時に、一同の姿はその場から消えていった。

◇デラベザの森◇

「……これは驚いた……」

目の前に広がっているのが、間違いなくデラベザの森であることを確認した女騎士は、信じられないといった表情を浮かべていた。それは他の面々も同様らしく、少女や女騎士の仲間達は皆驚きの表情を浮かべ、周囲を見回し続けていたのだった。

しばらくして、落ち着きを取り戻した女騎士がフリオへと歩み寄った。

「フリオ殿といわれたか……先ほどは疑ってしまい大変失礼なことをした。心より謝罪いたします」

女騎士はそう言うと、フリオに向かって深々と頭を下げた。

そんな女騎士の後方の仲間から、一人の魔法使いらしい女が歩み寄ってきた。

「……こんな長距離の転移魔法……あなた、最上位級大魔導士？」

その魔法使いは、困惑の表情を浮かべながらフリオへ尋ねた。

フリオは、魔法使いの言葉に困惑した。

「い、いえ……僕はちょっと魔法が使える程度の駆け出しの冒険者でして……」

フリオは、とにかくどうにかしてごまかそうと必死に弁明していく。

だが、魔法使いは当然そのような説明では納得がいかないらしく、フリオの顔をにらみつけ続けていた。

フリオが、魔法使いとそんなやり取りをしている中、少女は、森の方へ駆け寄りしきりに周囲を見回しながら、その顔に困惑の表情を浮かべていた。そんな少女の様子に気が付いたフリオは、これ幸いとばかりに少女の方へと駆け寄った。

魔法使いは、それを追いかけようとしたのだが、それを女騎士が制止した。

女騎士は、フリオが駆け寄っていく先にいる少女をじっと見つめていた。

「どうかなさったんです？」

フリオが声をかけると、少女は困惑の表情を浮かべたままフリオへ視線を向け、

「も……森の、魔素が……その……全部なくなってるんです……確かこの森は濃い魔素で覆われていたはずなのですが……」

そう言いながら、改めて森へと視線を向けた。

「あぁ、その魔素でしたら……」

フリオが、先ほど自分が浄化魔法を使用し、森の魔素をすべて浄化したことを伝えようとした時だった。

フリオの眼前に、赤く点滅するウインドウが表示された。

明らかに緊急を伝えているそのウインドウには、

『注意：浄化魔法の使用を魔族に伝えるのは危険です』

そう表示されていた。

その内容を確認したフリオは、慌てて周囲を見回した。

だが、彼の周囲には、眼前の少女と、女騎士とその仲間以外には何の気配も感じられなかった。

（魔族なんてどこにもいないじゃないか……）

フリオが困惑の表情を浮かべると、その眼前に新たなウインドウが開いた。

『依頼主の少女：魔族「牙狼族《がろう》」が変化魔法で人種に変化中』

その表示内容を確認したフリオは思わず目を見開いた。

同時に、自分の鼓動が速くなるのを感じていた。

そんな中、やや離れた場所で二人のやり取りを見つめていた女騎士たちがおもむろに少女へと近づき始めた。

女騎士は剣を抜き、その仲間の一人の重騎士らしき女も剣を構えている。弓士らしき女は、少し離れた場所で弓を構え、先ほどの魔法使いの女も、手を少女に向けて詠唱し始めていた。

明らかに臨戦態勢をとっている女騎士達。その先頭に立っている女騎士は、少女にいつでも斬りかかれる距離まで近づくと、その歩みを止めた。

「さて……そろそろ正体を明かしてくれてもいいんじゃないかな？　お嬢さん」

女騎士は、少女に向けて剣を構えたまま、静かな口調で問いかけた。

「魔王の手先が占拠している森に行きたがるなんて〜、絶対怪しいと思うんですよ〜」

弓士の女が、弓を引き絞りながら少女へ言葉をかける。

女騎士のパーティは、ゆっくりとではあるが、少女を囲むように動いていた。

皆、少女を油断なく見つめており、その一挙手一投足に注意を払い続けている。

「冒険者の方、巻き込む形になってしまい申し訳ない」

女騎士は、視線を少女からはずすことなく、フリオへと謝罪の言葉を口にする。

「この少女、数日前からデラベザの森への同行者をあの冒険者組合で募っていましてね……組合から城に通報があったんですよ、「怪しい少女がいる」と……。本来なら我らが少女に同行を申し出て、その道中で正体を暴くつもりだったのですが……我らが冒険者組合に到着した際に、ちょうどあなたが少女に声をかけていたものですから、仕方なく難癖をつける格好で割り込ませていただいた次第だ……本当に失礼なことをした」

女騎士が謝罪の言葉を口にすると、フリオの一番近くにいる、かなり筋肉質な重騎士の女が、二、三歩フリオへと歩み寄った。

「兄さんにはさ、デラベザの森への道中で事情を話して逃げてもらうつもりだったんだけどさ、まさかほんとに転移魔法を使えるとは思ってなかったもんでさぁ……すまないね」

そう言い、片手を顔の前に立てて謝罪の格好をする重騎士の女。

女騎士達は、少女を完全に包囲していた。

「さぁ、答えてもらおう」

女騎士が改めて少女に言葉をかけた、その時だった。

少女の目に見るからに怪しい炎が宿った。少女はその口元を歪《ゆが》ませながら女騎士たちを一瞥《いちべつ》する。

「ふん……城のお抱え騎士とその仲間ごときが、ずいぶんとなめた口をきいてくれるじゃないの？」

そう言うと、少女の姿形が徐々に変化し始めた。口が割け、体毛が伸び、耳が出現し、爪が鋭利になっていき、その姿を巨大な狼《おおかみ》の姿へと変えていく。

そのあまりの威容に、女騎士たちは思わず後ずさりした。

その顔には、皆、恐れの感情が浮かんでおり、後方の弓士に至っては恐怖のあまり身がすくみ、弓を構えることすら出来なくなっていた。

巨大な狼と化した少女は、改めて女騎士たちを見回していく。

「魔王軍四天王が一人、フェンガリルが妹、このフェンリース様によくもまぁそんな口をきけたものね？」

狼化したその狼——フェンリースは、周囲に魔素をまき散らしながら、その口の鋭利な牙をあらわにしていった。その姿を前に、女騎士達は明らかに狼狽《ろうばい》し、さらに後ずさっていく。

「……斥候程度の小物かと予想していたのだが……まさか四天王クラスの大物だったとは……」

フェンリースの威圧を前に、女騎士は自らの体が萎縮し、すでにまともに動けなくなっていた。

そんな女騎士に、重騎士の女が必死の形相で近づく。

「ここは退《ひ》こう……悔しいがアタシらじゃこいつには勝てっこねぇ……」

そう女騎士に告げる重騎士の女なのだが、フェンリースの威圧を前にし、彼女もまともに動けなくなっていた。その後方に控えていた魔法使いと弓士の二人も、すでに地面に倒れこみ身動き一つ出来なくなっていた。

進退窮まった女騎士一行。

フェンリースは、そんな一同を不敵な笑みとともに見つめ続けていた。


フリオはそんな光景をじっと見守り続けていた。

フェンリースの威圧に萎縮するでもなく、ごく普通の様子でその場に立っているフリオ。

そんなフリオの様子に気が付いたフェンリースは、意外そうな表情をその顔に浮かべた。

「……へぇ、お前は少し骨がありそうね」

フェンリースはそう言うと、その口元に不敵な笑みを浮かべる。

「待ってなさい、女騎士達《こいつら》を始末したら相手してあげるわ」

そう言うと、フェンリースは、女騎士一行に向かって、体を低く構えた。

(これは、女騎士さん達はまずいんじゃないか?)

フリオは、今にも襲い掛かろうとしているフェンリースを前にして、まったく身動き出来ないままとなっている女騎士達へ視線を向けながら、焦りの表情を浮かべていた。

（転移魔法で、彼女達だけ移動させることが出来るだろうか？）

フリオは、そう考えながら意識を集中していく。

「さぁ、死んでもらうわよ！」

そんな中、フェンリースがその身を宙に躍らせた。

女騎士達は、死を覚悟しきつく目を閉じた。

その時、

「女騎士さん達を、さっきの街まで転移させて！」

ウインドウ操作を終えたフリオが声を張り上げた。

すると、その言葉と同時に女騎士達の姿が瞬時に消え去った。躍りかかったリースの牙は一瞬遅く、先ほどまで女騎士たちが存在していた空間に空《むな》しく噛《か》みついていく形になった。

「な、なんですって!?」

フェンリースは、唖然《あぜん》としながら慌てて周囲を見回した。

だが、周囲に女騎士達の姿はなかった。

フェンリースは、さらにしばらく周囲を見回した後、その視線をフリオへと向けていく。

「まさか……お前の仕業なの？……兄上に頼まれていた部下達への餌にと思って連れてきたんだけど……案外やるじゃない」

フェンリースは、攻撃目標をフリオに変え、舌なめずりしながら再度身構えた。

（う～ん……とりあえず、まだ死にたくはないかな）

フリオはそう呟《つぶや》きながら、目の前に表示されているウインドウの中身と、フェンリースの姿を交互に見つめていた。

そんな中、フリオはそのウインドウの中の一つの魔法を選択した。

次の瞬間、

「……え!?」

フェンリースの体に、すさまじい重圧がのしかかってきた。

そのあまりの重圧に、フェンリースはそのまま地面に這《は》いつくばる格好になる。

(……な……何……これ?)

言葉を発しようにも、すさまじい重圧のため、もはや口を開くことも出来ないフェンリース。

なんとか立ち上がろうと体に力を入れようとしても、彼女を押さえつけている力がすさまじ過ぎるため、フェンリースは地面に這いつくばったまま微動だにすることが出来なかった。

(こ、この私が身動き出来ないなんて……い、いったいどんな魔法なのよ……)

魔王軍において、フェンリースは圧倒的な魔力の持ち主であり、絶対的な魔法耐性を生まれつき持っていた。にもかかわらず、そんな彼女は、今、全身を魔力で押さえつけられ身動き一つ出来なくなっているのである。

自分がそんな姿になっているという事実を前に、フェンリースはただただ驚愕《きょうがく》の表情を隠せずにいた。

(く、くそう……『重力軽減』)

必死に詠唱を行うフェンリース。

だが、
パリン
乾いた音とともに、フェンリースが使用した魔法が砕け散っていく。

(う、うそ……)

その事実に、またも驚愕しながらも、フェンリースは思いつく限りの魔法を詠唱し始めた。

『近接転移』

『高度跳躍』

『地場逆転』

矢継ぎ早に詠唱を続けていくフェンリース。

しかし、彼女が詠唱し終えた端から、パリン……パリン……と、続けざまに乾いた音が響いていき、その度にフェンリースが唱えた魔法がすべて砕け散っていたのであった。

(そんな、そんな馬鹿な……)

その事実に動転しながらも、意地になり、必死に詠唱を繰り返し続けるフェンリース。

しかし、あまりにも強大な魔法を使おうとしすぎたため、フェンリースは、あっという間に自らの魔力を使い切り、魔力枯渇状態となっていった。

(あ……ありえない……人間ごときの魔法で……そんな……)

その顔は魔力枯渇状態に陥ったため真っ青になっている。

そんなフェンリースの全身は、今もすさまじい重力で押さえつけられたままだった。

（な、何か……何かこの状態から逃れる術《すべ》はないの？）

フェンリースは、薄れ始めた意識の中で、必死に思考をめぐらせていく。

しかし、身動き一つ出来ず、魔力枯渇状態に陥り意識が朦朧《もうろう》とし始めている彼女の頭には、考えらしい考えが何一つ浮かばなかった。

フェンリースは万策尽き果てたことを悟った。

最後の力を振り絞り、その顔をフリオの方へ向けたフェンリースは、

「……降参よ……さぁ、殺しなさい」

そう呟き、静かに目を閉じた。

フェンリースが呟いた次の瞬間、彼女を押さえつけていた重力がすべてなくなった。

「……え？」

自らの死を予期していたフェンリースは、予想外の出来事に啞然とした表情を浮かべながら目を開いた。その眼前にはフリオが片膝をついており、フェンリースに向かって自らの右手を差し伸べていたのだった。

フェンリースは、その姿を巨大な狼の姿から女性の姿へと変化させた。

それは、冒険者組合で見せた少女の姿ではなく、美しく長い銀髪に、凛《りん》とした美しさをもつ女性の姿であった。それが魔族としてのフェンリースの人型の姿なのであった。

「降参した人を、殺したくはないんだ……僕はもともと戦いが好きじゃないんでね」

フリオはそう言いながら、自らのマントをフェンリースへとかけた。

フェンリースは自らの着衣が牙狼化した際にすべて破れ、ほぼ全裸であることに気づくと、フリオがかけてくれたマントを慌てて体に巻き付けた。

フェンリースは、改めてフリオを見上げると、

「わ……私は魔族だぞ……お前たち人族と争いあっている魔族の戦士だぞ？　その私を助けるというのか？」

そう言いながら眉をひそめる。そんなフェンリースに、フリオは苦笑を浮かべ、

「僕はもともとこの世界の人間じゃないんだ……だから人族とか魔族とか、そういうのは正直どうでもいい……とにかく、降参した人は殺したくない……それだけだよ」

フリオはそう言うと、その顔に飄々とした笑みを浮かべた。

フェンリースは唖然とした。フリオの言葉にただただ唖然としていた。

そして、その顔に苦笑を浮かべると、

「……甘いわ、あなた……甘すぎるわよ」

そう言いながらフェンリースは、思わず笑みを浮かべた。

そのフェンリースの手には、抗《あらが》おうとする力は一切含まれていなかった。

そんなフリオの前には、先ほどからしつこくウインドウが表示され続けていた。

そのウインドウは、フェンリースを隷属化魔法で隷属化するように進言し続けていたのだった。

だがフリオは、

（確かに甘いかもしれないけどさ……降参した人に、そんなことはしたくないよ……）

内心でそう思うと、隷属化をさらにしつこく進言してくる魔法ウインドウの表示を非表示設定に変えたのだった。

◇◇◇

「……い、一応礼を言うわ」

フェンリースは、フリオが渡してくれた冒険者の服を身にまとうと、軽く頭を下げた。

そんなフェンリースにフリオは、

「そんなお礼をいわれるほどの事じゃないよ。もともとその服は城からもらったものを手直ししたものだしさ」

そう言いながら飄々とした笑みを浮かべた。フリオが言ったように、その服は城から渡された魔法袋に入っていた冒険者風の服であった。もっとも例によって粗悪な品であったため、フリオがフェンリースの体格に合わせて魔法で作り直していたのである。

（よかった……どうにか似合ってるな）

フリオは、そう思いながら微笑むと、改めてフェンリースへ話しかけた。

「あのさ……今後、人間と争わないと約束してくれるのなら、このままどこに行ってもかまわないよ」

フリオの言葉に、フェンリースはその顔に苦笑を浮かべ、

「あなたは本当に甘いわね……いえ、優しい……のでしょうね……」

そう言いながら、その場に片膝をついていった。

「本来なら殺されて皮をはがれていても当然のところを救ってもらったのです。以後、このフェンリースは訳もなく人間と争わないことを誓いましょう」

フェンリースの言葉に、フリオは満足そうに頷いた。

そんなフリオの前で、フェンリースはさらに言葉を続ける。

「以後、フェンリースは、あなた様を我が主《あるじ》と定め、この命をささげることでこの御恩に報いさせていただこうと思います」

そう言うと、フェンリースは、フリオに向かって深々と頭を下げた。

その言葉に、今度はフリオが唖然とする番だった。

「ちょ、ちょっと待ってよ!?　べ、別に命を助けたからって、そこまでしてくれなくてもですね……」

しどろもどろになりながら、フェンリースにかける言葉を必死に考えるフリオ。

フェンリースは頭を上げると、その視線をフリオへと向けた。

「私のこの思いを受け取ってはもらえませんか？　主殿……我ら牙狼族は、自らが主と認めた者のために生きるのが掟《おきて》……それが叶《かな》わぬとあらば……死ぬのみです」

そう言いながら、フリオの腕をつかみ、必死に懇願する。

そんなフェンリースに、フリオは、

「い、いや、だからさ、そんな主なんて……」

そう言いながら困惑の表情を拭えない。

そんなフリオに、フェンリースはさらににじり寄っていき、

「荷物持ちとしてでも奴隷としてでも、何でも構いません。どうか、お側《そば》においてください、主殿」

必死に懇願を続けていく。そんなリースに、フリオは首を左右に振っていく。

「荷物持ちも奴隷も結構です！　僕はそういう人たちを持ちたいとは思いません」

必死に言葉を返しながら、フリオは必死に考えを巡らせていた。

（こ、困ったな……ど、どう言えばフェンリースさんは諦めてくれるんだろう……この世界に一人ぼっちで放り出されて、行く当てもなく、この先どうやって生きていけばいいのかもわからない僕なんかに、この人を付き合わせるわけにはいかないよ……）

決して首を縦に振らないフリオ。するとフェンリースは、自らの右手を牙狼化させていく。

「主殿が、どうしても私を受け入れてくださらないのであれば……」

そう言いながら、鋭利な爪を自らの喉元にあてがった。

「……私はここで死にます」

フェンリースは、そう言いながら右手に力を込めていく。

フェンリースの右腕に、フリオが飛びついた。

「……りました」

「主殿？」

「わかりましたよ、僕の負けです……ついてきていいですから……お願いですからこんなことしないでください」

そう言いながら、フリオは肩を震わせていた。

そんなフリオの姿に、フェンリースは思わず言葉を詰まらせた。

（わ、私のことを、ここまで思ってくださるなんて……）

フェンリースは、その腕を人のそれに戻しながら、フリオを見つめていたのだった。

◇◇◇

しばらく経《た》ち、ようやく落ち着いた二人は、近くの岩場に腰かけていた。

フェンリースを前にして、フリオは考え込んでいた。

（結局、フェンリースさんに押し切られる形でついてくることを認めちゃったけど……どういう名目でついてきてもらったらいいんだろう）

フリオは、元の世界で種族差別を嫌というほど経験してきていた。

だからこそ、魔族であるフェンリースを荷物持ちや奴隷にすることに抵抗があった。

（……となると、フェンリースさんを誰にも怪しまれずに一緒に行動するとなると……）

考えを巡らせながら、フリオはフェンリースの横顔へ視線を向けていく。

そんなフリオの視線に気が付いたフェンリースは、

「どうかなさいましたか？　主殿」

そう言いながら、その顔に笑みを浮かべた。

フェンリースの笑顔を見つめながら、フリオはあることを思いついた。

「……フェンリースさん……あなたさえよかったらなんですが……」

フリオは、フェンリースの顔を見つめながら、ゆっくりと話しかけ始めた。

「僕の……妻として行動をともにしてくれませんか？」

その言葉を聞いたフェンリースは、しばし固まっていた。

そんなフェンリースを前にして、フリオは少し困惑しながら、

「あぁ、本当の妻でなくていいんです、あくまで名目上ってことで……そうしておけば、一緒に行動していても違和感が……」

そう言葉を続けていたのだが、そんなフリオにフェンリースがいきなり抱き着いた。

「妻になります！　本当の妻になります！　あぁ、私のような者が主殿のような強きお方の妻になれるのですね!?　主殿のような優しきお方の妻になれるのですね!?」

フェンリースは、頬を赤く染めながらフリオの首に抱き着いたまま歓喜の声を上げた。

「ちょ、ちょ、ちょっと待って!?　フェ、フェンリースさん、ちょっと待って」

フリオは、歓喜の声を上げ続けているフェンリースを、一度自分から引き離し、改めてその顔を見つめていく。

「僕はこの世界の人間じゃないんだ……」

フリオは、フェンリースに話し始めた。

「勇者候補として召喚されて……でも失格になって……元の世界にも帰ることが出来ないまま、一人でこの世界に放り出された人間なんだ……行く当てもないし、これから何をしたらいいのかもわからない……そんな僕なんですが……」

フェンリースは、言葉を続けようとするフリオの手を取った。

「そんなことはどうでもいいのです」

フリオの顔を真正面から見つめながらフェンリースは言った。

「私は、あなたの妻になると誓ったのです。ならせていただきたいのです。あなたが、どこの誰であろうとも、この思いは一切揺らぎません。生涯、忠誠を誓い、あなたと共に生きることを誓います……ですから、お側においてくださいませ、主殿……いえ、旦那様」

そう言うと、フェンリースはフリオに向かって微笑んだ。

しばし、その笑顔を見つめるフリオ。そして、フェンリースの手を握り返し、

「本当に、いいのですか？」

そうフェンリースに聞いた。

「はい」

フェンリースはその言葉にはっきりとそう答え、そして頷いた。

フリオは、そんなフェンリースをそっと抱きしめた。

フェンリースもまた、フリオを抱き返した。

◇◇◇

夫婦として行動を共にすることを誓い合った二人は、この日はこの森の一角で野宿をすることにした。街へ戻ることも考えたフリオなのだが、

（街には転移魔法で送り返した女騎士達がいるはずだ……あの状況で送り返しちゃった直後だし、もう少しほとぼりが冷めてからの方が……）

そう考えての行動であった。

森の中を歩いていた二人は、木々の合間に野宿に適した場所を見つけ、腰を落ち着けた。

「とりあえず、今夜はここで一夜を過ごそうか」

「わかりました旦那様」

そう言いながら、二人はそこに布を広げたり、枯れ枝を拾い集めたりしながら野宿の準備を始めていった。

ほどなくして、日も暮れていった。

魔法袋の食料で夕食を済ませた二人は、たき火を前に寄り添いながら倒木に並んで腰かけていた。

「では、旦那様」

フェンリースは、おもむろにフリオへ視線を向けていった。

「妻としての夜のお相手を務めさせていただきたく思います」

そう言うと、フェンリースは身に着けていた服を脱ぎ捨てると、そのままフリオへ抱き着いていく。

「ちょ、フ、フェンリース……今日はお風呂にも入っていないんだし……」

フリオは、慌てた表情をその顔に浮かべた。フェンリースは、そんなフリオに自ら口づけていくと、同時に魅了・催淫・性欲といった欲情系魔法を連続してフリオに向けて展開していく。

(我が夫となられたお方……このフェンリースの全身全霊をもってお相手させていただきますわ)

フェンリースはフリオに口づけたまま、その体をまさぐりながらさらに魔法を展開していく。

同時に、口づけを終えたその口で、フリオの体へ舌をはわせながらその顔に艶っぽい表情を浮かべていた。

パリン
唐突に、乾いた破壊音が響いたかと思うと、フェンリースが展開していた催淫系魔法がすべて消え去った。その光景に思わず目を見開くフェンリース。

「あ、あの……これは、まさか旦那様が？」

そう尋ねるフェンリースに、フリオは、

「その……僕もそんなに経験が多い方じゃないけど……」

そう言いながら、自らフェンリースに口づけていった。

その途端、フェンリースは体をビクンと震わせた。

フリオの舌がリースの口の中をまさぐっていき、その舌を搦《から》めとっていく。

その蕩《とろ》けるような口づけを前に、体中に電流が走ったかのような衝撃を受けていくフェンリース。

同時に、フリオから欲情系の魔法がすさまじい勢いでフェンリースの中に次々と流れ込んでいく。

それらは、先ほどフェンリースが放った物とは比べ物にならないほど強力なものばかりであった。

「いや……あの……ダメ……こんな……」

予想だにしなかった展開を前にして、フェンリースはその頬を真っ赤に染めながら、フリオにその身をゆだねることしか出来なくなっていた。

そんなフェンリースの前でフリオが軽く詠唱した。

すると、フリオの体が光っていき、その顔や体形が変わっていく。

「だ、旦那様、そ、そのお姿は……」

「これが僕の本当の姿なんだ。城から追われているかもしれないから、さっきまでは姿を変えていたんだけど……君との初めてには、本当の姿でと思って……」

そう言うと、フリオはフェンリースの体を優しく抱きよせた。

（あ…………）

そして、フェンリースはフリオの腕の中で、その意識をなくしていった。

フリオは、レベル２になった際に、この世界のありとあらゆる魔法とスキルを手に入れていた。

それは、女性相手に関する技術スキルに関しても、なのであった。

（フェンリースのために……）

フリオがそう思えば思うほどに、この世界最高峰の手練手管が発揮されていき、同時に、この世界最強の淫猥《いんわい》系魔法が展開されていたのである……フリオ本人は無意識のままなのだが……

そんなフリオを前にして、フェンリースはこの夜幾度となく意識を失い続けていったのだった。

◇翌朝◇

フェンリースは、フリオに腕枕をされた体勢で横になっていた。

ようやく目を開けたものの、体はけだるく、意識は朦朧としたままだった。

「おはよう、フェンリース」

フェンリースがうっすら目を開いたのに気が付いたフリオが、そう声をかけた。

フェンリースが見上げると、そこには昨夜、月明かりの下で何度も見つめ、抱きしめ、そして自らに口づけてくれたフリオの顔があった。

「旦那様……」

フェンリースは、熱い吐息を漏らしながらフリオの胸に抱き着いていった。

(このフェンリース、身も心もお捧《ささ》げいたしますわ)

フリオの胸板に抱き着いたまま、フェンリースは再び目を閉じた。

◇◇◇

昼前になり、フェンリースはようやく起き上がることが出来るようになった。

二人は着衣を整え、フリオは姿形を変装している姿へと戻していく。

「じゃあ、街に行って何か美味《おい》しいものでも食べようか」

「あ、はい……お供いたします」

二人は言葉を交わしあうと、フリオの転移魔法で城下町へと移動していった。

二人が城下町に戻ると、何やら街が騒然としていた。よく見てみると、街の人々が城の門の方に殺到していたのである。そんな街の人々の前では、かなりの数の騎士達が隊列を組んでおり、これから出発するところのようであった。

「おいおい、すごい数の騎士団が派遣されるんだな」

「あぁ、なんでもデラベザの森の方で魔王軍配下の魔族が見つかったらしい」

「じゃあ、あの騎士達は、その魔族を討伐に向かうのか」

「あぁ、どうもそうらしい」

集まっている人々の話を、その後方から聞いていたフリオは思わず苦笑した。

（そ、それってフェンリースのことなんじゃ）

フリオはそう思いながら、自分の腕に寄り添うようにして立っているフェンリースへと視線を向けた。

「とりあえず僕らは食事が出来る店に行くとしようか」

そう言うと、フリオは、そそくさとこの場から立ち去ろうとした。

その時だった。

「あ……あなたは……ま、まさかフリオ殿か？」

そんなフリオに、軍勢の一角から聞き覚えのある声が聞こえてきた。

その言葉に、フリオは思わずその身を硬くした。

（こ、この声は……）

フリオは、ゆっくりと声の方へと顔を向けた。

するとそこには、昨日フリオが転移魔法で街へ逃がした女騎士と、その一行の姿があった。この軍勢に加わっていたらしい女騎士達は、フリオを見つけると嬉《うれ》しそうな様子で駆け寄ってきた。

「貴殿なら、あの化け物を前にしても生き延びておられるのではと思ってはおりましたが……御無事で何よりです……」

女騎士は涙を流しながらフリオの手を強く握りしめた。

その後方では、重騎士、弓士、魔法使いの三人も同様に涙を流しながらフリオを見つめていた。

ひとしきり再会を喜び合った一同。

その時、女騎士はふとフリオの後方へ視線を向けた。

その女騎士の視線の先には、フェンリースの姿がある。

「ところでフリオ殿、そのご婦人はどなたです？　昨日はお連れではなかったように思いますが？」

女騎士が首をかしげながらフリオへ尋ねた。

（……まずい、かな？）

女騎士の言葉にフリオは内心で少し焦っていた。

今のフェンリースは、女騎士達と出会った時の少女の姿ではなく、若い女性の姿になっている。

昨日、この女騎士達と対峙《たいじ》した時のフェンリースは、少女の姿から直接牙狼の姿へ変化したため、今の姿を女騎士達には見せていない。そのため女騎士達は、フェンリースが昨日の魔族であることに、まったく気づいている様子がなかった。

フリオは、少し考えを巡らせると、改めて女騎士に向き直った。

「この者は僕の連れです。昨日は街の宿で待たせていたんですよ」

フリオは女騎士達に向かってそう言いながら微笑んだ。

だが、その笑顔とは裏腹に、フリオは脳内に表示されるウインドウを駆使しながらいくつもの魔法を展開していた。

詐称・隠ぺい・説得……

この場を凌《しの》ぐために適していると思われる魔法を次々と展開していくフリオ。

フリオの笑顔とともに、それらの魔法を浴びた女騎士達は、最初こそ怪訝《けげん》そうな表情を浮かべていたものの、すぐさまその表情を笑顔に変えていき、

「なるほど、そうでしたか、これは大変失礼いたしました」

そう言いながらフリオとフェンリースに向かって頭をさげたのだった。

女騎士達のその様子に、フリオは思わず安堵《あんど》のため息をもらした。

すると、そんなフリオの服の袖をフェンリースが引っ張った。

（旦那様、なぜ妻として紹介してくださらないのですか？　非常に不本意です）

フリオに向かってそう呟いたフェンリースはその頬を、ぷぅ、と膨らませながら抗議の意を示していた。そんなフェンリースにフリオは、

（わかったよ、次からは必ずそう説明するから）

そう小声で謝罪した。

「と、ところで、この大軍勢はなんなのです？　あなた方も加わっておられるようですが？」

フリオは、女騎士たちに向き直るとそう言葉をかけた。

その言葉に、女騎士は軍勢の方へと視線を向けると、

「あぁ、この軍勢はですね、デラベザの森周辺の脅威を一掃するためのものなのですよ。あの一帯はかねてから魔王軍の支配下にあり、クライロード魔法国の脅威となっていたのですが、その地の魔族が城下町に出入りしていたことが発覚した以上、このまま野放しにしておくわけにはいかないとクライロード王がご決断なさったのです。そして、この軍勢はですね……」

女騎士が言葉を続けようとしたところで、城の前に集まっている人々から大歓声が上がり始めた。

「勇者様だ！　勇者様がお姿をお見せになったぞ！」

「なんて凛々《りり》しいお姿なのかしら！」

「金髪の勇者様だ！　俺たちを救ってくださる救国の勇者様だぁ！」

人々は口々に歓声を上げていた。その大歓声を聞きながら、女騎士は改めてフリオへ向き直ると、

「そうなんです、この軍勢は勇者様が率いて行かれるのですよ」

そう言いながら、何度も頷いていた。

女騎士にそう言われ、フリオが軍勢の後方へと視線を向けると、その視線の先には豪奢《ごうしゃ》な鎧《よろい》に身を包んだ金髪の騎士が白馬に乗り、民衆の間をゆっくりと進んでいく姿が見えた。

（あ、あの人は）

フリオは、その金髪の男に見覚えがあった。先日、フリオがこの世界に召喚された際に、ほぼ同時にこの世界へと召喚されたあの金髪の男に間違いなかった。

その初期能力の高さから真の勇者として皆から崇《あが》められ、盛大な勇者誕生の宴《うたげ》を何日にもわたって開催された金髪の勇者その人である。

（まぁ、今の僕は魔法で姿を変えているし……ばれることはないとは思うけど……）

フリオは、そう思いながらも、
片や、救国の英雄として街中の人々から歓声を浴びている金髪の勇者。

片や、人目を気にしながら姿を変えて行動している自分。

その境遇の差に、心のどこかに複雑な思いを感じていたのだった。

女騎士は、そんなフリオへ視線を向けた。

「そうだ！　フリオ殿もこの軍勢に加わっていただけませんか？　私の配下ということにすれば問題ないと思います。何より、あれだけの魔法を使用出来るあなたが同行してくだされば非常に心強いのですが……当然、相応の報酬もお約束いたします」

女騎士は、フリオを熱心に勧誘した。

だが、フリオはそんな女騎士にすまなそうな表情を浮かべると、

「僕の力を評価してくださって非常に光栄なのですが……僕は先の魔物との戦いで魔力をほとんど使い切ってしまっておりまして……今の僕ではお役にたてないと思います」

そう言いながら、一礼した。その様子に、女騎士は少し慌てたような表情を浮かべた。

「あ、あぁ、いや、そんなに深刻に謝罪なさらなくてもいいのですよ。あなたの状態を確認もしないで気安くお誘いしてしまい、逆に申し訳ありません……そりゃそうですよね、あんな魔族を相手に戦ってこられたのですもの……」

女騎士はフリオに向かってそう言いながら、うんうんと頷いていた。

その後、女騎士はフリオと少し雑談を交わした後、勇者が率いている軍勢の中へと戻っていった。

その途中、一度だけフリオへ振り向いた女騎士は、

「任務から戻ったら、改めて先日のお礼をさせていただきたい」

そう言いながら手を振っていたのだった。

そんな女騎士達を見送ったフリオは、やれやれとばかりに大きなため息をついていた。

ちなみに、フリオが女騎士に語った「魔力を使い切った」という話は当然嘘である。

勇者の軍勢に加わり下手に目立ってしまうと、最悪、自分がまだ生きているということが城にばれてしまうかもしれない。そう考えてこの軍勢に加わるべきでないと判断し、咄嗟《とっさ》に嘘をついたのであった。

ぎゅ
女騎士達が立ち去ると、不意にフェンリースがフリオの腕に抱き着いてきた。

「どうかしたのかい？」

そう訊《たず》ねるフリオに、フェンリースは困惑したような表情を浮かべていた。

「あの……ど、どう言えばいいのか私にもよく理解出来ないのですが……だ、旦那様があの女と親しげに話しているのを見ていましたら、何やら胸の奥がもやもやしてまいりまして……その……」

フェンリースは、ややうつむきながらもしっかりとフリオの腕に抱き着いている。

フリオは、そんなフェンリースを見つめながら、

「わかった。君がそんな気持ちにならないように、以後気を付けるよ」

そう言うと、フェンリースに向かって微笑んだ。

金髪の勇者の軍勢が出撃していく中、フリオとフェンリースは、寄り添いながら街中へ向かって歩いていったのだった。

◇◇◇

この金髪の勇者の軍勢およそ一万は、クライロード城を出発してから、わずか五日で壊滅し、撤退を余儀なくされた。

これは魔王軍に出くわしたからではない。

人を襲う害獣とされている魔獣、狂乱熊《サイコベア》の大群に襲われたためであった。

クライロード城の北方には、魔王城を構えている魔王軍以外にも、こういった凶暴な魔獣が多数生息しており、人族が住むのに適しているとは言いがたかった。

金髪の勇者がクライロード城の南方で魔王討伐のための修行をおこなっていたのもこのためであり、比較的討伐しやすい、小型でかつ小規模な群れでしか行動しない魔獣を相手にした修練を続けていたのである。

今回、満を持してデラベザの森方面大討伐作戦の指揮官として任命され、派遣された金髪の勇者。

だが金髪の勇者は、デラベザの森へ向かう途中、自分たちに襲い掛かってきた野生の狂乱熊《サイコベア》の大群およそ千頭を前にして大混乱に陥った。

「金髪の勇者様、ど、どうしましょう」

「き、金髪の勇者様、ご、ご指示をぉ」

蹂躙《じゅうりん》され、壊滅していく軍勢の者達は、狂乱熊《サイコベア》達に必死に応戦しながら金髪の勇者の指示をまった。だが金髪の勇者は、この軍勢を立て直せないどころか、

「わ、私はだな、こ、このようなところで死んではならない人間なのだ」

そう言うが早いか真っ先に戦線を離脱し、クライロード城へと逃げ帰ってしまった。

指揮官を失った軍勢は、それでも必死に戦ったもののほどなく壊滅し、一万いた軍勢のうち、どうにか城まで逃げ帰ることが出来たのはわずか三千名ほどだった。

この報告を聞いたクライロード王は真っ青になった。

自らが勇者と認めた男の大失態である。

この事実を国民が知るところとなれば、自らの責任問題を問われかねない。

そう考えたクライロード王はこの事実を徹底的に伏せた。

まず、今回のデラベザの森方面への進軍そのものがなかったこととされ、城のすべての記録から抹消された。軍勢に参加し、生き残った者達には『今回の行軍での出来事を一切口外しない』という誓約書にサインまでさせるという徹底ぶりであった。

そんな中、クライロード王は秘密裏に金髪の勇者を城へと呼び出した。

◇クライロード城・玉座の間◇

「勇者殿……此度《こたび》はいかがなされたのじゃ？　魔王軍の討伐に赴くどころか、ただの魔獣を相手に軍勢を壊滅させてしまうとは……」

クライロード王は、玉座に座ったまま、目の前の金髪の勇者へ問いかけた。

そんなクライロード王を金髪の勇者は腕組みをしたまままっすぐ見据えていた。

「王よ、それに関しては私から苦言を言わせていただきたい」

そう言うと、金髪の勇者は一歩前に踏み出した。

「今回の軍勢に参加した者達、あれはなんだ？　ちょっと魔獣が出現しただけで慌てふためき行軍をめちゃくちゃにしてしまいおった……私が気づいた時にはすでに軍勢は壊滅状態、私は一人でも多くの者を助けるのが精いっぱいという状態だったのだぞ？」

そう言い、クライロード王に向かい怒りのこもった視線を向ける金髪の勇者。

クライロード王は、しばらく金髪の勇者を見つめ返すと、一度大きくため息をついた。

「……つまり、今回の失態は、行軍を行っていた者たちに非があった……勇者殿はそうおっしゃるので？」

「あぁ、そうだ。私には一切の非はない。むしろあれだけの兵達が生きて戻れたことを感謝してもらいたいものだな」

金髪の勇者はそう言うと、クライロード王に背を向け玉座の間を後にした。

しばらくの間、クライロード王は玉座に座ったまま、金髪の勇者が出ていった扉をじっと見つめていた。そんな王の横に側近の男が一人歩み寄った。

「……勇者の行動を監視していた者だな？」

「いかにも」

クライロード王の言葉に頷くと、その男はその耳元に口を寄せていった。

「あの金髪の勇者ですが……この一カ月ほどの訓練の間、自分が確実に勝てる魔獣しか相手にせず、少しでも危なくなるとすぐに逃げ出す……そのくせ、その責任をすぐに他の者のせいにしては怒鳴り散らすなど……ちと、伝説の勇者らしからぬ言動が目についております……」

男の言葉に、クライロード王は眉をひそめた。

「……今回の進軍に際しても、勇者でありながら軍勢の最深部を進んでおった……ふつう将たるものは軍の先頭に立つのが当たり前であろう？」

「そのことに関しましては訓練の際にも同様の行為を繰り返しておりまして……数人の者が意見をしたことがあるのですが『これが私のやり方だ』と言い張り、一切改めようとなさらなかったとの報告が……」

側近の言葉に、クライロード王は大きなため息をつき、首を左右に振った。

「……国として正式な勇者と認めておらねば打つ手もあるのじゃが……あの男をこの世界の勇者と認めてしまっておる以上、今回の行軍の失敗を罪に問うことも出来ぬ……早くレベルを上げて、魔王を倒してくれることを願うしかないのか……」

クライロード王はそう言うと、再び大きなため息をついた。

◇◇◇

クライロード城の廊下を歩きながら金髪の勇者は眉をひそめていた。

見た目は平静を装ってはいるものの、その内心では焦り、イラついていた。

(これは、いったいどういうことなんだ)

金髪の勇者は、そう思いながら目の前にウインドウを表示させていく。

すると、そこには金髪の勇者のステータスが表示された。

Lv……91

力……999
守……999
速……999
魔……999
HP……999
スキル　未習得

その数値は、レベルこそ上がってはいるものの、他の能力値はレベル1の際からまったく成長していなかった。

（この一か月の間あれだけ修行したんだぞ……なのに、なぜ私の能力値は上がらないんだ？）

金髪の勇者は、内心で舌打ちをしながら廊下を進んでいく。

（これでは、人族や弱い魔獣相手ならどうにかなっても、ちょっと強い魔獣を相手にすると全く歯が立たない……やはり今回の行軍は最初から断るべきだったのか……）

金髪の勇者は、眉をひそめたまま廊下を進んでいた。

「あ、勇者様ぁ」

そんな金髪の勇者に、お付きの者らしい女性が駆け寄っていく。

「……ツーヤか、待たせたな」

「いえいえぇ、これもお仕事でございますのでぇ」

そう言うと、その女――ツーヤは、金髪の勇者の後ろについて歩き始めた。

そんな二人の周囲を、屈強な騎士達が取り囲んでいく。

騎士らの護衛に守られながら、金髪の勇者はクライロード城を後にしたのだった。

◇◇◇

「宝珠の加護亭」に戻ったフリオとフェンリースはその後の二日間を、ほとんど部屋にこもって過ごした。食事の時間には食堂へ下りてくるのだが、食事を終えると身を寄せ合いながら部屋に戻っていき、そのまま部屋の外へ出てくることはなかった。

「最上級客室のお客さん達ったら、なかなかやるもんだねぇ」

食事を終えて階段を上がっていった二人の後ろ姿を見送りながら、女将《おかみ》は楽しそうに笑っていた。

「なかなかって……あのお客様達、部屋にこもって何をしてるバウ？」

女将の言葉に、犬種の亜人の女の使用人が怪訝そうな表情をする。

そんな犬人の女の子に、女将はシシシと笑った。

「バフナ、男と女が部屋で二人きりなんだよ？　することとなんて決まってるだろ？」

「え？……あ、あの、それってひょっとして、その……」

犬人の女の子――バフナは、顔を真っ赤にするともじもじとうつむいていった。

そんなバフナの様子を見ながら、女将は楽しそうに笑い続けていた。

ベッドの上で、フェンリースはフリオに抱きついていた。

「……旦那様……私、このように幸せな気持ち……生まれて初めてですわ……」

布団の下は互いに裸のままの二人。フリオの腕枕の上で目を閉じながら、フェンリースは何度目かの熱い吐息をもらしていく。そんなフェンリースの頭を優しくなでながら、

「これからのこともそろそろ考えないといけないね」

そう言いながらフリオはフェンリースを抱きしめる。

「これからのことですか？」

「うん、そう。これからどこで暮らすかとか、何を仕事にするか……」

「私は、何があろうとも旦那様とともに参りますわ」

そう言うと、フェンリースはフリオの首へと腕を回していき、

「でも、今は……」

フリオは、そんなフェンリースを再び抱き寄せていった。

◇数日後◇

二人は朝食を終えると街へと出かけていった。

「そろそろこれからのことも考えないといけないね」

「これからのこと……で、ございますか？」

フェンリースの言葉に、フリオはその顔に飄々とした笑みを浮かべた。

「二人でのんびり暮らせる……そんな場所を見つけたいし、そのための仕事も見つけないといけないしね」

「二人でのんびり……」

フリオの言葉を反復したフェンリースは、しばらくするとくすりと笑った。

「そんなこと、今まで考えたこともありませんでしたわ」

その笑顔を見つめながら、フリオも笑顔を返していく。

「とりあえずは情報収集だね。まずは冒険者組合へ行ってみようか」

フリオの言葉に、フェンリースも頷いた。

二人は街道の人ごみの中を、冒険者組合へ向かって連れだって歩いていった。

◇冒険者組合◇

二人が冒険者組合へ入っていくと、組合の中は騒然とした空気に包まれていた。

(おい聞いたか?)

(あぁ、あれだろ？　勇者様の軍勢が壊滅したって話だろ?)

(魔王軍にやられたのか?)

(いや、なんでも野生の狂乱熊《サイコベア》に歯が立たなかったとか)

(うそ？　それ本当なのか?)

組合の中の冒険者たちは互いに顔を寄せ合いながらひそひそ話を続けていた。

その内容のほとんどが勇者軍壊滅に関するものとなっており、皆不安そうな表情を浮かべながら話を続けていたのだった。

「……あの行軍で見かけた金髪の勇者が率いたのであれば当然の結果でしょう」

周囲の冒険者達の言葉を聞いたフェンリースは、フリオにだけ聞こえる大きさの声でそう言った。

「そう思うかい？」

「はい。あの金髪の勇者は人族としてはそれなりの力を有しておりましたが、魔族を相手に出来るほどではありませんでしたし……勇も知も覇気すらも全く感じられず……虚栄心とプライドくらいしか感じることが出来ませんでしたので……」

そう言うと、フェンリースは、チラッとフリオの顔を見上げた。

「……旦那様が率いられたのであれば……狂乱熊《サイコベア》の大群ごとき、あっという間に殲滅《せんめつ》させてしまうでしょうけれど……」

そんなフェンリースに、フリオはいつもの飄々とした笑みをその顔に浮かべながら、

「そう言ってもらえるのは嬉しいけど……金髪の勇者でも無理なことを、僕なんかがそう簡単に出来るとは思えないけど」

「何をおっしゃいます！　旦那様はあの者など物ともしないほどのお力をお持ちなのです！　それはこのフェン……」

そう言いかけたフェンリースの口を、フリオが右手の人差し指でそっと押さえた。

「……声が大きいよ、リース」

そう言いながらリースの顔をのぞき込んだフリオは微笑んだ。

魔王軍を離れ、フリオとともに行動することを決めたフェンリースだが、魔王軍のみならず、人族の中にも彼女の名前を知っているものがいないとも限らないため、今後はその名をフェンリースからリースと改めて行動することに二人で決めていた。だが、まだそれに慣れていなかったフェンリース改めリースが、自らの名前を『フェンリース』と口に仕掛けたため、フリオはそれを止めたのであった。

「も、申し訳ありません、旦那様」

自分のミスに気が付いたリースは、慌てて口元を押さえていく。

フリオは、そんなリースへ視線を向けると、

「気にしなくていいよ。のんびり行けばいいんだからさ」

そう言いながら微笑んだ。二人はそのまま冒険者組合の冒険者登録用のカウンターへと移動すると、そこでリースを冒険者として登録する。

「人族というのは、面白い物で情報を管理しているのですね……」

登録情報が魔法で刻まれているネックレス状の銀プレートを、リースは物珍しそうに眺めていた。

「僕もしているんだよ、ほら」

そう言うと、フリオは自らが首から下げているプレートを手で持ち上げてリースへ見せる。

「旦那様と……お揃《そろ》いですか？」

そう呟きながら、リースは改めてプレートを見つめると、それを自らの首へとかけた。

（旦那様と……お揃い）

リースは、そう呟きながら、その頬を赤く染めていった。

二人は、その足で依頼掲示板の内容を確認しようと、建物の中を歩き始めた。

その時だった。

突如冒険者組合の中に鐘の音が響き渡った。

「緊急依頼です！　街の北方に狂乱熊《サイコベア》の大群が発見されました。現在この街に向かって進行中の様子です。大至急、この狂乱熊《サイコベア》の大群の討伐にご協力願います！　一匹あたりの討伐報酬が、今回に限り通常の十倍になります！」

カウンターに立っている兎人《とじん》の女は、声を張り上げながら手に持っている鐘を打ち鳴らし続けていた。その音は瞬く間に建物中に響きわたっていき、建物内にいるほとんどの冒険者達が知るところとなった。

この緊急依頼を前にして、組合の中にいた冒険者達は一斉にざわつき始めた。

（おい、あの依頼って）

（あぁ、勇者の軍勢を壊滅させたっていう、アレじゃねぇのか？）

（だよな……このあたりで狂乱熊《サイコベア》の大群なんて聞いたことがないしな）

（報酬は良いけど……軍勢を壊滅させたような奴《やつ》らだぞ？）

（行くにしても、相当な数の冒険者でパーティ組まないと）

囁きあう冒険者たちを前にして、兎人の女がさらに言葉を続けていく。

「今回の依頼はランクフリーです。どんなランクの方でも参加可能ですが、ランク未指定扱いになりますので一切の保険・補償はありません。その分報酬が高く設定されていますので……」

その言葉に、冒険者達はさらに騒然となった。

(お、おい、ランク未指定だと!?)

(ほ、補償が受けられないって……大怪我を負っても治療しませんってのか、おい!?)

(いくらなんでも、ひどすぎないか?)

(しかし……確かに十倍の討伐報酬は魅力ではあるんだが)

冒険者達は、あれこれ相談を繰り返していた。中には高額報酬目当てで仲間を集め始めている冒険者達もいるにはいるのだが、大半の冒険者達はその場を動こうとはしていなかった。

そんな冒険者達の噂話《うわさばなし》は、いつしか金髪の勇者の話題になっていった。

(そもそも、こういう時のための勇者様じゃないの?)

(その勇者は今どこで何をしてるんだ?)

(なんでも、城に戻ったらすぐに魔獣の少ない南方に向かって旅立ったらしいぞ)

(魔王どころか、魔獣から逃げ出したっていうのか、おい)

そんな冒険者たちの話を聞きながら、フリオはリースとともに建物の外へと出ていった。

フリオは、街道を歩きながらリースへ視線を向けていく。

「良い稼ぎにもなるみたいだし、ちょっと狩りに行ってみようか?」

フリオの言葉にリースは、

「狂乱熊《サイコベア》ごとき、この私が一人で狩ってまいりますわ。旦那様はどこかで食事でもしながらお待ちくださいませ」

そう言いながらフリオの前へとその身を乗り出し、今にも駆け出そうとしている。

フリオは、そんなリースの肩に手をのせ、リースの動きを制した。

「僕もさ、魔法をいろいろ試してみたいし……それに奥さんだけを戦わせるような真似《まね》はしたくないからさ」

「お……奥さ!?」

不意に投げかけられたフリオの一言に、リースは顔を真っ赤にしてその場で固まった。

そんなリースの様子に気が付いたフリオは、少し首をかしげる。

「……僕の奥さんって言ったら、駄目だったかな?」

フリオの言葉に、はっと我に返ったリースは慌てて首を左右に振ると、

「……い、いえ……あの……はい……むしろ、光栄といいますか、嬉しいといいますか……」

リースはゆでだこのように、顔を真っ赤にしながら、そう言うのがやっとだった。

「よかった。じゃ、行こうかリース」

「は、はい、旦那様」

二人は頷きあうと街道を再び歩き始め、一軒の武具屋へと入っていく。

「旦那様、私は武器などなくとも身体能力だけで狂乱熊《サイコベア》ごとき倒せますわよ」

怪訝そうな表情をするリースに対し、フリオはその顔にいつもの飄々とした笑みを浮かべる。

「確かにリースは素手でも強いと思うけどさ、一応武器も持っておかないと魔獣を狩りにいくのに不自然だと思われかねないからさ」

「人族というのはそういうものなのですか？」

リースは、不思議そうな表情を浮かべながらも店内の商品へ視線を向けた。

ほどなくして、リースは小ぶりなショートソードを選択した。

牙狼族であり、その速さに絶対の自信をもっているリースならではの選択といえた。

一方のフリオは、魔法使い風に杖《つえ》を所持していたのだが、新たにロングソードを購入し、それを背負う形をとった。結局のところ、魔法で戦うつもりのフリオは、あえて武器を持っていることを誇示しながら両手を空ける方法をとったのである。

「それと……大したものじゃないけど」

そう言いながらフリオは、ロングソードと一緒に購入した指輪をリースに差し出した。

その指輪には若干ではあるものの速さのスキルが付与されていた。

「この程度のスキルなど特に意味があるとは思えないのですが？」

指輪を見つめながら、リースは怪訝そうな表情を浮かべる。

フリオは、そんなリースの左手を取ると、

「人族はね、結婚の証《あかし》としてお互いの左手の薬指に、夫婦で同じ指輪をはめる風習みたいなものがあるんだよ」

そう言いながら、その薬指に指輪をはめると、フリオは自分の左手の薬指にも同じ指輪をはめているのをリースへ見せた。

「結婚の……あ……証……ですか……」

リースは、フリオにはめてもらった指輪を眺めながら、その頬を赤く染めていた。

魔族にはそのような習慣はない。そのため、指輪の意図を説明されたリースは戸惑いと湧き上がってくる喜びの感情とでその顔を真っ赤にしたまま、その場で固まっていた。

そんなリースの表情に気が付いたフリオは、

「……ひょっとして嫌だったかい？　なら外してもいいんだよ……」

そうリースへと言った。

だが、その言葉を聞いたリースは慌てて顔を上げると、

「い、いえ!?　と、とんでもございません、ぜ、ぜひこのままお願いします！」

かなり大きな声でフリオに向かって返事をしていた。

その声があまりにも大きかったため、二人の周囲にいた客達が、なんだなんだ？　といった様子で怪訝そうな表情を浮かべながらフリオとリースへ視線を向けた。そんな周囲の視線に気が付いたリースは、顔面を真っ赤にしながらその顔を両手で覆い隠してしまった。

（な、なんたる失態……こ、この程度のことで動揺してしまうなんて）

顔を両手で覆ったままうつむくリース。

フリオは、そんなリースをそっと抱き寄せると、

「お騒がせしてどうもすみません」

周囲に頭を下げながら、リースと一緒に店の外へ向かって歩いていった。

◇◇◇

武器を購入した二人は、街中を北へ向かって進んでいく。

冒険者組合の緊急依頼をこなすためである。

街の北門には武装した衛兵達が多数集結していた。狂乱熊《サイコベア》の来襲に備えているのである。

「すみません、ちょっと通してもらえますか」

フリオとリースはそう言いながら衛兵達の間を通り抜けていく。

すると、数人の衛兵達が二人の前に立ちふさがった。

「おいあんた達、聞いてないのか？　この先にはな、今、狂乱熊《サイコベア》の大群がいるんだ」

そう言って行く手を遮った衛兵に、フリオは飄々とした笑顔を向ける。

「えぇ、知ってます。僕らはその狂乱熊《サイコベア》を狩りに行くところなんですよ」

その言葉を聞いた衛兵達は一様にあきれたような表情を浮かべていく。

「賞金狙いなのかもしれないけど、悪いことは言わない。たった二人では死にに行くようなもんだ。どうしても行くというのならもっと冒険者仲間を集めてからにした方がいい」

衛兵の一人がため息交じりに、フリオへと話しかけた。

「おのれの力量をわきまえない馬鹿ってのはどこにでもいるもんだな」

衛兵の中には、嘲笑交じりにそう囁く者もいた。

その声に、リースは舌打ちするとその身を低くし今にも襲い掛からんと身構える。

フリオは、そんなリースの肩に手を置くとその耳元に口を寄せた。

「リース、いいから」

「で、ですが旦那様……」

「いいんだよ。僕たちはまだ冒険者としては何の実績も残してないんだしさ」

「ですが……」

「いいから」

フリオに繰り返し説得され、リースは渋々ながらもようやく引き下がった。

そんなリースの様子を確認したフリオは、改めてその視線を衛兵達へ向けた。

「今回の狂乱熊《サイコベア》討伐はランクフリーの依頼ですので、僕たちでも挑戦することは可能なはずですが？」

フリオはそう言いながら首にかけているプレートを持ち上げて見せていく。

自分が冒険者組合に所属してる冒険者であることを衛兵達に誇示したのである。

「確かにその話は聞いてはいるが……」

そのプレートを確認した衛兵の一人はそう言いながらも、なおも渋った様子を見せていく。

すると、その場に衛兵長が歩み寄ってきた。

「いいじゃないか、そこまで言うのなら行かせてやれば。忠告はしたんだし、俺達が罪に問われることはないって」

その衛兵長は、そう言いながらフリオとリースへ視線を向けた。

「まぁ、衛兵長がそう言われるのでしたら……」

フリオ達に意見をしていた衛兵はそう言うと後方へと下がっていった。

衛兵長は、衛兵の様子を確認すると、改めてその視線をフリオ達へ向けた。

「まぁそういうことだ。頑張って狂乱熊《サイコベア》の一匹でもなんとか狩ってきてくれ」

そう言いながら、衛兵長は部下に門を開けさせた。

フリオは衛兵長に向かって笑顔を向けると、

「ありがとうございます。頑張って一匹でも多くの狂乱熊《サイコベア》を狩ってきますね」

そう言いながら、リースを伴って門を出て街の外へと向かった。

「あの二人、大丈夫ですかね？」

門を閉めながら衛兵の一人がボソッと呟いた。

それを聞いた衛兵長は、その顔に苦笑を浮かべた。

「大丈夫なわけないだろ。まず狂乱熊《サイコベア》にやられて奴らの餌になるだろうさ……運がよければ戻ってこれるかもしれないが、それでも無傷ってわけにはいかないだろうよ」

「はぁ……いい女だったのになぁ……あの女だけでもおいていってくれればいいのに」

その言葉に、一部の衛兵達から下品な笑い声が漏れた。

その笑い声を聞いた衛兵長は、若干眉を歪めながら、

「無駄口はいいから、さっさと持ち場に戻れ……狂乱熊《サイコベア》達がいつやってくるかわからないんだからな、全員しっかり気を引き締めておけ」

大きな声で周囲に指示を出した。その言葉を合図に、衛兵らはもとの配置へと戻っていった。

◇◇◇

街を後にしたフリオとリースが街道を北に向かっていくと、ほどなくして数匹の狂乱熊《サイコベア》と出くわした。

「どうやら、群れの先頭みたいだね」

「旦那様、ここは私が……」

リースはそう言うと、身構えながらフリオの前へと出ていった。

しかしフリオは、そんなリースを右手で制すると、

「ここは僕にまかせてくれるかい？　ちょっと魔法の威力の確認をしておきたいんだ」

そう言いながらリースの前へと歩み出ていった。

「……旦那様がそうおっしゃるのでしたら……」

リースは、やや不満そうな表情をその顔に浮かべながらも、素直に後方へと下がっていく。

リースの動きを確認したフリオは改めて狂乱熊《サイコベア》へと向き直っていく。

「さて、まずはこれくらいからいってみようかな」

フリオは、狂乱熊《サイコベア》へ向かって右手を伸ばすと重力魔法を展開した。
グ、グア!?
ガ!?

自分たちの体に異変を感じた狂乱熊《サイコベア》達は、その場で困惑したかのようにウロウロし始める。

その様子を確認したフリオは、

「これくらいじゃあ効果が薄いのか……じゃあこれぐらいならどうかな」

そう言いながら、魔力を増大させていく。

次の瞬間、狂乱熊《サイコベア》達は一斉に地面に倒れこんでいた。同時に骨の砕ける音が響いていき、狂乱熊《サイコベア》達の体はまるで獣の敷物のように地面にべったりと張り付いていった……当然即死である。

その光景を見つめながら、フリオはがっかりしたような表情を浮かべていた。

「……あれぐらいでもう駄目なのかぁ……これは思った以上に調整が難しいぞ」

そう言いながらこめかみのあたりを右手の人差し指でぽりぽりとかいていく。

そんなフリオの横で、リースは唖然とした表情を浮かべていた。

(さ、狂乱熊《サイコベア》の骨は、鋼並みの硬さを持っていますのに……そ、それをいとも簡単に、あそこまでぺしゃんこにしてしまわれるなんて……)

リースは、目の前の狂乱熊《サイコベア》達の死骸を見つめながら、ただただ唖然とし続けていたのだった。

「さて、この死骸をどうやって街まで持っていくかだけど……」

フリオは、その場でしばし考え込んでいく。

「……そうだ、魔法袋があった」

フリオは、そう言うと狂乱熊《サイコベア》の死骸に向かって手をかざし、

(魔法袋の中に入れ)

そう念じたが、狂乱熊《サイコベア》の死骸はその場に残ったままだった。

「あれ、おかしいな？」

フリオはもう一度念じてみたのだが、やはり結果は同じだった。

「旦那様、ひょっとしたらその魔法袋に何か制約が設定されているのかもしれません。『生き物の死骸は受け入れない』とかそういった類の……」

「へぇ、そういう設定もあるんだ」

フリオは、魔法袋を眺めながら感心したような声を上げた。

「となると、狂乱熊《サイコベア》の運搬には別の方法を考えないといけないのか」

フリオは、そう言いながら魔法袋の中身を確認し始める。

死骸の運搬に使えそうなものがないか調べていたのである。すると、農作業用の荷物の中に『荷車』の項目を発見したフリオは、さっそくそれを取り出してみた。

その荷車は農業用だけあって、なかなかの大きさで作りもしっかりしていた。

「うん、これならなんとかなるかな」

そう言いながら、フリオは狂乱熊《サイコベア》の死骸を荷台へのせていった。その荷車を引っ張るために、フ

リオは荷車の前方に取りつけられている金具の方へ移動しようと、そちらへ視線を向けた。

「この役目は譲れません」

そこにはすでにリースが待機しており、荷車を引く気満々の様子でフリオを見つめていた。

「い、いや……奥さんにそんなことをさせるわけには……」

そう言い続けたフリオなのだが、リースは頑《かたく》なにその役目を変わろうとしなかったのだった。

結局、フリオが折れ、荷車はリースが引っ張っていくことになった。

フリオの役にたてたことが嬉しくてしかたないらしく、リースはご機嫌な様子で荷車を引っ張っていったのだった。

◇◇◇

「おや？」

二人がしばらく進んでいくと小さな家があった。うっそうとした森の手前にある家の裏には畑もあったのだが、その畑は狂乱熊《サイコベア》達によって荒らされたらしく、見るも無残な状態になっていた。

そんな畑に比べると、家の方は意外なほど傷んでいなかった。

家の中は荒れていたのだが、それは狂乱熊《サイコベア》によって荒らされたというよりも、狂乱熊《サイコベア》がやってきたことに気づいた住人達が慌てて逃げ出したために荒れてしまったといった感じであった。

「この家の持ち主の人には申し訳ないけど、ここを使わせてもらおうか」

「ここをですか？」

「さっき狂乱熊《サイコベア》と遭遇したし、ここを拠点にして周辺を回っていけば効率よく狩ることが出来るんじゃないかな」

「なるほど……それはいいかもしれませんね」

二人は、家の中を片付けると周辺へ狂乱熊《サイコベア》狩りに出かけていった。

少し進むと、二人の眼前に　二匹の狂乱熊《サイコベア》が出現した。

狂乱熊《サイコベア》達は、フリオとリースを見つけると雄たけびを上げながら突進してくる。

「旦那様、今回は私にお任せください」

リースはそう言いながらその身を低くすると、両手の先だけを牙狼化させた。

そのまま地を蹴ると、リースは一気に狂乱熊《サイコベア》の懐に潜りこんでいく。

リースの動きがあまりにも速すぎたために、狂乱熊《サイコベア》達は、その姿を完全に見失っていた。

「……っし！」

リースは、牙狼化している両手の爪で、狂乱熊《サイコベア》の首を横なぎに切り裂いていく。その爪は、一振りで狂乱熊《サイコベア》の首をかっ切っていき、ぼとっと地面に落下していった。続けざまに、リースはもう一頭の首も切り落としていく。

リースはわずか数秒で、二頭の狂乱熊《サイコベア》を仕留めたのであった。

この調子で、二人は遭遇した狂乱熊《サイコベア》達を次々に討伐していった。

リースは、圧倒的なスピードを駆使しながら、その手の爪で首を切り落としていき、フリオは、重力魔法を中心に、魔砲弾やかまいたちなど、さまざまな魔法を試しながら狩っていく。

その後、半日もたたない間に二人は二十頭近い狂乱熊《サイコベア》を討伐していった。

「体力的には全然大丈夫なんだけど……」

フリオは、そう言いながら荷車の方へ視線を向けた。

その荷車は、討伐した狂乱熊《サイコベア》の死骸で山積みとなっており、荷車本体が軋《きし》んでいた。

(この荷車じゃあこれくらいが限界かな)

フリオは、荷車に強化魔法をかけながらリースへ視線を向けた。

「リース、荷車もいっぱいになったし、それに日も傾いてきたしさ、一度あの家まで戻ろうか」

フリオの言葉に、リースは、

「旦那様がそうおっしゃるのでしたら……」

そう返事をすると、フリオの側へと歩み寄っていった。

「ん?」

そのとき、フリオは気配を感じて視線を森へと移した。

「……狂乱熊《サイコベア》ですね……どうやら単体のようです」

リースもまたその気配を感じ取ったらしく、その場で身構えた。

すると、森の中から一頭の狂乱熊《サイコベア》が姿を現した。

その狂乱熊《サイコベア》はしばらく周囲を見回していたのだが、近くにいたフリオとリースの姿に気が付くと、牙を剝《む》きだしにしながら駆け寄ってきた。

リースは、その手を再び牙狼化させると狂乱熊《サイコベア》に向かってゆっくり歩み寄っていく。

「さぁ、来るがいいわ……」

リースは徐々に身を低くし、その体に殺気をみなぎらせていった。

すると、不思議なことが起こった。

それまで牙を剝き、雄たけびを上げながら駆け寄ってきていた狂乱熊《サイコベア》が、殺気をみなぎらせたリースを前にして立ち止まったかと思うと、いきなりその場であおむけになって倒れこんだのである。

「な、何が起きたんだい？」

怪訝そうな表情を浮かべるフリオ。

「さ……さぁ……私にも何が何だか……」

リースもまた、首をかしげながら前方で倒れこんだままの狂乱熊《サイコベア》を見つめていた。二人が歩み寄ってみると、狂乱熊《サイコベア》は、両手両足を投げ出しており、降参の意思表示をしているようであった。

「……ひょっとして、リースに敵《かな》わないってわかったのかな？」

「……だとしたら、ある意味、潔いですね」

あおむけに倒れこんだままの狂乱熊《サイコベア》を前にして、フリオとリースは顔を見合わせていると、互いに苦笑を浮かべた。

「とはいえこの狂乱熊《サイコベア》どうしましょうか？　このまま放置するわけにもいかないと思うのですが？」

リースの言葉に、フリオはその場で腕組みをして考え込んでいく。するとこの狂乱熊《サイコベア》は、むくりと起き上がり、今度はその場に座り込むと二人に向かって何度も頭を下げ始めたのだった。

その光景を前にしたフリオは、思わず笑みをこぼしながら、

「じゃあ、僕達のペットにしようか？」

そうリースへと話しかけた。

すると、その言葉を聞いた狂乱熊《サイコベア》は、嬉しそうに一鳴きした。

その光景に、リースも思わず笑みをもらしたのだった。

フリオは、その場でその狂乱熊《サイコベア》に隷属化魔法をかけた。これで、この狂乱熊《サイコベア》が突如凶暴化して人を襲う危険性はなくなったといえた。狂乱熊《サイコベア》の首に、隷属化されていることを示す鉄製の首輪をはめ、街中でも一緒に行動出来るようにしたものの、熊の姿のままで街中を連れ歩くと、やはり目立ってしまうし、勘違いされて衛兵に通報されかねない。

そう考えたフリオとリースは、しばらく二人で考え込んだ後、

「なら、服を着せてみようか」

という結論へと至った。フリオは魔法袋の中にあった服を、魔法でつなぎ合わせていき大きなオーバーオールを作成した。早速それを狂乱熊《サイコベア》に与えてみたところ、その狂乱熊《サイコベア》はそれを嬉しそうに身に着けた。オーバーオールを着た狂乱熊《サイコベア》は、亜人の人熊《ワーベア》っぽく見えるようになり、狂乱熊《サイコベア》特有の凶暴さはほぼ消え去っていた。

「これなら、街中でも一緒に歩けるね」

フリオの言葉に、狂乱熊《サイコベア》は嬉しそうに頷いた。

「となると、名前を付けてあげないといけませんね」

リースはそう言いながら腕組みをする。その横でフリオも、ふむ、と一考し、ほどなくして、

「……そうだね、狂乱熊《サイコベア》だから……サベアなんてどうかな?」

そう言いながら、リースと狂乱熊《サイコベア》を交互に見つめる。

「さすが旦那様、良き名前だと思いますわ」

そう言うリースの横で、狂乱熊《サイコベア》も嬉しそうにその場で飛び跳ねた。

こうして、二人のペットになった狂乱熊《サイコベア》はサベアと命名されたのだった。


フリオとリースはサベアを連れて拠点にしている家まで戻った。

その途中、リースが狂乱熊《サイコベア》が山積みになっている荷車を引っ張っていると、サベアが『自分にやらせてくれ』とばかりにリースの前で腕を回してきた。そこで、リースがサベアに荷車を任せてみると、サベアは嬉しそうにその荷車を引いて拠点の家まで戻ったのだった。

「今日はもう遅いしここで一泊して、街へは明日向かうことにしようか」

「では、私は何か食べる物を準備しますね」

リースはそう言いながら台所へと向かっていった。

フリオは、その間にサベアが引っ張ってきた荷車に状態保存魔法と密閉魔法をかけていった。

これで、荷車に満載になっている狂乱熊《サイコベア》の死骸が明日まで傷むことがなくなり、またその血の匂いが周囲に漏れることもなくなっていた。

続いてフリオは、家の周囲に防壁魔法を張り巡らせていった。この家は狂乱熊《サイコベア》が徘徊《はいかい》している地帯に非常に近いため、夜中に狂乱熊《サイコベア》が接近して来てもここより中へは入れないようにしたのである。

ちょうど防壁魔法を張り終えたところで、

「旦那様、食事の用意が出来ました」

リースが家の中からそう声をかけてきた。フリオはそんなリースに向かって、

「わかった、すぐに戻るよ」

そう言いながら、一緒についてきていたサベアと一緒に家へ戻っていった。

リースと一緒に、台所のテーブルへと移動したフリオは、その場で思わず固まってしまった。

「旦那様、どうかなさいましたか？」

リースは、そんなフリオの様子を怪訝そうな表情で見つめながら自らの席に座っていた。

そんな二人の前にある皿の上には、それぞれ巨大な生肉の塊が置かれていたのだった。

「リース……あの、これは一体……」

おずおずと尋ねるフリオに、リースは、

「今日狩りました新鮮な狂乱熊《サイコベア》の生肉ですが……何かまずかったでしょうか？」

そう言いながら首をかしげた。

フリオは、そんなリースを見つめながら、その顔に苦笑を浮かべていた。

「そ、そうだなぁ……ぼ、僕は出来たら調理した肉の方が嬉しいかな」

「そうですか？……では焼いてまいりましょうか？」

「そうだね、そうしてくれると嬉しいな」

フリオがそう言うと、リースはフリオの前に置いていた肉の塊を手に取り、改めて調理台へと向かった。

「これだけ新鮮なのですから、生が最高においしいですのに……もったいないですわ……」

そう言うと、リースは先ほどの肉の塊をそのままフライパンの上にのせて焼き始めた。

（あんな大きな塊をそのまま焼いたんじゃ、中までは火がとおらないんじゃ……）

フリオは、そんなことを考えながらその顔に再び苦笑を浮かべた。

そんなフリオの後ろでは、サベアが生肉を美味しそうに食べていた。

どうやらサベアは共食いもあまり気にならないらしかった。

◇翌朝◇

ベッドで目を覚ましたフリオは大きな伸びをしていた。

その横でリースもまたゆっくり目を覚ますと、

「おはようございます、旦那様」

フリオの体の上に覆いかぶさるようにして口づけを交わしてくる。二人は互いに裸のまま、しばらく抱き合っていた。閉めてあったカーテンの隙間から朝の陽《ひ》ざしが差し込んでいた。

「今日もいい天気みたいだ」

服を着終えたフリオは、そう言いながらカーテンを開けた。

「……ん？」

「どうかなさいましたか、旦那様？」

声を上げたフリオの横に、下着を身に着け終えたばかりのリースがその格好のまま歩み寄っていき、フリオが見つめている窓の外へと視線を向けた。そんな二人の視線の先……家の柵のあたりで数匹の狂乱熊《サイコベア》がウロウロしながら家の方をうかがっていたのである。

「ひょっとしたら、この家の畑を荒らして味をしめた奴らかもしれないね」

「旦那様、私がちょっと行って仕留めてまいりますわ」

リースはそういうと下着姿のまま歩きだす。

「あぁ、リース！　大丈夫だから」

フリオを、リースを慌てて呼び止めると、その右手を窓の外にむけてかざした。

するると、柵の外でウロウロしていた狂乱熊《サイコベア》達が一斉に地面に倒れこんだかと思うと、そのままピクリとも動かなくなった。

「重力魔法ですか？」

「うん、昨日試しまくったおかげでようやく加減がわかるようになってきたよ」

フリオが言うように、狂乱熊《サイコベア》達の死体はペチャンコにはなっておらず、ちょうど絶命する圧力で押しつぶされていた。リースは、そんなフリオに微笑み返すと、

「では、私は朝食の準備をいたしますね」

そう言いながら、台所に向かって歩き始めた。

「リース……ちなみにさ、朝ごはんは何を作ってくれるつもりかな？」

「はい、昨夜のように狂乱熊《サイコベア》の肉を焼こうかと思っておりますが？」

フリオは、リースの言葉に苦笑すると、

「リース、今朝は僕が朝ごはんを作るからさ、君は服を着ながら待っていてよ」

そう言いながら台所へ向かって歩き始める。

「そうですか？……わかりました」

リースは怪訝そうな表情を浮かべながらも、言われた通りベッドの端に置きっぱなしのままになっていた服へと手を伸ばした。

ほどなくして、昨日と同じ台所にあるテーブルの上には、

ご飯
具だくさんの野菜スープ
狂乱熊《サイコベア》の肉の細切れと野菜の炒《いた》め物
生野菜のサラダ

以上のメニューが小皿や茶わんに盛り付けられて、フリオとリースの前に並べられていた。

「さ、サベアはこれをお食べ」

そう言いながらフリオは狂乱熊《サイコベア》の肉が山盛りになっている皿をサベアの前に置いてやった。

その肉は、昨夜リースが準備した生肉ではなく、細切れにした肉を大量に炒めた物であった。

サベアは、その肉をがつがつと食べ始めたのだが、昨夜生肉を食べている時よりも明らかに嬉し

そうであった。フリオは、サベアが美味しそうに肉を食べ始めたのを確認すると、

「お待たせ。じゃあ僕達も食べようか」

そう言いながらリースの前の席に座る。そんなフリオの眼《め》の前で、リースは固まっていた。

「あ……あの、旦那様……こ、この料理はいったい……」

「ん？　あぁ、野菜は裏の畑に残っていたのを使ったんだ。かなり荒らされていたけど、使えるのが結構残ってたんでね。あと台所の棚の中に米が残っていたんで、それを使ってご飯にしたんだけど……どうかしたのかい？」

フリオの言葉を聞きながら、リースはその額から冷汗を流していた。

元魔王軍の兵士であったリースは、剣技や武術の訓練はしっかり行っていたのだが……こと、料理に関しては今まで誰からも指導を受けたことがなかった。

そのため、生か焼く以外の調理法を知らなかったのである。

（米？……米がご飯になるのですか？っていうか、この野菜のスープ……水にどうやって味をつけてあるのですか？　肉にも何か味がついてるような……生で食べるより数段美味しいですし……）

リースは、フリオの料理を一口、口に運んでは考え込み、そしてまた一口、口へと運んでいた。

（そうか……結婚して旦那様に食事をお出しするということは、こういう料理を作らないといけないということなのですね……）

リースは、フリオの食事を口に運びながらその額から冷汗を流し続けていたのだった。

◇◇◇

食事を終えたフリオとリース、そしてサベアの二人と一匹は、家を出るとすぐ近くの森へと移動した。

フリオは、そこで魔法で木を伐採し、それを使って大型の荷車を作成していった。その荷車に、昨日狩った物と今朝仕留めたばかりの狂乱熊《サイコベア》の死骸を積み込んでいく。あわせて四十頭近い数だったものの、フリオが魔法で移動させたため、あっという間に作業は終了した。

すると、その荷車の前にサベアが自ら移動していき『僕がひっぱるよ』とでも言いたげな様子で、フリオとリースに向かって力こぶを作る仕草を見せた。

そんなサベアの仕草に、フリオとリースは思わず笑みを浮かべた。

「じゃあサベア、街まで頼むよ」

フリオの言葉に、サベアは嬉しそうに一吠《ひとほ》えする。フリオが作成した荷車には強化魔法が施されていたため、大量の狂乱熊《サイコベア》の死体が載せられていても問題なかった。

普通、魔獣や害獣は討伐した後、その右耳を討伐の証として冒険者組合に提出するだけでいい。

だが、狂乱熊《サイコベア》は、その肉が珍味とされているだけでなく、硬い骨は武具の素材として利用出来、毛皮は北方向けの防寒具の材料として高値で取引されていた。そのため、死体をそのまま冒険者組合に持ち込むと、その分多めに報奨金がもらえる仕組みになっているのである。

フリオ達が街へ到着すると、まず城門を守護している衛兵達が驚愕の声を上げた。

「……こ、こんだけの狂乱熊《サイコベア》を狩ったっていうのか？　た、たった一晩で……し、しかも、あ、あんたらだけで……」

昨日、フリオ達を見送った衛兵長は、目を丸くしながら荷車の上に山積みになっている狂乱熊《サイコベア》の死骸の山を見上げていた。他の衛兵達も、衛兵長同様に、ただただその山を見上げながら、フリオ達が城内に入っていくのを見送った。

そんなフリオ達が冒険者組合に到着すると、荷車の周囲には多くの人々が集まってきた。

「……こんな数の狂乱熊《サイコベア》を……」

確認のために冒険者組合の建物の外へと出てきた猫人の女の子に、フリオは、

「僕は少々魔法が得意なもので、それと妻は剣の腕前がかなりなものですから」

そう言いながら飄々とした笑みを浮かべていた。

「では、査定作業を行ってまいりますので、プレートをお渡し願えますか？」

猫人の女の子はそう言いながらフリオとリース、そしてサベアを見つめていた。フリオは、

「あ、このサベアはペットでして、冒険者ではないんです。ちゃんと隷属化させていますので危険はありませんよ」

そう言いながら、フリオは首にかけていたネックレス状になっているプレートを外して猫人の女の子に手渡した。リースも自分のプレートを同様に手渡した。

猫人の女の子は、二人からプレートを受け取ると、

「では、ついでにペット所有の登録もお願い出来ますか？　このサイズの獣をペットにされて街中

を連れ歩く場合、念のために所有権をはっきりさせておく必要がございますので……」

そう言いながら、猫人の女の子は一枚の書類をフリオの前に差し出した。

その紙には『ペット所有者登録書』と書かれていた。

その下半分は注意事項になっており、

『万が一、ペットが街中で傷害事件などを起こした場合殺処分されても一切の意義を申し立てない。ペットが器物損壊した場合、飼い主が損害賠償を行う』

などの内容が列記されていた。

フリオは、上半分部分に必要事項を記載していくと、一番最後の場所にある、

『上記注意書きの内容をすべて受諾します』

と書かれている箇所の後ろに自分のサインを記入していった。

念のために【ペットの種族】欄は、『熊』とだけ記載しておいた。

(さすがに、狂乱熊《サイコベア》って書くわけにはいかないよね)

猫人の女の子は、フリオから受け取った書類に目を通しながらフンフンと頷いていくと、

「はい、ではこの内容で登録しておきますね。飼い主としてフリオ様のプレートに、このサベアちゃんの情報も入れておきますので」

そう言うと受付の奥へと入っていった。ほどなくして、査定に少し時間がかかるとの連絡を受けたフリオとリースは、サベアも一緒に冒険者組合の建物の中で一休みしていた。

そんなフリオ達のところに、別の猫人の女の子がトレーにお茶をのせて歩み寄ってきた。

「皆さまお強いんですねぇ。まさかあんなに多くの狂乱熊《サイコベア》を狩って来てくださる方がいるなんて夢にも思っていませんでした」

猫人の女の子は笑みを浮かべながら皆の前にカップを並べていく。

「いえいえ、たまたまですから」

フリオは苦笑しながらカップへ手を伸ばした。

「そう言えば、北の森の手前のところに無人の民家があったのですが、あのあたりの住民の方々はどうなさっているんでしょうか？」

「あのあたりの住人の皆様はですね、今回の狂乱熊《サイコベア》騒動で全員逃げ出していたと思うのですが」

猫人の女の子からそう聞いたフリオは、少し考え込むと改めてその視線を猫人の女の子へ戻す。

「あのあたりを拠点にして、北の狂乱熊《サイコベア》狩りをしたいと思っているのですが、その民家をしばらく使わせてもらう……なんてことは可能ですかね？」

「そうですね……少し調べてみましょう。ここ最近魔獣の出現が多くなっているあの地区に、あなた方のような強力な冒険者が拠点を構えて居座ってくださるとなりますと、冒険者組合としましても非常にありがたいですので！」

そう言うと、猫人の女の子は大急ぎでカウンターの奥へ駆けていった。

フリオはお茶を飲み干すと、リースと雑談しながら女の子の帰りを待った。

ほどなくして、先ほどの猫人の女の子が大急ぎで戻って来た。

その横には、彼女の上役らしい年配の猫人の男が一緒になって走っており、

「この方です。この方が先ほどお話ししたフリオ様と、その一行の方々です」

猫人の女の子がフリオ達のことを紹介すると、その猫人の男はうやうやしく一礼した。

「あなたがフリオ様ですね。私、冒険者組合の経理部長をしておりますリウリスと申します。こちらのミーニャから話は聞かせていただきました。先ほど、フリオ様が言われておりました物件に関しまして、役場で確認してきましたところですね、あの家はすでに住人であられた方によって放棄の手続きがとられているのを確認いたしました。

そこで勝手ながら冒険者組合が保証人にならせていただきましてですね、フリオさん名義で所有権の登録をさせていただいてきましたので、どうぞご自由にお使いくださいませ。登録料は組合が負担いたしますので、今後ともご活躍のほどをよろしくお願いします」

そう言い終えると、猫人の上司のリウリスと猫人の女の子のミーニャは揃って頭を下げた。その言葉を聞いたフリオは、

「いや、そこまでしていただくのは申し訳ないですよ。せめて登録料くらいは負担させてください」

そう言いながらリウリスへ視線を向ける。だがリウリスは、顔を左右に振った。

「いえいえいえ、何をおっしゃいます。あのあたりの狂乱熊《サイコベア》を狩ってくださると言われている方からのお申し出でございます。組合としてもですね、これくらいはぜひさせていただきたいわけです」

その後もしばらく押し問答を繰り返したフリオとリウリスなのだが、結局フリオは、リウリスに

押し切られる形で、あの家をタダで手に入れることが出来たのだった。

家の話が終わると、リウリスは後方に控えていた組合の社員達に合図を送った。

すると、組合の社員達は、大きな布袋を二つ、フリオの座っているテーブルの上に置いた。

その布袋を指さしながら、リウリスはにっこり笑った。

「こちら、狂乱熊《サイコベア》討伐の報奨金になります。Aランク魔獣の狂乱熊《サイコベア》三九体の討伐が確認出来ましたので、通常ですと一頭あたり金貨十枚のところ、今回は冒険者組合からの特別討伐依頼対象害獣を討伐いただきましたので、その十倍の一頭あたり金貨百枚、合計三千九百枚。それに死体ごと持ち込んでいただけましたので、追加で金貨七八〇枚をお支払いいたします。どうぞお納めください」

ちなみに冒険者組合が狩猟された魔獣を買い取る獣にはランクがあり、そのランクごとに買い取り額が設定されている。

・Aランク……狂乱熊《サイコベア》・一角巨人《サイクロプス》他
買い取り額……金貨十枚
・Bランク……暗黒蜘蛛《ダークスパイダー》・リザードマン他
買い取り額……金貨一枚
・Cランク……イビルワーム・吸血蝙蝠《ヴァンパイアバット》他
買い取り額……銀貨五枚
・Dランク……スライム・ゴブリン他
買い取り額……五体で銀貨一枚

AランクやBランクに指定されている魔獣は、報奨金も高い分当然手ごわい。

そのため複数のメンバー、もしくは複数のパーティで協力して挑むのが通例とされている。

そんな中、フリオとリースは一体倒すのも相当困難とされているAランクの魔獣・狂乱熊《サイコベア》を、たった二人で三九頭も狩ってきたため、冒険者組合の職員や居合わせた冒険者達は皆、目を丸くしていたのであった。

支払われた金貨の枚数と、倒した狂乱熊《サイコベア》の数を聞いた冒険者達は一斉にどよめく。

「あの熊をそんなに……」

「そんな金貨を一度に受け取った人、初めて見たよ」

冒険者たちは口々に今の一件を口にしながらフリオ達の周囲へ集まり始めていた。

(こりゃ、長居してたらえらいことになっちゃうな……)

フリオはリースに目配せをすると、金貨の入った布袋を魔法袋へと収納し、即座に立ち上がった。

「では、お世話になりました」

リウリス達に礼を言うと、フリオはそのまま、そそくさと冒険者組合を後にした。

目配せの合図を受けていたリースも、すぐにその後を追っていく。

「ウォ!」

さらにその後を、サベアが巨体を揺らしながら走って追いかけていったのだった。

冒険者組合の中はいまだにざわめき続けていた。

そんな中、リウリスはフリオ達が出ていったばかりの扉の方をじっと見つめていた。

「ああいう方が勇者様だったら、ホント頼もしいんですけどねぇ……金髪の勇者様は南の砦《とりで》に行ったっきり音沙汰なしと聞きますし……」

リウリスは大きなため息をつきながら、頭を左右に振った。

◇◇◇

冒険者組合を出たフリオ達は、サベアに空になった荷車を引かせながら街を後にしていた。

正式に自分たちの家になった民家へと到着したフリオとリース、そしてペットのサベアは、まず家の中の片づけを始めていった。

元の住人達は、狂乱熊《サイコベア》が出現したため慌てて逃げ出したらしく、家の中は相当荒れていた。

昨夜一泊した際に少し片付けてはいたのだが、今日はフリオが魔法を使用しながら室内全体を本格的に片付けていった。残されていた衣類はフリオの魔法袋に収納し、食器などは使用出来そうな物のみ残していく。同時に清掃魔法も駆使しながら室内を綺麗《きれい》にしていくフリオ。

ほどなくして、家の中は見違えるように綺麗に片付いた。

「これでよし、と……さしあたってこれで暮らせるね」

フリオの言葉に、床の雑巾がけをしていたリースも嬉しそうに微笑み返した。

「あとは、サベアの居場所を作らないと……」

フリオはそう言いながら、家の外の壁を拭いているサベアの方へと視線を向けた。一度森へ移動して魔法で木を伐採し、加工していく。次いで、家の壁の一角を分解していくと、先ほど加工した木材を継ぎ足しながら壁を作り直していき、家を拡張していった。

その結果、家の中がかなり広くなり、リビング部分が倍以上の広さに拡張された。

フリオは、そのリビングの一角に残った木材を使用して大きな小屋を作った。サベアを家の中に入れると、出来上がったばかりの小屋の前へと連れていった。

「どうかなサベア？　中には藁《わら》を敷き詰めてみたんだけど？」

フリオに促されると、サベアはゆっくりと小屋の中へと入っていった。最初こそ、物珍し気にあちこちのにおいを嗅ぎまわりながらウロウロしていたサベアだったが、すぐにこの小屋を気にいったらしく嬉しそうな鳴き声を上げながら何度も出たり入ったりを繰り返しはじめた。

そんなサベアの様子を、フリオとリースは笑顔で見つめていた。

「これでサベアの居場所も出来たし、二階にある寝室はそのまま使うとして……二階の残りの三部屋のうちの二部屋を僕とリースが使ってもまだ一部屋残るから、家族が増えても大丈夫だね」

「家族が増える？　どなたかお呼びになられるのですか？」

フリオの言葉に、怪訝そうな表情を浮かべるリース。

「いや、そうじゃなくてさ……」

フリオはそう言いながらリースのお腹《なか》のあたりをそっと触っていく。

「僕らに子供が出来ても大丈夫って意味で……ね」

フリオはそう言うと、にっこり笑った。

そのとたんに、リースは真っ赤になったのだった。

◇翌朝◇

朝になると、フリオ達は早速狩りへと出かけた。そんな二人の後をサベアが荷車を引っ張りながら嬉しそうな鳴き声を上げて追いかけていく。

「家の近くにはいないようですね」

「昨日このあたりでかなり狩ったからなぁ……よし、今日は森の奥に入ってみようか」

そう言うと、フリオ達は森の中へと入っていった。このあたりの森は街からも危険視されているだけあり、フリオ達が森の中へ足を踏み入れてほどなく、魔獣の群れに出くわした。

森の中には狂乱熊《サイコベア》の他にも巨大毒蛇《サラマンダ》や一角巨人《サイクロプス》などのA級にランクされている魔獣が多数生息している。それらの魔獣たちは、フリオ達に気が付くと一斉に襲い掛かってきた。

しかし、狂乱熊《サイコベア》の集団をものともしない二人の前では、このレベルの魔獣でさえまったく歯が立たなかった。二人は、いとも簡単に魔獣達を倒していく。

そして、二人が倒した魔獣の死骸を、サベアがよっこらしょと荷車に積んでいった。

「この程度の魔獣では準備運動にもなりませんね……」

一角巨人《サイクロプス》の喉笛を、一瞬で切り裂いたリースは、不満そうな表情を浮かべていた。

そんなリースの後方で、一角巨人《サイクロプス》はゆっくりと倒れていった。

この調子で、お昼前まで狩猟を続けたところで荷車が一杯になったため、フリオ達はサベアに荷車をひかせて街へと向かった。

「ふわぁ!?　き、今日もすごい数狩ってこられましたねぇ!?」

冒険者組合のミーニャは、魔獣が山積みになっている荷車を眺めながら目を丸くし、驚愕の声を上げていた。そんな荷車の周辺には、建物の中にいた冒険者や街道にいた街の人々がどんどん集まっていき、あっという間に人だかりが出来あがっていった。

「あの二人、昨日も狂乱熊《サイコベア》を狩りまくってたよな?」

「マジですげぇ……」

「あれ、巨大毒蛇《サラマンダ》か?　去年国の騎士団が撤退させられた奴じゃないか?」「あれをたった二人で狩ったってのか、おい」

人々がざわめき続ける中、冒険者組合の関係者が査定のために荷車を運んでいった。

「……あの、旦那様」

荷車が見えなくなると、リースはフリオへ声をかけた。

「査定が終わるまでの間少し街を回ってきてもよいでしょうか?」

「それは構わないけど……なんだったら一緒に行こうか?」

フリオの言葉に、リースは少し慌てながら首を左右に振る。

「いえ……その、あくまでも個人的な用件ですので、旦那様にわざわざご足労願うことではございません」

「ふ～ん……わかった。じゃ、僕はここでサベアと一緒に待ってるから」

「旦那様、私の勝手なお願いを聞きいれてくださりありがとうございます」

リースは、フリオに深々と頭を下げると、冒険者組合を後にした。

◇◇◇

「……ここですね」

リースは一軒の店の前に立っていた。

「冒険者組合のミーニャに恥を忍んで教えを請いましたが……これもすべては旦那様のため……」

リースは呟くと、その店の中へと入っていった。

その店には「ミレーノ料理教室」の看板が掲げられていたのだった。

◇◇◇

フリオがリースの帰りを待ちながらサベアと一緒に冒険者組合の中でのんびりしていると、リウリスが数人の組合の職員を連れて姿を現した。

「フリオ様、お待たせいたしました。では、これが今回の報奨金になります。特別報酬の対象である狂乱熊《サイコベア》の報酬は十倍にしてあります。それと今回フリオ様が討伐してこられた魔獣の中に、国から懸賞金がかけられている魔獣が含まれていましたので、国からの報奨金金貨千枚も加算してあります」

「国からの報奨金？」

「はい、フリオ様が狩ってこられました巨大毒蛇《サラマンダ》なのですが、昨年、国の騎士団に甚大な被害をもたらした魔獣でございましたもので……」

「あぁ、そうだったんですか」

（へぇ……あの巨大毒蛇《サラマンダ》って、そんなに強かったんだ……）

フリオは、お試しで使用してみた風刃《ウインドカッター》一発で八つ裂きになった巨大毒蛇《サラマンダ》のことを思い出していた。フリオが金貨の入った袋を受け取っていると、ちょうどリースが戻ってきた。

「お帰りリース。ちょうど報奨金を受け取ったところだよ……って、ど、どうしたんだい!?　その格好は!?」

フリオの眼の前に立っているリースは、服のあちこちが破れ、何か染みのようなものがにじんでおり、リース自身の手や頬にも無数の擦り傷が出来ていたのであった。

「まさか、魔獣でも出たのかい」

「あ、いえ……そ、そういうものではございませんので……」

フリオは心配そうな表情を浮かべながら、リースに回復魔法をかけていく。

（……ま、まさか……料理というものが、ここまで手強《てごわ》いものだったとは……予想外でした）

リースは、その顔に悔しそうな表情を浮かべていた。

◇一カ月後◇

フリオ達は、日々同じ生活を繰り返していた。朝から森で魔獣を狩っては、荷車がいっぱいになると冒険者組合に行って報奨金を受け取り、しばらく街でのんびりしてから家に戻っていく。

「あ！　サベアちゃんがやってきた！」

フリオ達の後方で、荷車を引いているサベアの姿を見つけた子供が声を上げた。

すると、その声を合図にあちこちから子供達が集まってきてサベアに群がっていく。

人間相手に愛嬌《あいきょう》を振りまいていたサベアは、あっという間に子供達の人気者になっていき、今ではサベアがやってくると子供達がすぐに群がるようになっており、サベアもそんな子供達を背中に乗せてやったりしながら、嬉しそうにしていたのであった。

◇◇◇

「……では、旦那様。今日も行ってまいります」

リースはフリオに向かって一礼すると、街の中へ向かって歩いていった。

リースはこの一カ月の間、毎日「ミレーノ料理教室」に通い続けていた。

魔獣を冒険者組合に持ち込み査定が終了するまでの数刻の時間を使い、料理の基礎の基礎から学んでいたのであった。

若い女達が多数集まるその料理教室で、リースは真剣な表情で野菜の皮を剝き続けていた。

「リースさん、かなり上達なさったわねぇ。最初、ジャルガイモの皮剝きをしていたら木っ端微塵《こっぱみじん》にしていたのがウソのようよ」

講師のミレーノは満面の笑みをリースに向けた。

「あ、ありがとうございます、師匠」

リースはそんなミレーノに向かい深々と一礼する。

（なぜだろう……剣が上手《うま》くなるよりも嬉しい……）

リースは、その顔に思わず笑みを浮かべていたのだった。

◇冒険者組合◇

この日の料理教室での授業を終えるとリースは冒険者組合へと戻っていった。

「あ、リースお帰り。ちょうど報奨金ももらったところだよ」

フリオは、リースに布袋を見せていった。

「じゃあ今日もどこかで食事をして帰ろうか？」

「……僭越《せんえつ》ながら旦那様。今日は家で私に作らせていただけないでしょうか？」

「リースが、かい？」

「はい……駄目でしょうか？」

「わかった。じゃあ必要な材料を買って帰ることにしよう」

フリオの言葉に、リースは嬉しそうに頷いた。

この後、フリオ家の料理係がフリオからリースへ交代することになるのだが、それはもう少ししてからのことであった。

◇◇◇

数日後、フリオ達がいつものように冒険者組合で報奨金を受け取り、家へ向かって帰っている途中で戦闘の気配に出くわした。

「……どうやら、そこの森の中みたいだね」

フリオの察知した気配の方へと、フリオとリースはそっと向かっていった。

森の中では、魔獣と女騎士のパーティが戦っている最中だった。

狂乱熊《サイコベア》二匹を前にして女騎士達総勢四人が戦っているのだが、女騎士達は圧倒的に劣勢だった。

騎士達は、女騎士一名・女重騎士一名・女弓士一名・魔法使い一名の編成なのだが、後方に控えている弓士と魔法使いが戦闘に不慣れらしく、後方支援の役目をまったくこなせておらず、ただただオロオロしているだけの状態であった。

狂乱熊《サイコベア》達は、隙あらばその二人に向かって襲い掛かろうとしているため、女騎士達はそれを防御するのに精いっぱいで、まったく攻めに転じることが出来ずにいる。

（あれ？　あの女騎士達って……）

フリオは、その女騎士達に見覚えがあった。

（そうだ、リースと初めて会った時に、リースを倒そうとしてたあの人達だ）

リースもそのことに気が付いたらしく、少し嫌悪の表情を浮かべていた。

「旦那様、あのような者達のことはほっといて、家に帰りましょう」

リースの言葉に、フリオは少し考え込んだ。

フリオ達がこのままこの場を立ち去れば女騎士達が全滅するのは確実だった。

「一応、話をしたことがある人達だしさ……」

そう言うと、フリオは木陰に隠れたまま詠唱し、電撃魔法《ライトニング》を放った。

ドッシャーン
「な、なんだ!?　何が起きた!?」

いきなりの衝撃音を前にして女騎士はびっくりした表情を浮かべながら周囲を見回していく。

「お、おい……バリロッサ、あれ……」

そう言いながら、重騎士の女が目の前を指す。その指の先では、先ほどまで四人に襲い掛かっていた狂乱熊《サイコベア》二匹が黒焦げになって地面に倒れこんでいた。

「な……何が起きたのだ、いったい……」

その死体を見つめながら、バリロッサと呼ばれた女騎士は、呆然《ぼうぜん》としていた。

「り、理由はわかりませんけど～、私達助かったんですね～？」

女弓士は少し間延びした口調でそう言うと、その場にへたりこんでいった。

その横で、女魔法使いも無言のまま地面に倒れこんでいく。

フリオは女騎士達が全員無事なのを確認すると、その場からそっと立ち去っていった。

「旦那様は優しすぎます」

少しすねたような口調で言うリース。フリオはそんなリースに苦笑を向けた。

「まぁ、そう言わないでよ……それよりも、今夜もリースの美味しい料理、楽しみにしてるからね」

「……はい、頑張ります」

フリオ達は、そんな会話を交わしながら家路を急いだのだった。

フリオ達が家に帰りつくと、家の周囲に狂乱熊《サイコベア》が二頭黒焦げになって死んでいた。

「相変わらず、罠《わな》魔法の威力はすごいなぁ」

フリオは結界魔法と結合させて罠魔法も家の周囲に展開させていた。

そのため、何者かが家に接近してくるとまず結界魔法が発動し、中に入れなくし、その結界に近づいた相手が魔獣だった場合、同時に罠魔法が発動し電撃《ライトニング》が直撃する仕組みになっていたのである。

ちなみに、フリオ、リース、そしてサベアは個体登録してあるため結界に引っかかることはなく、サベアに対しても罠魔法は発動しない仕組みになっていた。

フリオは狂乱熊《サイコベア》を片付けようと、その死骸に向かって歩いていった。

「ガウ」

すると、サベアがフリオよりも早く死骸へ向かって駆け寄っていき荷車へと積み込んでいく。

「ありがとうサベア。助かったよ」

フリオがそう言いながらサベアの頭を撫《な》でると、サベアは嬉しそうに喉を鳴らした。

サベアが魔獣を載せた荷車を家の裏へと片付けている間に、フリオとリースは街で購入した食材や雑貨を家の中へと運び込んでいった。

「……あれ？」

そんな作業を続けていたフリオの感知魔法に何かが引っかかった。フリオが意識を集中してみると、どうやら人族が数人、この家に向かって近づいてきているようだった。

その人族の気配に、フリオはハッとなった。

それは、先ほどフリオが助けたばかりの女騎士達の気配に間違いなかった。

(こんなところまで一体何の用だろう？)

フリオは首をひねりながら家の外へ向かった。

◇◇◇

「フ、フリオ殿ではありませんか!?」

家の近くまでやってきた女騎士一行は、家の外に立っているフリオの姿を見つけると、びっくりした表情を浮かべた。

フリオはそんな女騎士達にいつもの飄々とした笑みを浮かべると、

「みなさんどうされたんですか、こんなところにまでこられるなんて？　ここらは魔獣達が多く徘徊していますから危険ですよ」

そう言いながら家の周りを覆っている結界の一部を解除し、女騎士達を迎え入れた。

「……なんと言いますか……お恥ずかしいお話なので……」

女騎士は、表情を強張《こわば》らせながらフリオを見つめていく。

「……この話は、他言無用に願いたいのですが……」

そう言うと、女騎士は事情を説明し始めた。

「先日、金髪の勇者様が率いられた軍勢がですね……狂乱熊《サイコベア》の集団の襲撃にあい、壊滅してしまったのです……。これに、金髪の勇者様はひどくご立腹なさってしまい……南の砦に引きこもってしまわれたのです。勇者様は、

〝私の能力は優れているのだが、それをサポートすべき人材がことごとくカスで使えない。こいつらが自分の片腕として使えるレベルになるまで、自分は魔王討伐に赴かない〟

そう、クライロード王へ書状なさったのです。この書状を受け取ったクライロード王は我ら騎士団所属の騎士達を前にされて、『せめて狂乱熊《サイコベア》くらいは狩れるように至急精進せよ！』そう下知なされたのです……」

そう言うと、女騎士はうなだれながら大きなため息をついた。

そんな女騎士の横に立っていた重騎士の女がうんうんと頷きながらフリオへ視線を向ける。

「本来ならさ、こういう時はレベルの高い騎士を優先して鍛錬させるべきなんだよね。その方が手っ取り早いじゃないですか。でもね、そういった騎士さん達ってば、率先して城の警備任務を理由にして鍛錬に参加することを辞退しちまったんだ……何しろ狂乱熊《サイコベア》レベルの魔獣ってさ、高レベルの騎士さん達でも倒すのが難しい敵だしね……魔王軍相手に戦って死ぬのならともかく、魔獣相手の訓練で命を落としたくないって考えちゃったみたいなんだよね……」

重騎士の女が腕組みしながら頷くと、その横に立っている弓士の女が両手をわらわらと動かしながら話を続けていく。

「それにですね～、金髪の勇者様の軍勢がですね、狂乱熊《サイコベア》の集団に壊滅させられた事件のことが原因で～、金髪の勇者様はホントは弱いんじゃないかって思い始めている騎士の方々もとっても増えているんですよ～、そのせいもあってですね～、あんな勇者のために命をかけたくないって口にする騎士の方々も出始めている有様でして～」

そう言うと、弓士の女はがっくりと肩を落とした。

すると、今度は魔法使いの女が一歩前に踏み出し、フリオへ視線を向けた。

「…その煽《あお》りで……私達のような半人前のパーティまでもが、駆り出された……」

魔法使いの女がそう言うと、四人はフリオの前で同時に大きなため息をついたのだった。

女騎士は、改めてその視線をフリオに向けた。

「我らは、騎士団の中でも、まだまだ新参者です。確かに日々の修練を怠ってはおりませんが、今の私達の実力では、たとえ四人がかりでも狂乱熊《サイコベア》一頭すら狩ることなど出来るわけがありません

「……つい先ほど、周辺を様子見している最中に運悪く二頭の狂乱熊《サイコベア》に出くわしてしまったのですが、全く歯が立たず危うく全滅してしまうところでした……たまたま落雷が狂乱熊《サイコベア》に落ちてくれたおかげで助かったのですが……」

女騎士は、そう言いながらその顔にかわいた笑みを浮かべた。他の三人も同様の笑みをその顔に浮かべている。

フリオはそんな女騎士達を見回した。

（その雷、僕の魔法だったんだけど……どうやら気づかれてないようだね）

そんなことを考えながら、フリオは引き続き女騎士達の話を聞いていった。

しばらく、会話を交わしていた女騎士一行とフリオ。

「そういえば、フリオ殿は、ここで何をされているのです？」

そんな中、女騎士は怪訝そうな表情をフリオへと向けた。

「あぁ、この家が放棄されていましたので、買い取って自宅にしたんですよ」

フリオはその顔に飄々とした笑みを浮かべながら家の方へ視線を向け、

「今は、連れの……じゃなくて、妻と、ペットの熊と一緒に魔獣を討伐しながら、その報奨金で生計をたてています……まぁ、まだ暮らし始めて一カ月ほどですが」

そう一同に告げた。その言葉に、女騎士は思わず目を見開いた。

「……へ？……つ、妻？……フリオ殿……ご、ご結婚されていたのですか？……」

見るからに狼狽し、ぎくしゃくしながら裏返った声を上げる女騎士。

その様子を見かねた重騎士らが、女騎士の脇を小突いてどうにか正気に戻らせた。

(僕が結婚してたら、何かまずかったのかな?)

フリオは、そんな女騎士の行動に首をかしげながらも、いくら考えてもその理由がわからなかったため、ただただ苦笑するしかなかったのだった。

そんなフリオの前で、いまだに動揺している女騎士に代わり、重騎士の女が口を開いた。

「実はアタシら、ここらに放棄された家があるんじゃないかと思って探しに来たんだよ。さっきさ、狂乱熊《サイコベア》達にこっぴどくやられちまったから、そこで休憩させてもらおうと思ってさ。なんせこのあたりは魔獣がうようよしてるから、野営ってわけにいかないんでね」

そう言うと、重騎士の女はフリオに向かって顔を突き出した。

「なぁフリオさん、ずうずうしい申し出なのは百も承知なんだけどさ、納屋の一角でも構わないんで、ちょっと貸してもらえないか? あんたと奥さんのお邪魔はしないからさ」

重騎士の女の言葉に、フリオはふむ、と一考すると、

「それは構いませんが、なんでしたら転移魔法で街までお送りしますよ?」

そう言いながら一同を見回していく。

だが、そのフリオの言葉を前にして、一同は一層暗い表情になっていった。

「……そうしたいのは山々なんですが~……成果を何もあげていない今の状態のまま帰るわけにもいかないのです~……」

弓士の女は力なくそう言うと、そのままへたりこんだ。

その横で、ようやく落ち着きを取り戻したらしい女騎士が何度か頷く。

「城から、『必ずなんらかの成果を持ち帰ること』と厳命されているんです……せめて狂乱熊《サイコベア》の一体でも、自分達で倒せるくらいになってからでないと帰還を認めてはもらえないでしょう……」

女騎士の言葉に、一同は改めて大きなため息をついた。

「旦那様、リビングで一泊していただけばよろしいのではないですか？」

家の中から出てきたリースが、笑みを浮かべながらそう声をかけた。

「良いのかい？」

「もちろんです。困っている方々を見捨てるわけにはいきませんもの」

フリオの言葉にそう答えたリースは、ここでもう一度微笑むと、

「旦那様が構わないと言われているのです。『妻』である私も当然それに従いますわ。ええ、『妻』として」

『妻』の部分を妙に強調しながら言葉を続けていたのだった。

（あぁ、そうか……リースのことをきちんと「妻」としてみんなに紹介したから機嫌がいいんだな）

フリオはそんなリースを見つめながら、以前軍勢の中で女騎士達と出くわした際にリースのことを『連れ』として紹介したところ、ひどく機嫌を悪くしたのを思い出していた。

フリオとリースに案内されながら、女騎士達はフリオ宅の中へと案内された。

「お邪魔します」

「お世話になります〜」

挨拶しながら家の中へと入っていった女騎士達は、

「……え!?」

リビングへ足を踏み入れるなり、思わず目を丸くした。

「ボフ？」

そんな女騎士達を、リビングにいたサベアがきょとんとしながら見つめていた。

オーバーオールを着ているサベアは、リビングの隅で丸太を手にして遊んでいたのだが、その姿を前にした女騎士達は全員ガクガクと膝を震わせていた。

「……狂乱熊《サイコベア》……ではないのですか？……あれは？」

「く、くそう、こ、こんなところにまで……」

女騎士と重騎士の女は、必死に剣を構えた。

すると、そんな女騎士達の前で、フリオが笑顔でサベアに歩み寄っていき、

「心配しなくてもいいですよ、この狂乱熊《サイコベア》は私たちのペットです。名をサベアと言います」

そう言いながら、サベアの肩をポンと叩《たた》く。フリオに紹介されたサベアは、両腕で力こぶをつくるポーズをとると、そこでクニッと体を横に倒した。街で子供達を相手によくするポーズである。

その、愛嬌がありすぎる姿に、女騎士達は、

「ぺ、ペット……ですか……」

「はは……た、確かに可愛《かわい》いですね」

その顔にかわいた笑みを浮かべながらヘナヘナと床に座り込んでいったのだった。

リビングの椅子に座り、リースからお茶を出してもらった女騎士達は、ようやく落ち着きを取り戻していた。女騎士達は、フリオ達に名を名乗っていった。

「私は騎士のバリロッサと申します。貴族……といっても、今は名ばかりの没落貴族の長女であります。騎士として、実家を再興させるべく日夜精進しております」

「アタシはブロッサム。見ての通りの重騎士さ。女だからって馬鹿にしないでくれよ、実家の農家の手伝いで培ったこの馬力はなかなかのもんなんだぜ。バリロッサとは騎士学校で同期だった縁で今も一緒に行動してるんだ」

「あわわ……わた、わた、私は、その、ビレリーって言います、弓士です～。お城の軍馬のお世話をしていたのですが～、その手際がいいからというので行軍に参加させていただくようになりまして～、いつの間にか弓を使わされていたりします～。その、とにかくまだ新米なんで、全然なんですけど……その、よろしくです」

「……ベラノ……魔法使い……（ペコリ）」

みんなの自己紹介が終わると、フリオはバリロッサ達の怪我を魔法で治療していった。

「そう言えば、ベラノさんは魔法使いだよね？　回復魔法は使えないのかい？」

「……私、防御魔法専門……以外は、さっぱり、です」

そうベラノは恥ずかしそうにうつむいた。

（ありゃ？　悪いことを聞いちゃったかな？）

ベラノの様子に、フリオは苦笑を浮かべると、

「とにかく今日はお疲れでしょう。夕飯を食べたらゆっくりお休みください」

そう、みんなへ声をかけた。すると、そんなフリオにブロッサムが右手をあげた。

「そのことだけどさ……やっぱご夫婦のお邪魔になっちゃあれなんで、アタシ達はやっぱり家の外を間借りさせてもら……え？」

そう言いながら窓から家の外へ視線を向けたブロッサムは、思わず目を丸くした。

その視線の先には、家に向かって突進してくる二匹の狂乱熊《サイコベア》の姿があった。

二匹は家の近くまできたところで結界に引っかかったらしく、それ以上前に進めなくなっていた。

その場で暴れ続けているとフリオの仕掛けている罠魔法が発動し、落雷が降り注いでいく。

その直撃をくらった二匹はその場で黒焦げになり、ゆっくりと倒れこんでいったのだった。

「あ、あの……ふ、フリオさん……ああいうのって、よくあることなんですかね？」

「そうですね、朝起きた時に五、六匹くらいの狂乱熊《サイコベア》が罠にかかって倒れているなんてことがしょっちゅうですね」

フリオの返答を聞いたブロッサムは、しばし絶句した後、

「……や、やっぱりさ……リビングの端っこでいいんで、家の中にお邪魔させてもらえますかね？」

何度も頭を下げながら、そう申し出たのだった。

その後、みんなで夕食をすませると、フリオはバリロッサ達を見回して、

「それじゃあ、みなさんの寝床を準備しますね」

そう言うと、窓の方へと向かっていった。

「フリオ殿……何をなさるのです？　布団さえ貸していただければ、我らは床の上で寝させていただきますが……」

バリロッサがそう言うと、その目の前でフリオは森に向かって魔法を展開していった。

すると、森の中の木々が次々に伐採されていき、宙を舞いながらフリオ宅の前へと移動してきた。

それらの木々は、フリオが手を動かすたびに切り刻まれ、加工されていく。

ほどなくして、そこには四つの木製ベッドが出来上がっていた。フリオは、そのベッドを魔法で室内に運び込むと、ちょうどサベアの小屋の横へと設置していった。

フリオがバリロッサ達のベッドを作成していると悟っていたリースは、すでに奥の部屋へ布団を取りにいっており、ベッドが設置されると同時にその上に布団を敷いていったのだった。

このときのバリロッサ達は、あっという間に魔法でベッドを作り上げていったフリオを前にして、ただただ唖然としていたため、全く身動き出来なくなっていたのだった。

「じゃあ、みなさんはこのベッドをお使いください。僕とリースはそこの寝室で寝ていますので、何かありましたら遠慮なくノックしてくださいね」

そう言うと、フリオとリースは寝室へと入っていった。

そんなフリオ達に礼を言うと、バリロッサ達もベッドへと入って横になった。よっぽど疲れていたらしく、ブロッサム、ビレリー、ベラノの三人はあっという間に寝息を立て始めた。

そんな中、バリロッサだけは、満面に笑みを浮かべ目をランランと輝かせていた。

（フリオ殿とこうして再会出来たのは、まさに神の思し召《おぼめ》しだ……。あれだけの魔法をこともなげに使うことが出来るあの方を我が家の一員として迎えることが出来れば、没落してしまった我が貴族家の復興も夢ではない。

彼に妻がいたのは誤算だったが……ならば我が貴族家のお抱え魔導士になってもらうという手もある。とにかく、どんな形でもいいから彼を我が一族に迎え入れなければ……そのためならば、私はどんなことでもしようではないか！）

バリロッサは、その顔に満面の笑みを浮かべたまま布団を頭の上までかけていった。

ほどなくして、その布団の中から、フフフと笑いが漏れ聞こえ始めた。

そんなバリロッサの笑い声を、小屋の中のサベアは『なんだあれ？』とばかりに小首をかしげながら聞いていたのだった。

◇翌朝◇

フリオが寝室から出てくると、リビングの机を拭いていたバリロッサが満面の笑みを浮かべながらフリオへ歩み寄っていった。

「おはようございます、フリオ殿。早速で恐縮なのですがお願いがあるのです……」

「お願いですか？」

フリオは、怪訝そうな表情をその顔に浮かべながらバリロッサへ視線を向けた。

バリロッサは、そんなフリオに向かってにっこり笑うと、

「私達四人にですね、戦闘の指導をしていただけないかと思っているのですよ」

「指導……ですか？」

「はい……お恥ずかしながら、私達四人は力不足です。今のままでは、魔獣討伐など夢のまた夢……かといって、城に戻って修練を行おうにも、城から魔獣討伐の成果をあげるまで帰ってくるなと言われているため、それもかないません」

そこまで言うと、バリロッサは目を輝かせながらフリオの側へ歩み寄っていった。

「かくなるうえは、ぜひともフリオ殿にご指導ご鞭撻《べんたつ》いただき、我らを鍛えあげていただけないかと思っている次第なのですよ」

バリロッサは、そう言うとフリオに向かって深々と頭を下げた。

すると、その後方に他の三人も駆け寄ってきてバリロッサ同様に頭を下げていく。

「そう言われてもなぁ……午前中は狩りをしないといけないし……」

フリオは、そう言いながら腕組みをして考え込んだ。

すると、そんなフリオに、ご機嫌な様子のリースが歩み寄ってきた。

「よろしいのではないですか？　旦那様。私達の狩りに同行していただいて、そこで狩りの手伝いをしてもらいながら実践形式で指導して差し上げれば」

リースは、昨日、妻として紹介してもらえたのがよほど嬉しかったらしく、いまだに上機嫌なまま、満面の笑みでフリオに話しかけた。

「足手まといにならないように気を付けるからさ……頼むよ」

ブロッサムが改めてそう言いながら再度頭を下げた。

「……リースがそう言うのなら、まぁ仕方ないか」

フリオは、渋々ながらバリロッサ達の申し出を受諾したのだった。

◇数刻後◇

フリオとリースに、バリロッサ達四人を加えた一行は、フリオ達が最近狩り場にしている家の北に広がっている森の中へと入っていった。

一行の後ろには、荷車を引っ張っているサベアが同行している。

全員が一緒になって動いていては効率が悪いため、フリオがバリロッサとブロッサムの二人を、リースがビレリーとベラノの二人をそれぞれ引き連れて、森の中を別々に行動することにした。

◇その日の昼・冒険者組合◇

「今日はいつもより少なめですね」

サベアが引っ張ってきた荷車を見つめながらミーニャは首をかしげていた。いつもならサベアの身長以上の高さにまで山積みになっている荷車には、今日はほとんど魔獣がのっていなかった。

「……今日はちょっと、いろいろありまして……」

この日のフリオは、ミーニャに向かって苦笑するのが精いっぱいだった。

「そうですかぁ……フリオさん達にもそんな日があるんですねぇ」

ミーニャはそう言いながら、査定を続けていった。

その後、ミーニャから報奨金を受け取った二人は、街の食堂で遅めの昼食をとることにした。

荷物運びとして同行しているサベアは、店の荷馬車置き場で荷車と一緒に座っており、肉の塊を嬉しそうに食べていたのだが、そんなサベアの周囲には多数の人々が集まっていた。

「フリオさんとこのサベアちゃんってホント可愛いねぇ」

「美味しそうにお肉を食べてる」

「癒《いや》されるわぁ」

人々は口々にそう言いながら、笑顔でサベアを見つめていたのだった。街のアイドルと化しつつあるサベアは、街の人々に話しかけられながら、その顔に笑みを浮かべていた。

そんなサベアとは対照的に……食堂の中では、フリオの前でリースが大きなため息をついていた。

「あの者達……まさかあそこまでひどいとは……」

リースはそう言いながら、改めて深いため息をついた。

「そんなにひどかったのかい？」

「ビレリーもベラノも、ひどかったなんてものではありませんでした……」

リースはそう言うと、今朝指導した二人のことを話しはじめた。

まず、ビレリー。

森で狂乱熊《サイコベア》と遭遇したため、木陰から弓を射させたところ、弓は狂乱熊《サイコベア》の皮膚に弾かれ、力なく地面に落下していった……しかも、狂乱熊《サイコベア》は、自分に矢があたったことに気が付かないまま歩いていってしまったのである。

それほどまでに、ビレリーの放った矢には威力がなかったのである。

ビレリーが使っていたのは一般的にショートボウと呼ばれている軽量の弓だった。

当然狂乱熊《サイコベア》の硬い皮膚を貫けるはずがない。

（狂乱熊《サイコベア》を狩りに来ているのだし、付加魔法を使用して矢の威力を増大させるつもりなのでしょう）

リースは最初そう思っていた。

だがそんなリースの眼の前で、ビレリーは普通にショートボウを構え、普通に矢を射たのである。

その結果、狂乱熊《サイコベア》は、矢を射られたことに気が付かないままその場から去っていったのであった。

「あなた、なんで付加魔法を使用しないのです？」

リースにそう言われビレリーはびっくりした表情を浮かべた。

「わ、私～、魔法なんて使えません～」

その、ビレリーの言葉を前にして、リースは真っ白になっていった。

「付加魔法が使えない以上、その弓ではどうにもなりません」

リースは、自らが持ってきていたクロスボウをビレリーに貸し与えた。

「……あの……これ……重すぎます～……」

だがビレリーは、それを構えるどころか、持ち上げることすら出来なかったのである。

次にベラノ。

「あなたは、どんな魔法が使えるのですか？」

リースの言葉に、ベラノは指を折りながら、

「防御力向上……状態異常解除……防壁展開……」

自分の使用出来る魔法を数え上げていく。

（あら、結構使用出来る魔法、多いじゃない）

最初はそう思ったリースなのだが、ベラノの言葉を聞きながら奇妙な違和感を覚え始めていた。

「……あの、ベラノ……防御系魔法はもういいわ。今度はあなたが使用出来る攻撃系魔法を教えてくれるかしら？」

リースがそう言うと、ベラノは無言のままその場で固まった。

しばらく固まっていたベラノは、ようやく一言口にした。

「……ありません」

その言葉に、リースは再び真っ白になっていった。

ベラノの話によると、彼女は防御系魔法はA級魔法使い並みに使用出来るそうなのだが、攻撃系魔法はいくら頑張っても何一つ習得出来なかったのだという。しかも、彼女自身の体内の魔力量が非常に少ないため、簡単な防御魔法を数回使用しただけで魔力枯渇状態に陥ってしまい、

「……き、気持ち悪い」

そう言いながら、盛大にリバースしてしまう有様なのだった。

「……こんな状況でした」

リースは、一通り話し終えると、大きなため息をついた。

そんなリースの話を聞き終えたフリオは、

「リースも大変だったんだね……でもさ……こっちのバリロッサとブロッサムもすごかったんだよ」

その顔に苦笑を浮かべながら、自分の方で起きた出来事を話し始めた。

まず、バリロッサ。

彼女は貴族の出身だけあってそれなりの剣術の腕前をしていた。

だが、

「やぁやぁ我こそは……」

と、狂乱熊《サイコベア》を前にしながら無駄な前口上をおこなっていくという悪癖や、剣を一度振るたびに、無駄にポーズを取ったり、型を決めたりするという悪癖もあった。

それは、戦場で命をかけて戦うための剣術というよりも、城の催し物として披露される剣舞がその身にこびりついてしまっている状態といえた。

そのため、狂乱熊《サイコベア》に、前口上をしている最中に襲い掛かってこられてしまい、

「ちょ!? ひ、卑怯者《ひきようもの》! 今仕掛けてくるのは騎士道に反していてだな!?」

絶叫しながら必死に逃げ出さざるを得ない状況に陥ることがしょっちゅうであり、運よく前口上を無事に述べ終えることが出来て、狂乱熊《サイコベア》に剣を叩き込めたとしても、剣舞に近いバリロッサの一振りでは狂乱熊《サイコベア》の皮膚にかすり傷すらつけられずにいたのであった。

そして、ブロッサム。

彼女は、重騎士らしく自分の身の丈ほどもある大剣を振るって敵に切りかかっていく戦闘スタイルをしており、全身を使って放たれるその一撃はなかなかの破壊力を有していた。だが、ブロッサムは勢いに任せて剣を振り下ろしていく癖があり、そのため命中精度が極めて悪かった。

狂乱熊《サイコベア》は見た目以上に俊敏なため、ブロッサムの剣はことごとくかわされ、この日など、結局ただの一度も当たらなかったばかりか、剣を空振りしたところを狂乱熊《サイコベア》に襲い掛かられてしまい、

「ちょ!? ば、馬鹿野郎！　剣を構え直すまで待てってんだよ！　この卑怯者！」

ブロッサムは、剣を捨てて逃げ出さざるを得ないという状況に何度も陥っていたのであった。

このように、フリオもリースも、自分が引率している者達が狂乱熊《サイコベア》にやられないようフォローするのに必死だったため、いつものペースで狩りが出来なかったのであった。

フリオとリースは、互いの話を聞き終えると、お互いにため息をついた。

「……思っていた以上に、これは大変そうだねぇ」

フリオの言葉に、リースはうつむいたまま顔を左右に振った。

「大変なんてものではありませんよ、旦那様……。あきらかにあの者達には素質がありません……。こうとわかっていれば、旦那様に引き受けようなどと絶対に言いませんでしたのに……」

リースはそう言うと、再び深いため息をついた。

◇フリオ宅◇

フリオとリースは、サベアに荷車を引かせて家へと戻ってきた。

帰宅した二人がサベアとともに家に入っていくと、

「おかえりなさい、旦那様！　奥方様！」

バリロッサが満面の笑みで迎えた。フリオ達が街へ出発する時、フリオ達とともに狂乱熊《サイコベア》と戦ったバリロッサ達四人は、全員へとへとに疲れ切っており、家に帰るなりリビングのベッドへ倒れこんでしまったのだった。

だが、今のバリロッサは、雑巾を手に床の拭き掃除を行っていた。

「お世話になっているのですから、これくらいはさせていただこうと思いまして」

そう言いながら、フリオ達に挨拶をするために手を止めていた雑巾がけを再開していくバリロッサだった。

ブロッサムは、家の裏手の畑を耕していた。狂乱熊《サイコベア》に荒らされたまま放置されていたこの畑を、バリロッサは手慣れた手つきで鍬《くわ》を振るいながら耕し続けていた。

「アタシの実家は農家だったんでね、こういった作業はよくやってたから得意なんだよ」

そう言いながら、ブロッサムはニカッと笑っていった。

ビレリーは、少しでも腕力を付けようとしていたらしく、ブロッサムとともに鍬を振るっていたらしいのだが、フリオ達が様子を見に行った時には、すでに力尽きて木陰に倒れこんでいた。

ベラノは、魔法袋に入れて持ってきていた魔法書の攻撃魔法の項目を一心不乱に読み漁《あさ》りつつ、その練習を繰り返していた。

バリロッサ達は、バリロッサ達なりにフリオ達の役に立とうと、また自分の弱点を補っていこうと頑張っていたのであった。

フリオとリースは、そんな一同の様子を一通り見て回った後、互いに顔を見合わせていった。

「……とりあえず、狩りのお供が増えたくらいに思うことにしようか？」

「……そうですわね……彼女達なりに頑張っているみたいですし」

こうしてフリオとリースは、バリロッサ達の面倒をもうしばらく見ることにしたのであった。

◇◇◇

フリオ達は、バリロッサ達を連れて狂乱熊《サイコベア》狩りを続けていた。

毎日のように狩り続けていたためか、徐々に狂乱熊《サイコベア》と遭遇する回数が減ってきていたのだが、その代わりに一角巨人《サイクロプス》などの他の魔獣と出くわす機会が増えていたのだった。

そんな魔獣達にバリロッサ達も懸命に挑んでいくものの、相変わらず歯が立たないため、毎回フリオとリースが後始末をする羽目になっていた。

「それでも、みんな最初に比べればずいぶんマシになってきてるよ」

「そ、そうですか……そ、それは嬉しいお言葉であります」

フリオの言葉に、バリロッサ達は嬉しそうに微笑む。だが、

「あくまで、最初に比べれば、ですからね？　いまだに誰一人として魔獣を一匹も倒せていないのですから、そのことを忘れないようにしてください」

リースに一言加えられ、改めて気合を入れ直していくのだった。

◇クライロード城◇

「……ほう？　街の冒険者組合にそのような猛者がいるのか？」

クライロード王は、側近からの報告を聞きながら眉を動かしていた。

「はい、報告によりますと、魔獣の住む森の中で生活しながら、毎日Aランクの魔獣を何十匹も狩り、報奨金を得ているそうです」

その報告を聞いたクライロード王は、ふむ、と一考し始めた。

しばらく考え込んでいた王は、おもむろに顔を上げると、側近へと向き直った。

「よし、すぐに冒険者組合に連絡しろ。その冒険者を国が直々に召し抱えるとな。そのうえで勇者殿の元で国のために働いてもらおうではないか」

「は、わかりました。では直ちに」

側近の男は、一礼すると廊下へ向かって駆け出していった。その後ろ姿を見つめながら、クライロード王は、大きなため息をついて窓の外へ視線を向けた。

（これでようやく金髪の勇者殿に魔王討伐を再開してもらえるやもしれぬ）

王の視線の先には、南側の城壁の向こうにある山間に築かれた砦の姿が見えていた。

金髪の勇者は、いまだにこの砦に引きこもったままだった。

狂乱熊《サイコベア》の大群に自らが率いていた軍勢を壊滅させられて以降、金髪の勇者は、この砦から一歩たりとも外に出ようとしていなかった。クライロード王が再三にわたり魔王討伐へ出るよう懇願しても、一切聞く耳を持とうとしないどころか、王に会おうともしないのだった。

金髪の勇者は、

『狂乱熊《サイコベア》を駆逐出来うる兵士達による軍勢が準備出来ない限り、魔王退治にはいかない』

そう宣言したまま、こうして引きこもり続けていた。王もどうにかその条件を満たす軍勢を準備しようとしてはいるのだが、騎士団や衛兵局から準備が出来たとの連絡が一向に届いていなかった。

そのため、クライロード王は藁にもすがる思いで魔獣を狩る冒険者の話に耳を傾けたのであった。

◇南の砦◇

「勇者様ぁ、お酒はそろそろおやめになったほうがぁ」

「うるさい！　ツーヤよ、お前は私の身の回りの世話をするよう王から命じられた召使いであろう？　私の言われた通りにしておればいいのだ！」

金髪の勇者は、そう言うと自らが手にしているコップを隣に座っているツーヤに差し出していく。

ツーヤは、渋々といった様子で、そのコップに酒をついだ。

金髪の勇者の周囲には、多数の料理や酒、果物が所狭しと並べられていた。

「ツーヤよ、お前も食うがよい。これらは全部、王が私に魔王討伐に向かってほしいがためによこした貢物だからな。何も遠慮することはないぞ」

金髪の勇者は、そう言うと高笑いを上げた。

「はぁ……そうですねぇ……」

ツーヤはどこか困惑したような表情を浮かべながらも、金髪の勇者に再び酒をついでいった。

金髪の勇者は、砦に引きこもったまま贅沢三昧《ぜいたくざんまい》の生活を送り続けている。

酒を要求し、食事を要求し、時には女を要求したりしながら、常に自分が快適に過ごせるようにと、クライロード王に対して次々と要求を繰り返し続けていたのである。

本来であればクライロード王も、このような振る舞いを許したくはなかった。だが、この金髪の勇者を王自らが正式な勇者として任命してしまっているだけに、下手な扱いをするわけにもいかなかった。

ならば、新たな勇者候補を召喚し、金髪の勇者から勇者の称号を剥奪してしまえばいいとの意見が城内で叫ばれているのだが、もしそれを実行した場合、金髪の勇者を勇者に任命したクライロード王の任命責任を問う声が国民から上がりかねなかった。

そのため、クライロード王は、金髪の勇者の要求を黙って聞き続けつつ、勇者が魔王討伐に旅立つのを待つしかなかったのだった。

◇翌日・クライロード城◇

「クライロード王、冒険者組合から返事がまいりました……」

側近の言葉に、クライロード王は思わず玉座から立ち上がった。

「おぉ！　もう来たのか！　で、その冒険者はいつ城にやってくるのだ？　ん？」

王は、期待に満ちた笑みをその顔に浮かべながら側近の顔を見つめる。

だが、そんな王の前で、側近の男は苦虫をかみつぶしたような表情を浮かべていた。

「ん？　どうしたのじゃ？　準備金でも要求してきたのか？　遠慮はいらん。言うだけの金を与えてやれ。ワシが許可する」

クライロード王は、そう言いながら楽しそうに笑っていた。

だが、そんな王の前で、側近の男は額の汗を拭きながら、ゆっくりと口を開いていく。

「……そ、それが……例の冒険者はですね……今回の話を断った、と……」

「な、なんじゃと!?」

「な、なんでも……『興味がない』と、申したらしく……」

「……な、なぜじゃ？　たかが冒険者風情であろう？　それを城で召し抱えてやるというのじゃぞ？……冒険者なぞやっているよりも金は稼げるし、名誉も手に入るというのに……それに興味がないじゃと……」

クライロード王は、そういうとそのまま絶句したのだった。

◇◇◇

フリオとリースは、冒険者組合で報奨金を受け取り、家路についているところだった。

「旦那様、クライロード城からのお話を断ってもよかったのですか？」

「あぁ、あの話かい」

フリオは、その顔に飄々とした笑みを浮かべた。

「僕はさ、勇者失格って烙印《らくいん》を押されて城から追放された男だからさ……いくら魔法で姿を変えているとはいえ、そんな僕がいまさら城に出向くわけにはいかないよ」

その言葉を聞いたリースは腕組みしながら首を左右に振った。

「しかし、あの城の人々も見る目がないのですね……旦那様を勇者失格と判断するなんて……」

リースは、信じられないといった表情を浮かべながらため息をついた。

「でもさ、あの時勇者になった金髪の人は、本当にすごい能力をもっていたんだよ。それこそ、僕なんか足元にも及ばないほどのさ」

「それはレベル１の頃のお話でしょう？　今の旦那様でしたら、魔王はおろか異界の邪神ですら倒せると思いますわ」

「おいおいリース、いくらなんでもそれは買いかぶりすぎだよ」

フリオは、そう言いながら笑い声を上げる。そんなフリオを、リースはじっと見つめていた。

（旦那様は、これほどの力をおもちでありながら、いつも謙虚で奢《おご》り高ぶることもない……本当に素晴らしいお方ですわ）

「ん？　どうかしたのかい、リース？」

フリオは、リースが自分の顔をじいっと見つめているのに気が付いて声をかけた。

「いえ、なんでもありませんわ」

リースはそう言いながら、フリオの腕に抱き着いていった。

二人は仲良く寄り添いながら家へと帰っていくのだった。

第三章 魔王軍の影 8

「……ど、どういうことニャ、これは……」

デラベザの森の調査にやってきていた、魔王の側近の一人・地獄猫《ヘルキャット》のウリミナスは、眼前の森の様子を見つめながら困惑していた。

このデラベザの森は、魔王城の南方に位置しており、クライロード魔法国の国境に最も近い場所であった。

そのため、魔王軍四天王の中でも最も能力の高い牙狼《がろう》フェンガリルとその配下を配置し、クライロード軍や、そのクライロードが召喚したと噂《うわさ》されている勇者の襲来に備えさせ、同時に諜報《ちょうほう》活動にもあたらせていたのである。

そんなフェンガリルからの定期連絡が途絶えたままになっていた。

四天王を統括する立場でもあるウリミナスは、最初はこれをフェンガリルが自らクライロードの城下町へ諜報活動に赴いているためと思っていた。しかし音信不通の期間が二カ月近くになり、さすがにおかしいと思い始めたウリミナスは、こうして自ら森の視察にやってきたのである。

魔王軍が駐屯している一帯というのは、魔物達《たち》が発する魔素によって汚染されてしまう。

このデラベザの森に駐屯しているフェンガリルは、四天王の中でも最高の力を有しており、その配下の者達も猛者揃《ぞろ》いであった。

そんな一軍が駐屯している以上、この森は魔素で汚染されていて然《しか》るべきである。

にもかかわらず、ウリミナスの眼前に広がっているデラベザの森には魔素の欠片《かけら》も感じられなかった。それどころか、時折小鳥のさえずりすら聞こえる、ごく普通の森となっていたのであった。

クライロード軍をけん制するために魔獣を南に向かって放ち続けているため、狂乱熊《サイコベア》や一角巨人《サイクロプス》らの気配こそ感じられるものの、フェンガリルとその配下である牙狼族を中心とした部隊の気配は微塵《みじん》も感じられなかったのであった。

「……そういえば最近、この方面に放ってる魔獣達の反応がやたらと早く減っていたニャ……それと何か関係があるのかニャ……」

ウリミナスは、その場でしばし考え込むと、周囲の状況を確認すべく南方に向かって駆けだしていったのだった。

◇フリオの家◇

バリロッサ達がフリオの家で暮らし始めて、一カ月近くが経《た》っていた。

バリロッサ達は、フリオ達と一緒に暮らしながら、思い思いに活動し続けていたのであった。


【ブロッサムの現状】

「これはすごいな」

家の裏手にある畑を見ながら、フリオは思わず感嘆の声を上げていた。荒れ放題になっていた畑をブロッサムがこつこつ耕し続けた結果、見違えるように立派な畑が出来上がっていたのである。

「いやぁ、ここの土って結構良いんだよね。思わず気合が入っちゃったよ」

そう言って豪快に笑うブロッサムだった。

だが、フリオはそんなブロッサムを見つめながら、

（その分、剣の特訓に身が入ってない気がするんだけど……）

そんなことを考えながら、その顔に苦笑を浮かべていたのだった。


【ベラノの現状】


体内魔力の総量が致命的に小さいベラノ。そんなベラノのために、フリオは魔力量を増大させる魔法を付加した指輪を作成し、それをベラノに試してもらった。

「どうだいベラノ？」

「……お、おぉ……た、確かに魔力が、ぞ、増大して……」

そう言いながら喜んでいたベラノなのだが、増大した魔力で気分を悪くしてしまい、

「……き……気持ち悪い」

胃の中身を壮絶にリバースし、気絶してしまったのだった。

そのため今のベラノは、フリオが増大する魔力量を少なめに設定した指輪から使用していき、徐々に体をならしている最中なのであった。

フリオから指輪をもらい嬉《うれ》しそうにしているベラノに、リースはそっと近づくと、

「……いいこと、小娘。旦那様が下賜されたその指輪……もし左手の薬指にはめようものなら……」

まるで地の底から湧き上がってくるような声でベラノに念押ししていたのだった。そんなリースの言葉を聞いたベラノは、真っ青になりながらその指輪を右手の中指へとはめたのだった。

【ビレリーの現状】

あまりにも貧弱な腕力を補佐するために力魔法を付与した指輪を装着し、どうにかクロスボウを使って狂乱熊《サイコベア》の外皮くらいは貫けるようなったビレリーは、連日、森で動物相手に訓練を行っていた……のだが……

ビレリーは、自分が構えている弓の先にいる一角兎《ホーンラビット》を見つめながら、その両手をプルプル震わせ続けていた。

「……あの～……リース様～……あの子、どうしても射ないとだめですか～？」

「どうしました？　何か問題でも？」

「あの～……可愛《かわい》いすぎて～、可哀想《かわいそう》で～……とても矢を放てません～」

「はい？」

ビレリーの言葉に、リースは思わず目を丸くした。

このように小動物相手だと全く訓練にならないため、ビレリーはもっぱら家の近くに生えている木に的を張り、そこへめがけて矢を射る練習を続けていたのだった。そんな中、フリオからもらっ

た力の付加指輪を嬉しそうに眺めているビレリーに、リースがそっと近づいていき、

「……いいこと、小娘。旦那様が下賜されたその……


【バリロッサの現状】

このメンバーの中で、もっとも成長しているのがバリロッサだった。

フリオの指導もあり、無駄な動きも改善され、剣の鋭さもかなり増しつつあった。この調子で行けばAランクの狂乱熊《サイコベア》はまだ無理にしても、Bランクの獣なら倒せるようになるかもしれない。

フリオがそう思い始めた頃……急にバリロッサの状態がおかしくなった。

なぜかやたらと非力をアピールするようになり、しきりとフリオの視線を気にし始めたのである。

そんなバリロッサの意図が読めずに、フリオはしきりと首をかしげていた。

だが、リースにはそんなバリロッサの意図がしっかりとわかっていた。バリロッサが非力アピールを始めたのは、フリオが、ベラノとビレリーに指輪をあげた翌日からである。

(あの女《アマ》……ご主人様の指輪欲しさにあざとすぎるのよ)

この後、バリロッサの担当がフリオからリースに変わると、ほどなくしてバリロッサの非力アピールは終了したのだった。

◇◇◇

……なんなんニャ、あの集団は。

デラベザの森から周囲の様子を確認しながら南下してきたウリミナスは、森の中からフリオ達の様子を観察し続けていた。

(訓練っぽいことをしてる四人はたいしたことがないニャ……問題は指導してるあの男ニャ……)

ウリミナスは、じっとフリオのことを見つめ続けていた。

ウリミナスは、相手のステータスをのぞき見る能力を持っていた。

だが、その能力を駆使してもフリオのステータスをまったく見ることが出来なかったのである。

(こんなこと……魔王様相手でもなかったニャ……)

フリオの家の周囲にかなり強力な結界が張られているのはウリミナスにもわかっていた。

(人に化けて近づいてみるかニャ……それとも……)

木陰に身をひそめながら、ウリミナスはどうにかしてフリオに接近するための策を必死に考え続けていた。

その時だった。

「あら? 誰かと思ったらウリミナスじゃない。そんなところで何してるの?」

フリオの家の方角から急に話しかけられたウリミナスは、その顔に困惑した表情を浮かべる。その声の方へ視線を向けると、そこにいた人物を見て驚愕《きょうがく》の表情に変わった。

「フェン……リース?」

そこにいたのは、魔王軍四天王・牙狼フェンガリルの妹、フェンリースその人であった。

◇◇◇

ウリミナスはひたすら困惑し続けていた。

「たいしたおもてなしも出来ませんが、ゆっくりしていってください」

リースから『魔王軍にいた頃の同僚でしたの』とウリミナスのことを紹介されたフリオは、ウリミナスを家の中へと招き入れると、お茶と焼き菓子を差し出し笑顔で接待しはじめたのである。

（ひ、ひょっとして毒入り……）

ウリミナスは目の前に並んでいるお茶と焼き菓子を見つめながら思わず身を硬くしていた。

「あらウリミナス、まさか毒入りと疑ってるのかしら？……旦那様から下賜されたお茶とお茶請けを……」

リースは、笑顔の中に殺気をはらませながらウリミナスを見つめた。

「いえ！　そ、そんなことは決してありませんニャ！　ありがたくいただきますニャ！」

ウリミナスは、大慌てでお茶をぐいっと飲み干した。

そんなウリミナスを、バリロッサ達は柱の陰から見つめ続けていた。

「……あれ……魔王の手先なのか……」

「やべぇ……どうすりゃいい……」

「は……はわわ……」

「……（失神）」

バリロッサ達は、柱の陰に隠れたまま一塊になってガタガタ震え続けていた。

ウリミナスは、そんなバリロッサ達の気配を感じながら頷《うなず》いていた。

（そう……魔族を目の前にした普通の人族はえてしてあぁなるものニャ……）

そう思いながらウリミナスは、その視線を目の前へと戻していった。

ウリミナスの目の前にはフリオとリースが笑顔で座っていた。

（魔族のフェンリース……今は、リースって名乗ってるって言ってたのニャけど、そのリースが普通にしているのは納得出来るニャ……でも、このフリオって人族の男は、なんでアタシを前にしても普通の状態で座っていられるニャ？）

そのウリミナスの困惑にさらに輪をかけているのが、リースの様子であった。

ウリミナスの知っているフェンリースは、常に全身に殺気をみなぎらせ、人族のことを「下等生物が……」と、見下し続けていた。

しかし、リースと名を変えている今の彼女からは殺気が微塵も感じられなかった。それどころか隣に座るフリオに対して、ことあるごとに愛情たっぷりの笑顔を向け続けていたのである。

しかし、ウリミナスが不審な動きをしようものなら瞬時に殺気に満ちた視線を向け、ウリミナスの肝を冷やしていたのであった。

（こりゃ、迂闊《うかつ》なことは出来ないニャねぇ……）

ウリミナスは、内心で舌打ちしながらその視線をフリオに向けた。

「しかしあれですニャ、このあたりもえらく様変わりしてたニャあ。特にデラベザの森あたりは……」

「あぁ、あの森ですか。あの森なんですけど、僕がうっかり浄化しちゃったんですよね……リースのお兄さんがどうもそれに巻き込まれちゃったみたいで……悪いことをしたなぁと……」

「旦那様がお気にされることはありませんわ。魔王軍の四天王の一人と呼ばれておきながら何も出来なかった兄が悪いのですから」

ウリミナスは、フリオとリースの会話を聞きながら、思わず絶句した。

（ちょっと待つニャ……この男、フェンガリル達を「うっかり」で壊滅させたのかニャ？　し、しかも浄化を使ったニャ!?　あ、あの最上位魔法の!?）

ウリミナスは困惑しながら、思わず頭を抱えていた。

そんなフリオ達の様子をのぞき見していたバリロッサ達は、

「ちょ!?……ご主人達は魔界四天王の一人を!?」

「ぱねぇ……まじぱねぇ……」

「はわ!?　はわわ……」

「……（失神継続中）」

口々にそう言いながら、いまだに体を寄せ合ってガタガタ震え続けていたのだった。

（ええぃ、こいつらはこいつらでさっきからうざいニャ）

たまに思考に割り込んで来る、バリロッサ達の会話に苛立《いらだ》ちを隠せないウリミナスだった。

その後も、たわいない会話を交わしていたフリオとウリミナス。

その会話の最後で、ウリミナスはある行動に出た。

「では、任務の途中ニャので、ここらで失礼しようと思うニャ……ところでご主人に一つお願いがありますニャ」

「はい？　なんでしょう？」

「リースすらかなわなかったというご主人の腕前に、このウリミナス、非常に興味がありますニャ……つきましてはちょっと組手なぞお願い出来たら嬉しいのニャけど……」

ウリミナスはそう言うとフリオに向かって微笑《ほほえ》んだ。ウリミナスとしては、この組手の最中にあわよくば魔王軍の脅威になりかねないフリオを抹殺しようと考えていたのであった。

「いけません旦那様！」

そこに、リースが猛然と割り込み、待ったをかけた。

（ニャ!?　さ、さすがリース、アタシの思惑を見抜いたニャか!?）

ウリミナスは、内心で舌打ちしながら、いつでも逃走出来るよう、足に力を込めていた。

すると、そんなウリミナスを指さしながら、リースは言った。

「この女、組手と偽って旦那様とくんずほぐれつする気に違いありませんわ！」

「だー！　そんな気あるわけないニャ！」

予想のはるか斜め上をいったリースの発言を前にして、ウリミナスは思わずその場でガクッと崩れ落ちていった。

フリオは、そんな二人のやり取りに苦笑を浮かべながら、

「えぇ、僕は別にかまいませんよ」

そう言い、ウリミナスの申し出を快諾したのであった。

そんなフリオの言葉に、ウリミナスはその口元に不敵な笑みを浮かべる。

フリオとの組手において、ウリミナスはある作戦を考えていた。ウリミナスは、相当の力をもっているると思われるフリオに対してまともに正面からやりあう気はなかった。

(アタシの猛毒魔法を地下から送り込んで毒殺してやるニャ)

ウリミナスは、内心でそう思いながら両手の指をコキコキ鳴らしていたのだった。

ほどなくして、二人は家の外で向かい合っていた。

「僕の方はいつでもいいですよ」

特に剣を構えるでもなく、防御魔法を展開するでもなく、ごく自然な立ち姿のままフリオはウリミナスに言葉をかける。

そのあまりの無防備さに逆に不穏な空気を感じながらも、ウリミナスはその身を低くしていった。

「では……行きますニャ!」

そう言うと、ウリミナスは力いっぱい地を蹴り、空中高く飛翔《ひしょう》した。

しかし、この飛翔はダミーだった。

ウリミナスは、飛翔する寸前に地に向かって猛毒魔法をすでに放っていた。

この猛毒魔法が地中からフリオを襲っていくのを、万に一つも気取らせないため、ウリミナスは

わざと空中に飛び上がっていったのだった。

だが、

「地下から毒魔法……ですか」

フリオが、ぼそっとそう言った。同時に、地中を猛スピードで進んでいた猛毒魔法が『パリン』という乾いた音を立てながら砕け散っていった。

「はぁ!?」

一瞬、何が起きたのか判断出来なかったウリミナス。

だが、そこは魔王の側近である。地下からの攻撃が失敗したことを悟ると、新たに魔法を詠唱していき、左右の手から無数の毒蛇を繰り出すと、フリオへ向かって四方八方から放っていった。

しかし、フリオが手をあげると、ウリミナスの放ったすべての魔法の毒蛇が『パリン』という乾いた音をたてながら砕け散った。

「毒の攻撃は、ちょっといただけませんね」

フリオがそう言うと、ウリミナスの体が空中に磔《はりつけ》にでもされたかのように固定された。

身動きどころか、呼吸すら難しいほどの圧力で拘束されたウリミナスは、今、自分がどうなっているのかを確認することすら出来ずにいた。

「僕はいくらでも回避出来ますけど、万に一つでもリースや、バリロッサ達に降りかかったら困るじゃないですか」

「旦那様、私でしたら、自分の身くらい自分で守れますわよ?」

「気持ちの問題だよ。リースに毒が向けられたというだけで、僕はいい気がしない」

フリオは強い口調でそう言った。すると、その言葉を聞いたリースは、

「……も、もう旦那様ったら」

そう言いながら、顔を真っ赤にしながらうつむいた。

フリオとリースがそんな会話を交わしている間も空中で固定されていたウリミナスは呼吸困難に陥っていき、やがて意識を失っていった。

「いやぁ、すみません。ついやりすぎちゃって」

フリオは、ウリミナスが毒攻撃を放ったことに立腹し、結果的にウリミナスが気絶するまで攻撃を続けてしまったことを謝罪していた。

「い、いえ……あ、あれはアタシも悪かったニャで……き、気にしないでほしいニャ」

ウリミナスは、上ずった声でそう言うと、挨拶もそこそこにフリオ達の前から逃げるように立ち去っていった。

(やばいニャ……あの男はマジでやばいニャ……すぐに魔王様に知らせるニャ)

ウリミナスは魔王城へ向かって必死に走り続けたのだった。

「旦那様……私のことを気遣ってくださって本当にありがとうございました……」

リースは、毒のことで自分を気遣ってくれたフリオにそっと寄り添っていった。

フリオは、そんなリースに向かって微笑むと、

「大切なリースだもの、当たり前じゃないか」

そう言いながら、リースの肩を優しく抱きしめた。

「旦那様……」

リースは、そんなフリオに体を寄せていったのだった。

この夜は、いつもよりかなり激しかったらしい。

◇魔王城◇

「その男には貴様では手も足もでなかった……と言うのか？　ウリミナスよ」

ウリミナスの報告を聞きながら、魔王ゴウルは玉座に座ったまま、その背に魔のオーラを発し続けていた。

魔王ゴウルはその筋骨隆々とした青黒い巨体で玉座に座っており、その頭部には魔王の証《あかし》である巨大な角が左右から伸びていた。

そんな魔王の前で片膝をつきながら、地獄猫《ヘルキャット》ウリミナスは体中に嫌な汗を流し続けていた。魔王軍の脅威となりそうな人間を見つけたものの、その抹殺に失敗したとの報告。

魔王に任務失敗の報告などしようものなら、その場で灰にされてもおかしくない。

だからこそ、今回の件を魔王に報告しないという選択肢もあったのだが、あのフリオという人間の存在を是が非でも魔王の耳に入れておくべきと判断したウリミナスは、フリオ家で起きた出来事

の一部始終を包み隠さず報告したのであった。

ウリミナスを見つめながら、魔王ゴウルは考え込んでいた。魔王ゴウルの次の言葉を跪《ひざまず》きながら待ち続けているウリミナスには、魔王が考え込んでいる時間が永遠のように感じられた。

「……その男、確かに魔王軍の脅威となるやも知れぬ……ウリミナスよ、龍軍を率いてその者を捕らえてまいれ。抵抗するようであれば殺しても構わぬ」

魔王ゴウルはゆっくりとした口調でそう言った。その言葉にウリミナスは大きく頭を下げる。

「かしこまりましたニャ。あの者を必ずや捕えてまいりますニャ」

そう言うと、ウリミナスは早々に玉座の間を後にした。

（……こ……殺されると思ったニャ……死んだと思ったニャ……）

玉座の間を出たウリミナスの顔には、心の底からの安堵《あんど》の表情が浮かんでいた。

ウリミナスは、自分が生きていることを噛《か》みしめながら廊下を足早に進んでいった。

◇翌日・フリオ宅◇

「人間フリオよ、先日の大層なおもてなし、感謝するニャ」

ウリミナスは、巨大な龍の頭上に乗っていた。

その龍の後方には、十四の龍が続いており、皆、十m以上ある巨大な体軀《たいく》の龍ばかりであった。

この龍軍こそ、魔王軍の誇る主力攻撃部隊であった。過去に人間軍を何度も壊滅させ、勇者が率いる軍勢をも何度も瓦解させ、撤退に追い込んだ経験をもつ歴戦の猛龍《もさ》揃いの精鋭部隊なのである。

ウリミナスは、そんな龍の頭上から、自宅の玄関前に立っているフリオを見下ろしていた。

そんなウリミナスと龍の大軍を前にして、フリオは嬉しそうに目を輝かせていた。

「へぇ……これが龍なんだ、はじめて見たよ」

「旦那様が以前お住まいだった世界には、龍はいなかったのですか？」

「僕の世界では、龍はめったにいなかったなぁ……どこかの領主が龍と契約して龍騎乗者《ドラゴンライダー》になったって話を聞いたことがあるくらいかな」

フリオとリースは、ウリミナスと龍の大軍を前にしても、普通に会話を続けていた。

ウリミナスは、そんなフリオの態度に苛立ちを覚えていた。

（あ、あのフリオって男……この龍の大軍を前にしてニャんであんなに平然としていられるのニャ……）

ウリミナスは、内心で舌打ちをしながらその視線をフリオ達の後方へと向けていった。

そこには、ドアの隙間から外の様子をうかがい続けているバリロッサ達の姿があった。

「……ち、ちょ……龍が……龍が……あんなに……」

「や……やべぇ……足が震えて動かねぇ……」

「は……はわわぁぁぁぁ!?」

「……（気絶し倒れこむ）」

ウリミナスの視線の先では、龍の大軍を目にしたバリロッサ達四人が狼狽《ろうばい》し、震えあがっていた。

（これだけの龍を前にしたら、普通の人族ニャら、あの人間共のように反応するのが普通じゃニャいのかニャ？……ニャんでフリオっていうこの男は、この龍の大軍を前にしても慌てないのニャ？）

困惑しつつもウリミナスは、一度咳《せき》ばらいをすると、

「どうニャ？　フリオ。降参して魔王様の配下になると誓えば命は助けるニャ。断るというニャら、この場でこの龍らのブレスで灰になってもらうニャ」

さすがに、これだけの龍に囲まれてはフリオも降参するだろう……ウリミナスはそう思っていた。

だが、ウリミナスの言葉を聞いたフリオは、満面の笑みを浮かべていた。

「え？　この龍達と戦ってもいいってこと？　もちろん倒した後の鱗《うろこ》とかは好きに使っていいんだよね？　あぁ、一度龍の鱗の武具とか作ってみたかったんだ」

フリオは嬉々《きき》とした声でウリミナスに確認していた。ウリミナスは更に困惑していく。

（こ、この男……ま、まさか龍すらも凌駕《りようが》する力をもっているニャ……）

だが、すでに出撃し、フリオの目の前まで来ている以上後には引けないウリミナスは、改めてフリオへ視線を向け直し、

「こ……交渉の余地がないニャら、死ぬがいいニャ！」

そう言いながら右腕をフリオに向かって振り下ろした。

それを合図に、龍達は一斉にフリオに向かって襲い掛かっていった。

◇数刻後◇

（……そ……そんな馬鹿ニャ……）

黒焦げになった背中の毛を気にする余裕すらないままに、龍の頭上に乗っているウリミナスは必死の形相を浮かべていた。

かろうじて生き残った龍達とともに魔王城に向かって敗走しているところだった。

彼女が騎乗している龍も、フリオの雷撃の直撃をくらっており、体中にひどい傷を負っていて、やっとの思いで空を飛んでいるという有様だった。その後方に続いている龍もわずか二匹しか残っておらず、その二匹も重傷を負いながら必死に飛行を続けていた。

戦闘は一瞬で決着がついた。

自らの周囲に殺到してきた龍に対し、フリオは右手をかざした。

すると、天空からすさまじい雷撃が龍達に向かって降り注いでいった。

神聖魔法・天の鉄槌《てっつい》
普通なら、最高位の魔導士が十人がかりで、しかも数刻の詠唱を行った後にようやく放つことが出来る、神聖魔法の中でも最上位に位置する破壊力抜群の魔法である。

それを、フリオは、

「これ、使ってみようかな」

そう言いながら、こともなげに放っていったのであった。

この一撃で、十一匹いた龍のうち、七匹が黒焦げになって絶命し墜落した。

フリオの圧倒的な魔力を目の当たりにした残りの龍達は勝手に撤退を開始していった。

「ニャ!?　き、貴様ら!?　なんで逃げるニャ!?　もどるニャ!!」

ウリミナスは必死に命じていた。だが恐怖にかられた龍達は逃げるのに必死で、ただの一匹もウリミナスの言葉に従おうとはしなかった。

すさまじい勢いで撤退していく龍達を前に、玄関から出てきたブロッサムは目を丸くしていた。

「旦那さん、すげぇ……これならアタシもどさくさに紛れて槍《やり》の一つでも放っとくんだったな……うまくいきゃ龍討伐者《ドラゴンスレイヤー》の称号をもらえたかもしれなかったじゃん」

ブロッサムはそう言うと、冗談とばかりに手に持っていた槍を前方へ向かって軽く放り投げていた。そんなブロッサムの様子を見ていたフリオは、

「なら、やってみようか？」

そう言うと、ブロッサムが放り投げた槍に向かって詠唱していった。

付加・加速
付加・神聖化
付加・超打撃
……

……

……

ブロッサムが投げた槍に次々と付加魔法がかけられていく。

するとその槍は光に包まれ、すさまじい速さで宙を舞っていき敗走している龍達の最後尾の龍に襲い掛かり、その首を切断した。

ブロッサムは呆然《ぼうぜん》としながらその光景を見つめていた。自分が冗談で放り投げた槍がすさまじい勢いで飛んでいったかと思うと、龍の首を切り落としたのである。

「うそ……え？　マジ？」

ポカンとしながら声を上げるブロッサムの後方では、バリロッサ達もブロッサム同様に目を丸くしながら落下していく龍の姿を見つめ続けていた。

「うぉ!?　アタシのステータスに『龍討伐者《ドラゴンスレイヤー》』が付いてるぅ!?」

その時、自分のステータスを確認したブロッサムが歓喜の声を上げた。

龍討伐者《ドラゴンスレイヤー》の称号は、龍もしくはその亜種を討伐した者のステータスに自動で付与される称号であった。それを持つ者は貴族達から厚遇で召し抱えられるばかりでなく、自ら貴族を名乗ることをも許される破格の称号なのであった。当然フリオもこの称号を先ほど取得出来ていた。

ブロッサムの声を聞いたバリロッサはすさまじい勢いでフリオの元へ駆け寄った。

「フ、フリオ殿！　わ、わわ、私も！　私もお願いしたい！　いや、お願いします！　お願いしますぅ！」

バリロッサは、上ずった声でそう言いながら腰の剣を抜くと、龍達が敗走している方角へ向き直っていった。

だが……すでに龍の姿はどこにも見えなくなっていた。

そんなバリロッサの後方であれこれ魔法を試していたフリオは、

「……ごめん、バリロッサ。さすがに見える範囲にいないと難しいみたいだ」

そう言いながら、申し訳なさそうな表情をその顔に浮かべていた。

「……そ、そうですか……そうですか……」

（そ……その称号があれば……我が実家の再興が……）

バリロッサは、泣き笑いしながらその場に崩れ落ちていったのだった。

◇数日後◇

魔王ゴウルは、森の中を一人で歩いていた。姿を魔法で人族に変化させ、冒険者風の衣服を身にまとったゴウルは、デラベザの森からクライロード城方面へ続く道を南下し続けていた。

（まさか、龍軍をあそこまで一方的に破る者であったとは……）

先の、龍軍とフリオの戦いを遠隔投影水晶によって見ていたゴウルは、フリオのあまりにも圧倒的な魔力を目にし、激しく驚愕し、狼狽した。

（勇者でもないただの冒険者が、このような魔法を使えるとは……）

この一部始終を目撃したゴウルは、フリオのことを超危険人物と断定した。

そして、フリオのことを詳しく調査すべく自らこの地へと出向いてきたのだった。

龍軍に対してフリオが放った魔法はそれほどまでに強力なものだったのである。


——数刻前の魔王城。

「ご、ゴウル様がわざわざ出向かれニャくても、四天王もおりますのニャしこのウリミナスも次こそは……」

出発しようとしている魔王ゴウルの前に、ウリミナスをはじめとした魔王軍の重鎮達が集結していた。

双頭の怪鳥、巨大ラミア、死馬の老勇。

四天王のうちの三人に加え、部隊長クラスの魔族達までもがその場に集結していた。

しかし、ゴウルはそんな一同を一瞥《いちべつ》すると、

「四天王筆頭であったフェンガリルをあっさり倒した相手であるぞ？　貴様らでは相手になるまい」

魔王の正論を前にして、一同は言葉を失った。ゴウルは、そんな一同に向かって右手をあげると、

「案ずるな。今回はあくまでも様子見だ」

そう言いながら一同の前から立ち去っていったのだった。


ゴウルは、森を抜け道をさらに南へと向かっていた。

「……む」

フリオの家らしき建物が見え始めたところで、ゴウルは足を止めた。目の前に、よほど注意しなければ感知することが出来ない防壁と罠《わな》を組み合わせた結界が張られていたのである。

（むぅ……ここまで巧妙な罠まで仕掛けることが出来るのか……）

あと一歩で、その罠にかかるところだったゴウルは、額に冷や汗が伝うのを感じていた。

変装し、魔の気配も隠蔽魔法で隠してはいるのだが、この罠は間違いなくゴウルを魔族であり敵であると判断し、発動しようとしていたのである。

（しかし困ったな……これでは、これ以上進めないではないか）

ゴウルは腕組みをすると、その場で考え込んでいった。

「どちら様ですか？」

すると、そんなゴウルの元に結界の向こうから、剣を腰に下げている一人の女が歩み寄って来た。

「旦那様のお知り合いですか？　それとも奥方様のお知り合いですか？」

その女は、ゴウルに笑顔で語りかけてはいるものの、その手は腰の剣にしっかりかかっており、いつでも切りかかれる体勢になっている。

「いや……実は奥方の古い知り合いでな……ここにお住まいと聞いて尋ねてまいったのだが……」

「おぉ、そうでしたか」

そう言いながら、女騎士は、瞬時に腰の剣を抜きさるとゴウルの喉元へ突きつけた。

「……と、いうことは、貴様は魔王軍の者ということだな？　魔王軍と縁を切り、人族である旦那様の妻となられた奥方様に何用か？　返答次第では、このバリロッサがお相手仕《つかまつ》る」

その女騎士――バリロッサは、先ほどまでの笑顔とは裏腹に、口を真一文字に結び射るような眼《ま》差《な》《ざ》しをゴウルへと向けた。

（ふむ……ワシとしたことが……誘導尋問に引っかかったということか……これはしてやられた

な）

笑顔で歩み寄り油断させておき、怪しいと判断するなり躊躇《ちゅうちょ》なく剣を振るったバリロッサの機転と判断力に、ゴウルは感心しきりの様子であった。

ゴウルは目を凝らすと、バリロッサのステータスを確認していく。

（ふむ、ただの人族か……殺すのは容易《たやす》い……だが、面白いなこの女）

ゴウルは、その口元に微笑を浮かべた。

「確かに、我は魔の者である。だが、今日は様子見に伺っただけで他意はない。今日はこれで引き返すつもりだ」

そう言うと、ゴウルは両手を左右に広げて、敵意がないことを伝えた。

その様子を確認すると、バリロッサは剣をおさめた。

「ならば、こちらもここまでといたしましょう。奥方様へ何か伝言があれば承りますが？」

バリロッサは、ゴウルの様子を油断することなくうかがい続けていた。

（ふむ、なかなか良き心がけをしているな……引き際もしっかりわきまえておる）

ゴウルは、そんなバリロッサの様子を確認しながら、何度か小さく頷いた。

「そうだな……今度は茶でも飲みながら昔話でもしないかと伝えてもらおうか」

「承った……我が名はバリロッサ。貴殿の名は？」

「……ゴ」

そう言いかけて、ゴウルは口ごもった。

（さすがに、そのまま名乗るのはまずいか……）

ゴウルは、少し考え込むと、

「……ゴザル、そう伝えてもらおう」

そう言うとゴウルは踵《きびす》を返し、バリロッサの前から立ち去っていった。

◇数刻後・魔王城◇

「して、魔王様。あのフリオはいかがな者でしたかニャ？　何か収穫がありましたかニャ？」

城に戻り、玉座に座ったまま静かに目を閉じているゴウルに、地獄猫《ヘルキャット》ウリミナスが声をかけていた。だが、ゴウルは腕組みをしたままジッとしていた。

「……ゴウル様？」

ウリミナスは再度声をかけた。だが、ゴウルは相変わらず無反応なままだった。

（ひょっとして、作戦をお考え中ニャのかも……これはお邪魔してはよくないニャ）

そう考えたウリミナスは、ゴウルに向かって一礼すると玉座の間を後にした。

一人残されたゴウルは、玉座に座したまま思考を巡らせ続けていた。

（あの女……バリロッサ……人にしては、気品のある動き、凛《りん》とした立ち姿、主人のためであれば命を投げ出してでも立ちはだかろうとする勇気……）

先ほど対峙《たいじ》したバリロッサの姿が、なぜか脳裏から離れないゴウルであった。

◇その頃・フリオ宅◇

「……う……嘘《うそ》でございましょう？」

フリオの言葉に、バリロッサは、全身から滝のような汗を流し続けていた。

「間違いないよ。バリロッサが相手したのは、変装してたけど魔王だったよ」

その横で、リースも頷いた。あの時、二人はゴウルの気配に気が付いていた。急いで駆け付けたところ、すでにバリロッサの姿があったため、二人は物陰から様子をうかがっていたのであった。

「しかし……ゴザルって、偽名を使うにしても、もっと選びようがあったでしょうに」

リースはそう言うとクスクス笑った。

「とはいえ、一緒にお茶かぁ。それも面白いかもしれないね？」

「どうでしょう……あの魔王、相当な実力者ではありますが、面白みのない堅物ですから、旦那様を退屈させない話術を心得ているかどうか怪しいものですよ」

フリオとリースは、時折笑みを交えながら言葉を交わしていく。

そんな二人の前で、バリロッサはガクガク震えながら滝のような汗が止まらなかった。

「あ……あれが……魔王……ま、魔王に、私……剣……突きつけちゃった……やばい……殺される……絶対殺される……確実に殺される……」

その姿には、先ほどゴウルに剣を突きつけていった際のりりしさの欠片もなかった。ガクガク体を震わせながら、目から、鼻から、口から、いろいろなものを垂れ流していくバリロッサ。

「おいおい、床汚すんじゃないよ。掃除も大変なんだぞ」

「あわわ……バリロッサ、それはまずいです～」

「……（無言で床を拭いている）」

「バホ?」

ブロッサム・ビレリー・ベラノに加えてペットのサベアも入れた三人と一匹に囲まれながら、バリロッサはいまだに震え続けていたのだった。

◇数日後・フリオ宅◇

「やぁ、ゴザルさん。いらっしゃい」

今週四度目になるゴザルこと魔王ゴウルの訪問を、フリオは笑顔で出迎えた。

「うむ、邪魔をする」

そんなフリオに、ゴウルは右手を軽くあげながら応じる。フリオがゴウルを結界の対象外に設定したため、ゴウルは気軽にフリオ宅へ出入り出来るようになっていた。

先日以来、魔王ゴウルは頻繁にフリオ宅を訪れるようになっていた。そんなゴウルの目的は、フリオ……ではなく、あの日ゴウルに対峙したバリロッサに会うことだった。

あの日、魔王である自分に対し、凛として立ち向かってきたバリロッサの姿をゴウルは不思議と忘れることが出来なくなり、バリロッサのことをもっと知ろうとフリオ宅に足しげく通い続けていたのだった。

しかし、ゴザルが魔王ゴウルであることを知ってしまったバリロッサは、

「き、き、き、今日は川へ洗濯に……」

「き、き、き、今日は山へ薪拾いに……」

などと、何かと理由を付けては、ゴウルがやってくる度にフリオ宅から逃げ出していた。

そのため、ゴウルはいつもバリロッサの姿をすれ違い様にしか見ることが出来ずにいた。

(ふむ……なかなかに働き者なのだな、休むことなく働き続けておるとは)

しかし、ゴウルの中でのバリロッサの評価は日に日に上昇し続けていたのだった。

そんな中、頻繁にフリオと面会し、会話を交わしていくうちに、ゴウルはいつしかフリオとの会話を楽しいものと思い始めていた。

(このフリオとやら……ワシを魔王であると気づいておりながら……ワシのことを特別扱いすることもなく、常に普通の客人として扱っておる……)

ゴウルが内心で思っているように、フリオはゴウルに対していつも屈託なく話しかけていき、ともにお茶を楽しんでいた。

ゴウルは、いつしかフリオ家で過ごす時間を心地よいと感じるようになり、フリオ家に行くことを楽しいと思い始めていたのであった。

◇数日後・魔王城玉座の間◇

「魔王様……そのように頻繁にあの者の元へ行かれますのは、危険過ぎますニャ」

今日もフリオの元へ出かけようとするゴウルに対し、地獄猫《ヘルキャット》ウリミナスが心配そうな表情を浮かべながら声をかける。ゴウルはそんなウリミナスに対し、ニヤッと笑みを浮かべた。

「あの剛の者……懐柔出来るなら、するに越したことはないであろう？　意外に話のわかるやつであるしな、あの男」

「そ、そうは申されニャしても……」

「とにかく、行ってくる。城のことはまかせたぞ」

ゴウルはそう言うと、足早に立ち去っていった。

玉座の間に一人取り残されたウリミナスは、そんなゴウルの後ろ姿をじっと見つめ続けていた。

（……あの男の元へ足しげく通われるゴウル様のことを『魔王はあの男に服従したのか!?』だの『魔王はいつから人間のご機嫌取りに精を出すようになった！』だの、悪く言う者が出てきておりニャすのに……）

ウリミナスは、一度天井を見上げ、大きなため息をついたのだった。

◇クライロード城・玉座の間◇

「何？　例の冒険者の元に魔族らしき者が出入りしているだと？」

クライロード王は、眼前の側近の姿を見つめながら顔をしかめた。

側近は、クライロード王に向かって大きく頷くと、手元の資料に再度目を通していく。

「間違いございません。例の冒険者……名をフリオと申しますが、この男、城からの度重なる招集に応じぬため、念のために諜報員《ちょうほういん》を使い監視をしておりましたところ、ここ数日足しげくこの者の家を訊《たず》ねてくる怪しい男の姿が見受けられたとのこと……。この男を尾行しましたところ、魔王城方面へ向かって移動していったことが確認されたとのことでございます」

「む、むう……」

側近の報告に、王は狼狽した。

「あの男……ま、まさか魔王に加担しようというのか？　ならば兵を差し向けて……」

「お、お待ちくださいお父様！」

王の言葉を耳にした、第一王女が声を上げた。第一王女は、後方から小走りにクライロード王の眼前へと歩み出ていくと、王に向かって両手を向けた。

「お父様、お考え直しください。まだ、そのフリオ様が魔王軍と手を組んだと決まったわけではございません。下手に兵など差し向けようものなら、それこそ決定的にフリオ様の機嫌をそこねてしまうことになり、我らクライロード魔法国に愛想を尽かし、本当に魔王軍と手を結ばれてしまうやもしれません……それよりも、もっと会話をすべきではないでしょうか？　ただ招集を懇願し続けるだけではなく、フリオ様のお話にも耳を……」

「お前は黙っておれ！」

第一王女が話し続けている中、クライロード王は激怒し、声を荒らげた。

「第一王女よ、貴様のような理想論で国が成り立つと本気で思っておるのか？　夢物語もたいがいにせい！」

「ですが……」

「くどい！　誰かこの不届き者を追い出せ！」

クライロード王の言葉に呼応し、衛兵達が第一王女の周囲に集まってくる。第一王女は一度クライロード王に向かって大きく頭を下げると、自ら部屋を後にした。

クライロード王は、そんな第一王女の後ろ姿を見つめながら舌打ちをしていた。

◇クライロード城・南の砦《とりで》◇

「それはまことか!?　あのフリオとかいう男が魔族と交流があるというのは！」

その話を聞いた金髪の勇者は声を上げた。金髪の勇者に酒をついでいた女は、

「間違いありませんわ、城の兵達が噂しているのを聞いてまいりましたので」

そう言いながら、大きく頷いた。

相変わらず、クライロード城の南にあるこの砦にこもり続けている金髪の勇者は、城から、自らの身の回りの世話をさせるためと称してメイドの女達を呼び寄せながら、その女達に金品を渡し城の様子を探らせ続けていたのだった。

その女達から、城内でのフリオの噂を伝え聞いた金髪の勇者は、

「そんなに強い男が我が手足となって働くのであれば、魔王討伐も夢ではない」

そう考え、何としてもこのフリオを自分の配下に加えたいと思っていた。

そのため、王に対しフリオを自分のために招集するよう連日のように使者を城へと送り続けるとともに、フリオに関する情報を女達に探らせ続けていたのだった。

女からの報告を聞いた金髪の勇者は不敵に笑い続けていた。

「あのぉ……勇者様、どうなさるおつもりなんですかぁ？」

金髪の勇者の隣に座り、金髪の勇者のために料理を取り分けていたツーヤは不安そうな表情を浮かべながら金髪の勇者を見つめていた。

「どうもこうもない！　これをネタにあの男を私の配下にしてみせようではないか！」

金髪の勇者は、そう言いながらハッハッハと高笑いをした。

◇翌日・フリオ宅◇

金髪の勇者は、砦に駐屯させていた自分の騎士団を引き連れて、フリオの暮らしている家にまで出向いていた。

「な、なんで城の騎士団がこの家を取り囲んでいるのだ？」

「おいおい、あそこにいるのって、あの引きこもり勇者じゃねぇか？」

「はわわ!?　あ、あの勇者がからむとろくなことがないのですよ～」

「……し、塩をまこう」

窓から外をうかがいながら、バリロッサ達は困惑仕切りの表情を浮かべていた。

そんな四人の横で、リースは怪訝《けげん》そうな表情でその軍勢を見つめていた。

「旦那様、どういたしましょう？　お邪魔でしたら私が行って蹴散らしてまいりますが？」

そう言うリースの横では、サベアも『まかせて』とばかりに胸をドンと叩《たた》いていた。

「ま、まぁとりあえず用件を聞いてくるよ。みんなはここで待っててくれるかい？」

そう言うと、フリオは、その顔に苦笑を浮かべながら一人で家の外へと出ていった。

すると、フリオの前に白馬に乗った金髪の勇者が近寄ってきた。

「そこの庶民よ、聞くがよい。貴様が魔の者と通じているのはすでにお見通しだ」

金髪の勇者は剣を抜き、フリオに突きつけていく。

「本来であれば、この場で切って捨てられても文句はいえない所業である……だが、そんな貴様に更生の機会を与えてやろう。私の配下となり、魔王討伐に協力するのだ。そうすればその罪をすべて許すよう王に進言してやろう。思うがままの褒美が支給されるようにも取り計らってやる。どうだ？　悪い話ではあるまい？　万が一この話を断ると言うのなら、今すぐこの場で切り捨てるまで」

金髪の勇者は馬上で両手を広げながら、ドヤ顔でフリオを見下ろしていた。

（決まった……これは、私的人生のクライマックスシーンスベストスリーに入る名場面だ）

金髪の勇者は、自らのセリフに酔っていた。

これで、フリオは確実に自分の配下に入る。そして、私はこの男を指揮し魔王を倒させ、真の英雄となっていき、この国で伝説となるのだ……！

「そ……そんな横暴ですぞ！　勇者殿」

「こっちの都合も考えろってんだ！」

「な……なのですよぉ……あわわ」

「……キッ！　（抗議の眼差し）」

窓から顔を出したバリロッサ達が、金髪の勇者に向かって騒ぎ立てていた。その横では、金髪の勇者がフリオに剣を向けたため、今にも飛び出そうとしているリースとサベアの姿もあった。

そんなみんなの前で、フリオは微笑んだ。

「そうですね……城に召し抱えられる気もありませんし、みなさんと争う気もありません。だからと言って切り捨てられる気もありませんので、この地から立ち去ることにさせていただきます」

そう言うと、フリオは家の方へと視線を向けた。

「そういうことにしようと思うんだけど……それでいいかな？　リース」

「えぇ、私は旦那様とご一緒出来るのであれば」

リースは、そう言いながらゆっくりと頷いた。

その横で、サベアも何度も頷いている。

「ふ……フリオ殿！　こ、このバリロッサもお供させてください！」

「ブロッサムもご一緒するぜ！　畑作業ならまかせてくださいって！」

「はわわ!?　び、ビレリーもご一緒いたしたく～」

「……ベラノも！」

リースの横で一斉に声を上げていくバリロッサ達。

「おいおい、君達は城に戻らないと……」

フリオがそう言うと、バリロッサが激しく顔を横に振った。

「こんな横暴な勇者の振る舞いを許している国に忠誠など誓えません。私は城の騎士団をやめます！」

バリロッサの言葉に、ブロッサム達も大きく頷いていく。

「……その、いきなりそこまで深刻に考えなくても……ま、まぁ、城のことは後でもう一度よく話し合おうよ」

フリオは、そんなみんなの様子に苦笑を浮かべると、右手をかざし詠唱をはじめた。

するとフリオの体をはじめ、家や畑までもが光り輝き始めた。

「じゃあ、行こうか……とりあえず、この辺に行ってみようかな」

フリオは、脳内に表示されていた地図の一角に意識を集中した。すると、フリオが展開していた転移魔法が発動し、フリオと、その家や畑が一斉に消え去っていった。

「な!?」

「き、消えた!?　い、家までも!?」

「そ、そんな馬鹿な!?　まさか転移魔法を使ったのか、あの男？　こんな広範囲の」

その光景を目の当たりにした騎士達は驚愕の声を上げていた。

しかし、いまだに自分の言動に酔いしれている金髪の勇者は、自分の前からフリオが消え去ったことに、まだ気が付いていなかった。

一刻近く経ち、フリオが部下になることを拒否し家ごと消え去ったとようやく気が付いた金髪の勇者は、激しく狼狽した。そのまま即座に引き返していくと、再び砦にこもりきりになってしまった。当然、クライロード王に「すぐにフリオを探し出し私の部下にしろ」と伝える使者を送ることも忘れてはいなかった。

そのことを知った魔王ゴウルは、静かに怒りを爆発させていった。

「ちと、あやつらに思い知らせてやらねばなるまい」

そう言うと、一人武装し、魔王城を出発したゴウル。

「ま、魔王様が出陣されたニャ！　皆遅れるでないニャ！」

その行動に気づいたウリミナスが魔王軍全軍に出動を命じ、自らその先頭に立ってゴウルを追いかけていった。これにより数万に膨れ上がった魔王の軍勢はデラベザの森を抜けると、油断していたクライロードの防衛網を次々に突破していき、一気にクライロード城の北端すれすれにまで侵攻し、そこに陣を張った。

あえてそれ以上攻め入ることはせず、その場に居座ったまま周囲に威圧感をあたえ続けていく魔王軍。その存在は、クライロード城と城下町の人々すべてを大混乱に陥れていった。

ゴウルは、その最前線に立ったままクライロード城をにらみ続けていた。

（……我の楽しみを邪魔しおって）

◇一カ月後◇

フリオ達が姿を消して一カ月が過ぎた。何の前触れもなくいきなり攻めて来た魔王軍に、城の真正面に陣を敷かれてしまったクライロード王は狼狽した。

そのあまりにも速い魔王軍の侵攻を前に、城の騎士達は完全に怖気《おじけ》づいていた。城には強力な防壁魔法が展開されているため、たとえ魔王といえどもすぐに城を落とせるとは思えなかった。

だが、こんなに近くにまで攻め込まれてしまっては、クライロード城は風前の灯であった。

そんな中、クライロード王は秘密裏に城を抜け出すと自ら南の砦へと出向いていた。金髪の勇者に軍を率いてもらい魔王軍を追い返してもらおうと考え、自ら懇願しに出向いていったのである。

だが、金髪の勇者はクライロード王の訪問にも砦の門を開くことはなかった。

いくらクライロード王が声をかけても砦からはまったく反応がないままであった。

失意のまま城に戻ったクライロード王は、

「……かくなる上は……最後の手段を使うしかあるまい」

場内の全魔導士と魔法使いを集結させた。

クライロード魔法国の秘術である最上級神位魔法「浄化」を使用したのである。

天空が光り輝き、地をまばゆい光が包み込んでいく。魔法国であるクライロードの全魔力を集結し放たれた浄化魔法をくらい、さすがの魔王軍もほどなくして撤退していった。

こうして、どうにか魔王軍を一時撤退させることに成功したクライロード魔法国なのだが、その代償はあまりにも大きかった。

城の魔導士と魔法使いがすべて魔力枯渇に陥ってしまい、魔力が全回復するには早い者で二、三カ月、長い者だと数年かかると見られており、皆、意識不明のまま城の医務室で眠り続けていたのだった。王自身も、自らの魔力を浄化に費やした結果、昏睡《こんすい》状態に陥っていた。

そのためクライロード法典に則《のっと》り、王が目覚めるまでの間の代理として第一王女が国の執務を執り行うことになった。

――ちなみにこの浄化魔法、以前フリオが、デラベザの森で使用したものと同じ魔法である。

クライロード魔法国が、城の魔導士と魔法使い達の全魔力を集結させて使用したのに対し、フリオは自分の総魔力量の三分の一を消費することで使用することが出来たのであった。

……しかしながら、フリオが魔力回復に要した時間はおよそ二分である。

◇その頃・魔王軍◇

クライロード魔法国の浄化魔法をくらい撤退していたものの、その詠唱を事前に察知したゴウルの指示で魔王軍は早めに撤退を開始しており、浄化による被害を最小限に食い止めていた。

とはいえ、浄化された土地にはアンデッド系や死霊系といった魔王軍の主力部隊が近づけなくなってしまうため、今回行われた浄化の効果が薄まるのを待つための撤退でもあった。

◇その頃・金髪の勇者◇

魔王軍がクライロード城に肉薄していた際には南の砦に引きこもったまま、使者すらだそうともせずに引きこもっていた金髪の勇者は、その後魔王軍が撤退したと聞くとさっそく城に使者を送り始めた。

フリオを探し出し自分の配下に加えることと、今まで通り酒や食べ物、金銀財宝を送り届けるよう城へ使者を送ったのである。

ことここにいたり第一王女は、この金髪の勇者に見切りをつけた。まず、南の砦に引きこもっていたままの金髪の勇者に対し、最後通告を突きつけた。

「今すぐ魔王討伐のために旅立つならクライロード魔法国は最低限の援助はします。ですが、そうでないのであれば今すぐ砦から立ち去り、以後二度と勇者を名乗らないでいただきたい」

この最後通告を前にして、金髪の勇者は激しく動揺した。

次に、第一王女は城の要人を集め、魔王に対抗しうる新たな手段がないか検討すべく会議をおこなった。数人の大臣から、

「また新たに勇者候補を召喚してはいかがでしょう?」

との意見が出され、大半の者達がその意見に賛同した。

しかし、第一王女はこの意見に決して首を縦に振らなかった。

「少しでも勇者の素質のありそうな者達を、なんの勝算もないまま魔王の元へ送り続けることになりかねない勇者候補の召喚に、私は賛同いたしかねます」

結局、第一王女の頑《かたく》なな態度のため、会議は何の進展もないまま紛糾した。

そんな中、第一王女は予言師の女を呼び出した。

――予言師。

魔法ではなく、スキルとして予言の能力を有する希少な存在。

未来のことをある程度見出《みいだ》すことが出来るのだが、言葉が抽象的なことも多く、また一度予言を行うと次に予言を行えるようになるまでに長い期間を要する。

「この国を救うための……きっかけのようなものでもかまいません、何か見出すことが出来ないでしょうか？」

第一王女の願いを受けた予言師は、水晶をのぞき込みながらスキルを展開していった。

ほどなくして、水晶から目を離した予言師の女は第一王女へ視線を向けると、

「真の勇者を探し出しなさい……その者はすでに召喚されています……」

そう言いながら深々と頭を下げた。

この言葉を聞いた、第一王女をはじめとする城の者達は、全員がフリオのことを思い描いていた。

一カ月前、勇者の愚行によって街の外れから姿を消したフリオこそ、予言師の言う真の勇者に違いないとみんなが噂しあっていった。

この予言を受けた第一王女は、改めてフリオを探すよう指令を出した。金髪の勇者の配下にするためではなく、フリオを真の勇者として国に迎えるためのものへと内容が変更されたのだった。

「……あの第一王女とやら……勝手なことをしおって」

指令のことをツーヤから聞かされた金髪の勇者は、砦の中で忌々しそうに唇を噛みしめていた。

第一王女から最後通告を突きつけられて以降、砦にあれだけいた女達は、ツーヤ以外全員いなくなっていた。もともと、金髪の勇者の相手をしていれば金銀を分け与えられ、美味《おい》しい物を飲み食いし放題だったからこそ金髪の勇者に付き従っていた女達だけに、そのすべてが停止されたと聞くとあっという間に金髪の勇者の元を去っていったのだった。

しかし、ツーヤだけは違っていた。

最初は命令として仕方なく金髪の勇者の相手をしていたツーヤだったのだが、他の女達が逃げ出していく中、ただ一人その側《そば》に残っていた。彼女自身、貧民街の出身であり、水商売をしていたところを運よく城の者達に見いだされ、来賓接待係として城に勤務出来ることになった。

だが、その仕事といえば城の来客相手に密着しながら酒を注ぎ、求められれば朝まで付き合わされるといった内容であった。

そんなツーヤに、城の中で話しかけてくる者はいなかった。

だが、金髪の勇者はいつも優しく接してくれていた。酒を飲む際にお酌をさせられ、たまに朝まで寝室をともにすることもあるものの、金髪の勇者はいつもツーヤに優しく話しかけていた。

ツーヤは、そんな金髪の勇者の側をどうしても離れる気になれなかったのだった。

「勇者様ぁ……これからどうなさるおつもりなのですかぁ？」

金髪の勇者は、不安そうな表情を浮かべているツーヤへ視線を向けた。

「まぁいい……ツーヤよ、お前が聞いたという、例の話……あの話をもう一度聞かせてもらおう」

そう言いながら金髪の勇者は、その口元に不敵な笑みを浮かべていたのだった。

第四章 ……魔人と暗黒大魔導士…… 8

「フリオの旦那、この盾……まさか龍の鱗《うろこ》で出来てるのか？」

武具屋の店主は、いつもの冒険者が持ち込んだ武具を見ながら息を呑《の》んだ。

「さすがご主人、よくわかりましたね。それは私が極秘のルートで仕入れた極上の品ですよ」

そう言って笑うフリオ。そんなフリオの笑顔と、盾へと交互に視線を向けた店主は、フリオの耳元に口を寄せ、

「……この品はさ、フリオの旦那の言い値で買わせてもらう……そのかわり、他にも龍の鱗製の武具を入手したら、今後もウチの店に持ってきてくれるかい？」

そう言いながら、金貨の詰まった布袋をそっと差し出した。

「わかりました。では今後ともよろしくお願いしますね」

フリオは金貨を受け取ると、その顔に飄々《ひょうひょう》とした笑みを浮かべていた。


クライロード魔法国の西方に位置する交易都市――ホウタウの街。

国の城下町とは異なり、亜人の姿が多く見られるこの都市には、冒険者や行商人が多く出入りしており、その者達《たち》を相手にした店が数多く軒を連ね、常に多くの人でにぎわっていた。

武具屋を出て、食料品などを買い込んだフリオは、街のはずれにある一軒の家へと入っていった。

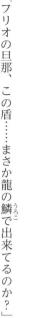

「旦那様、おかえりなさい！」

そんなフリオにリースが駆け寄って抱き着いた。リースは挨拶と同時にフリオに唇を重ねる。

「ただいま、リース」

長い口づけの後、フリオは飄々とした笑みを浮かべながら再びリースを抱きしめた。

あの日、金髪の勇者の眼《め》の前で転移したフリオは、このホウタウの街へ来て、新しい生活の日々を送っていた。

以前、クライロード魔法国からのお詫《わ》びとして支給された金に加えて、デラベザの森近隣で暮らしていた際に魔獣を狩りまくり、相当額の報奨金を手に入れているフリオ達は、すでに一生遊んで暮らせるだけの財産を築いていた。

そのため、無理に働く必要はなかったのだが、元商人であり働くことが好きなフリオはここでも何か仕事をしようと考えた。

最初は冒険者になることを考えたのだが、以前冒険者組合から城へ情報が回っていき、最終的に金髪の勇者がやってきたせいで転居せざるをえなくなった経緯を踏まえ、これはやめることにした。

そこでフリオは、もともと手先が器用だったのを生かして武具や魔石を作成しては、これを街の武具屋へ売りに行っていたのだった。

「龍の鱗を盾に加工したやつ、あれ、かなり高く売れたよ」

フリオは、荷物を下ろしながらリースに笑いかけた。

「旦那様は、本当に何でも出来ますものね。あの盾の出来栄えには私も少し血が騒ぎましたもの」

リースは、そう言いながら笑い返した。

「さ、旦那様。一休みなさってくださいな。今お茶を淹《い》れてきますわ」

「ありがとう、助かるよ」

台所へ向かっていくリースの後ろ姿を、フリオは笑顔で見つめていた。

フリオは、龍軍の死骸をはじめ、かつて自分が倒した魔獣の死骸の一部を魔法袋に保存していた。

魔法袋にかけられていた『生き物及び死骸禁止』の制御を無効化することに成功したため、こうして魔法袋の中に保存することが出来るようになっていたのであった。

フリオは、こうして保存している魔獣達の皮膚や鱗、爪や骨といった素材を利用し、様々な魔法を駆使しながら武具やアイテムを加工・制作して街に売りに行っていた。

もっとも、下手に「自分で作成しています」と言ってしまうと制作を依頼されたり、素材の出所を聞かれたりして厄介なことになりかねないと考えて、極秘のルートでたまに仕入れているということにしていたのだった。

リースは、フリオの妻として毎日家事を行っていた。食事の用意から炊事洗濯……今ではすっかり手慣れた様子ですべての家事をそつなくこなしていた。

最近は、暇さえあれば、街で買ってきた編み物の本を見ながらリビングであれこれ練習している姿が見受けられていた……試作されているのはすべて赤ちゃん用の衣類であった。

バリロッサは、フリオに剣の修行をつけてもらいながら近くの森で狩猟を行っていた。このあたりの魔獣はそう強くないため、バリロッサの腕でも十分狩ることが出来ていた。

それ以外の時間帯はもっぱら家の雑巾がけを頑張っている。

ブロッサムは、フリオが家と一緒に転移させてきた畑の世話に余念がなかった。ちなみに、彼女が使用している農具はすべて龍の鱗製であり、フリオが加工・制作したものであった。世界広しといえども、龍の鱗製の農具を使っている農民はブロッサム以外にはまずいないだろうと思われる。

ビレリーは、ブロッサムの畑の横に放牧場を作り、そこで馬系の魔獣を飼育していた。もともと馬好きな彼女は、軍馬の世話を任されていた時期もあったほどの腕前をしており、フリオやバリロッサが捕獲してきた比較的おとなしい魔獣を放牧しながら、時折行商人達に馬車を引く馬として貸し出しており、それなりに繁盛していた。

ベラノは、街中で見つけたホウタウ魔法学校の社会人学部へと通っていた。

魔法のレベルが異常に高いフリオやリースから魔法を学ぶよりも、学校で攻撃魔法の基礎の基礎から学び直す方がベラノにとってはいい勉強になっているようだった。

ペットの狂乱熊《サイコベア》サベアは、そのでかい体では目立ってしまうため、フリオの魔法によって一角兎《ホーンラビット》の姿となっていた。家の中を二足歩行しながら、時折フンスフンスと叫び声を上げ、たまにバリロッサの狩りのお供として同行していた。

なお、サベアが仕留める獲物の数の方が毎回圧倒的に多かったりする。

このホウタウの街へと移り住んだフリオ達は、それぞれにすることを見つけ、まったりと日々の生活を送りつづけていたのだった。

◇◇◇

この日、フリオはリースとともに街中へと出かけていた。二人は、数日に一度はこうして一緒に出掛け、街で買い物をしながら外食するのを楽しみにしていたのである。

「リース、今日は何が食べたい？」

「そうですね……個人的には先日いい匂いをさせていました、あの角のお店が気になるのですが」

「じゃあ、そこにしようか」

「はい！」

街中のため、控えめにフリオの腕に寄り添うリース。

「旦那様と奥方様は、いつも仲良しで素敵でありますな」

街に用事があったため二人と一緒にやってきていたバリロッサは、そんな二人をうらやましそうな笑顔で見つめていた。

（私にも、あのような殿方が現れればなぁ……出来れば貴族で、我が家を復興してくださる……そんな方が……）

バリロッサは、そんなことを考えながら宙を見上げていた。

そこに、突然ゴウルの顔が浮かんだ。

（ちょ!?　な、なぜここで魔王の顔が浮かぶのだ!?）

バリロッサは慌てて顔を左右に振った。

「どうしたのバリロッサ？　おいていきますよ？」

「あ、す、すみませんリース様、すぐまいります！」

　バリロッサはフリオとリースの後を慌てて追いかけていった。

◇その頃・クライロード城の地下◇

「ふむ……ここが国の秘宝が保管されているという城の宝物殿か」

　金髪の勇者は、クライロード城の地下深くにある、巨大な扉の前に立っていた。

　その周囲には、金髪の勇者に倒された衛兵らが横たわっている。

　魔王や魔族、上位の魔獣にはまったく歯が立たない金髪の勇者だが、人としての能力値は高いため、衛兵レベルが相手であれば簡単に倒すことが出来るのであった。

「では、この秘宝の力でとっとと魔王を倒すとしようか。その後には、私の英雄としての人生が待っているのだな」

　金髪の勇者は、高笑いをしながら入口の衛兵から奪った鍵を使い宝物殿の扉を開けた。

　宝物殿を奥へと歩いていく金髪の勇者。

「あ、勇者様ぁ、多分あの剣のことだと思いますぅ、私が噂《うわさ》で聞いた宝物ってぇ」

　金髪の勇者の横を歩いていたツーヤが指さす先には、台座に突き刺さっている一本の剣があった。

「この剣をどうにかすれば、なんでも望みをかなえてくれるという封印されし魔人が復活するというのだな？」

「はいぃ、確かそう聞いてますぅ」

ツーヤの言葉を聞いた金髪の勇者は、改めてその剣を眺めた。

「で、これをどうすればいいんだ？」

「確かぁ、引き抜けばいいはずですぅ」

「ふむ……わかった、ではやるぞ」

金髪の勇者はそう言うと、剣に手をかけて一気に抜き去った。

すると、台座全体から、怪しい煙がたち上り始めた。

「ゆ、勇者様!?　お、おさがりくださいぃ」

腰砕けになりながらも、金髪の勇者を庇《かば》うようにその前に立ち、煙の様子をうかがうツーヤ。

そんな二人の前で、煙はゆっくりとまとまっていき、やがて一人の女の姿になった。女は、胸と腰に気持ち程度の布を巻き付けただけの姿で、ほぼ全裸に近かったのだが、その姿は性的な衝動というよりも、心の底を震撼《しんかん》させる肌寒さのようなものを二人に感じさせていた。

その女は開いているのかどうか判断つきかねる細い目を二人の方へ向けた。

〝我はヒヤ……光と闇の根源を司《つかさど》る魔人……我を封印の剣より解放したのは貴様か？〟

ヒヤは口を開くことなく、金髪の勇者とツーヤの脳内に直接話しかけていた。

「うむ、そのとおりだ」

その言葉に、金髪の勇者は力強く言葉を返した。

するとヒヤは、金髪の勇者に向かってゆっくり頷《うなず》いた。

〝ならば、我が名の下に、三つの要求をかなえてやろう……なんなりと申すがよい〟

「なんでもよいのだな？」

〝かまわぬ。我は光と闇の根源を司る魔人……〟

「ならば、貴様に命じる。まず一つ目はこの私の求めに応じず、私に散々恥をかかせた大罪人、フリオをこの世から抹殺せよ」

その言葉に、ヒヤは、氷のような微笑を浮かべた。

〝承った……任務完了の対価は、この城の人間の命すべて〟

そう言うと、二人の前から姿を消した。

それと同時に、金髪の勇者とツーヤの首に、真っ黒い首輪が浮かび上がった。

「ちょ、ちょっとまて!? な……なんだこの首輪は!?」

困惑しつつ、その首輪を無理やり外そうとする金髪の勇者だったが、首輪はびくともしなかった。

光と闇の根源を司る魔人・ヒヤ。

彼女は、彼女が認めた場合にのみ、何でも三つ願いを叶《かな》える。

ただし、その願いには必ず対価を要求される。かつて魔王の討伐を願った王に対し、その願いを聞き届けたヒヤは、この大陸の半分の生きとし生けるものの命を瞬時に奪い去った。

そのあまりにも強大な力と、同時に要求される対価の大きさ。

それに恐れをなしたかつての王は、国中の魔導士と魔法使いを総動員して作り上げた封印の剣によりヒヤを聖なる台座に封印した。国に万が一の事態が起きぬ限り、これを使用しないようにと王達は代々申し送りしながら、封印されたヒヤを宝物殿の奥深くに隠し続けていたのであった。

ツーヤは「城の地下宝物殿に三つの願いを聞き届ける魔人が封印されている」という噂だけを聞いていたのだった。

それを伝え聞いた金髪の勇者は、まず自分に恥をかかせたフリオを抹殺させ、次に魔王とその配下をこの世から抹殺させる。最後に自らが王となる国を建国するよう要求するつもりでいた。

そんな金髪の勇者は、一つ目の約束が果たされた際にその首を切り落とすこととなる『断罪の首輪』をはめられていた。この首輪は、同時にクライロード城内にいたすべての者の首に出現しており、それは第一王女も例外ではなかった。

◇クライロード城・玉座の間◇

「……そ、そんな……これは断罪の首輪……魔人の封印が解かれ、誰かが不用意に願いをしてしまったというのですか……」

自らの首に出現した断罪の首輪を絶望のまなざしで見つめながらも、第一王女は立ち上がった。

「すぐに衛兵と騎士団を地下の宝物殿に送りなさい。犯人を取り押さえるのです」

第一王女の言葉に、衛兵らは即座に敬礼し廊下へ向かってかけだしていった。

(早く取り押さえないと……あ、あそこには魔人以外にも……)

第一王女は、首輪を触りながら、うつむいたままだった。

◇ホウタウの街◇

「旦那様、やはりこの店はあたりでしたわね」

「うん、ここはまた来たいね」

「さすがリース様が選んだ店ですね、本当にいい味でした」

目的の店でランチを済ませたフリオ・リース・バリロッサの三人は、皆その顔に笑みを浮かべながら店から出てきた。

そんな三人に、一人の女が歩み寄ってきた。

〝我はヒヤ……あなたがフリオですね？〟

口を開くことなく、その女――ヒヤは三人の脳内へ直接語りかけていく。

「……そうですけど、僕に何かご用ですか？」

フリオはヒヤに向かっていつもの飄々とした笑みを浮かべた。

〝なら、死になさい〟

ヒヤの右腕が鋭く振り下ろされた。

「旦那様、危ない！」

咄嗟《とっさ》にリースがフリオの前に飛び出し、ヒヤの腕をブロックしようと両手を交差させながら身構えた。しかし、振り下ろされた女の腕はリースの体を腕ごと斜めに切り裂いていった。

鮮血が宙を舞い、リースの体が地面に崩れ落ちていく。

「……だ、旦那様……に、げ……て……」

リースの口は、そのまま動かなくなった。

「り、リース様！」

バリロッサが絶叫に近い声を上げながら、駆け出した。

「貴様、よくもリース様を！」

その時、一帯に奇妙な声が響き渡った。


『時間を巻き戻します』


「……あ、あら？」

自分の体が切り裂かれた……そう思っていたリースは、自分の体に異常がなく、また、先ほど襲って来たヒヤが、まだ歩み寄る前の位置にいることに気がついた。

〝……時間を巻き戻せるとは……少し軽んじていたようですね〟

さして驚く風でもなく事態を把握したヒヤは、氷のような微笑をフリオに向けた。その先でフリオは目を細め、少しだけ口を開いた表情のまま、つかつかとヒヤに向かって歩み寄っていく。

〝我から一本奪った褒美に教えてあげましょう……我はヒヤ、光と闇の根源を司る魔人……この世界のすべての光の魔法とすべての闇の魔法を極めたる魔人……ゆえに、貴様の魔法は我には効か〟

そこまでヒヤが思念波で話したところで、フリオの拳がヒヤの顎をとらえた。

ヒヤに歩み寄ったフリオが、予備動作なしに放った強烈なアッパーが女の顎を直撃し、そのまま

空高くにぶっとばしたのである。

すさまじい高さまでぶっとび、そこから地面に落下していくヒヤ。

〝き……貴様……我を誰と思っている……光と闇の根源をつかさ……〟

ヒヤは、顎をさすりながら立ち上がろうとした。

そこに歩み寄ったフリオが、今度は強烈な蹴りを叩《たた》き込んだ。顔面をモロに蹴り上げられ、今度は後方へぶっとんでいく。フリオは自ら空中高くに舞いあがっていくと高速で落下し、ぶっとんだヒヤの体を両足で踏みつけていった。その威力で、ヒヤの周囲の地面までもが大きく陥没した。

〝我は……光と闇の根げ……〟

フリオは、倒れ込んだままのヒヤの髪の毛を摑《つか》み無理やり起き上がらせると、その顔面に頭突きをぶち当てた。

〝我は……光と……〟

「ごちゃごちゃうるさい」

ボロボロになっているヒヤの髪の毛を摑んだまま、フリオはヒヤをにらみつけていた。ヒヤの顔面は、先ほどくらった頭突きのせいで激しく陥没しており、魔人ゆえに緑の血が流れ落ちている。

ヒヤは、光と闇の根源を司る魔人であり、光と闇の魔法を極めている。

そのため、この世界に存在する攻撃魔法はもとより、防御に関しても鉄壁を誇っている。

当然、物理攻撃に対する防御魔法も複数使用することが出来来、今もそれを展開していた。

だが、スキル表示機能をもってしても『∞──上限突破のため表示不能──』と表示されてしまうほど規格外の能力の持ち主であるフリオの打撃は、その防御をことごとくぶち抜き、ヒヤの肉体に直接ダメージを与え続けていたのである。

「お前は、僕の妻に手を上げた」

そう言いながら、フリオの膝がヒヤの腹部にめり込む。

「直接ぶん殴らないと、僕の気が治まらないんだよ」

フリオは荒々しく言い放ちながら無造作にヒヤを攻撃していく。

フリオの顔は、激しい怒りの表情が浮かんでおり、ヒヤのことを凝視しながら攻撃を続けていく。

そんなフリオを、ヒヤは薄れゆく視界でとらえながら、生まれてはじめて感じる「恐怖」という感情に支配され、全身から血の気が引いていくのを感じていた。

「まだだ……まだ許さない」

フリオは、そう言いながら無造作に右腕を振り上げた。

「ご、ごめんなさい……ゆ、ゆるして……」

思念波を使えなくなったヒヤが、声で懇願し始めた。

そんなヒヤの顔に、フリオの腕がめり込んでいった。

◇数刻後・フリオ宅◇

「……な、なんですか、それ……」

ブロッサムは、フリオが手にしたボロ切れのようになっているヒヤの無残な姿を見つめながら唖《あ》然《ぜん》としていた。

「ちょっとやりすぎたから、治療してあげようと思ってね」

フリオはそう言いながらヒヤの体をリビングに放り投げ、一度椅子に座った。

そんなフリオにはリースがずっと抱き着いたままだった。顔を真っ赤に上気させつつ、興奮しまくっているといった様子で荒い吐息を漏らし続けているリース。

リースは激しく感動していた。

いつも飄々としているフリオが、妻である自分が手を上げられたことに対し、あそこまで怒りを爆発させ報復してくれたことに感動しすぎてしまい、フリオへの愛情が爆発し抑えられなくなっているのである。

「あぁ、旦那様。私のために、本当に嬉《うれ》しかったですわ……リースは幸せ者です……」

フリオに抱き着いたまま、リースはもう我慢出来ないとばかりにいきなり服を脱ぎ始めた。

「おいおい、皆もいるんだし、ここではまずいよ」

そう言いながら、フリオはリースを抱き上げた。リースは、即座にフリオの首へ腕を回していき口づけをしていった。二人は、熱い口づけを交わしながら寝室へ向かって歩いていった。

二人が去ったリビングには、ボロ雑巾のように朽ち果てているヒヤと、二人の激しい愛情行為を目の当たりにして、顔を真っ赤にしたまま、その場に立ち尽くしているバリロッサ・ブロッサム・ビレリー・ベラノの姿があった。

そんなリビングに一角兎《ホーンラビット》姿のサベアが入ってくると、ボロ雑巾のようになっているヒヤの体を不思議そうな表情をしながらつついていたのだった。

ヒヤは、しばらくこの状態のまま放置された。

◇その頃・クライロード城◇

「……ど、どういうことなのでしょう……」

第一王女は、断罪の首輪が唐突に消え去ったことに困惑していた。

断罪の首輪は、光と闇の根源を司る魔人に願いの対価として選ばれた者の首に現れ、その願いが叶えられると同時に、その者の命を奪うはずであった。その首輪が自分の命を奪うことなく消滅した事実に唖然としながら、第一王女は必死にその理由を考えていた。

しかし何一つとして答えを見出《みいだ》すことが出来ない。

「だ……誰か、何が起きたのかわかる者はいませんか？」

第一王女は、玉座の間に向かって声を上げた。玉座の間に集まっていた魔導士や魔法使い、騎士達も、自分達の首にあった断罪の首輪が消えたことに、第一王女同様困惑し続けていた。

そのため、彼女の呼びかけに、誰一人として応えることが出来なかった。

その時、第一王女はハッとなった。

「……まさか……魔人が願いの執行に失敗したの？……いえ、そんな……魔王ですら倒したというあの魔人が……」

第一王女はそう言いながら首を左右に振り、その考えを否定していた。

その一言が、正解であるとも知らずに……

◇数刻後・フリオ宅◇

超ご機嫌な様子で寝室から出てきたリースは、

「みんな、今日はごちそうですよ♪」

満面に笑みを浮かべ、台所に向かってスキップしながら移動していった。

そんなリースの後から出てきたフリオは、リビングへと移動していくと、ボロボロな状態のまま意識を失っているヒヤに、最上級の治癒魔法をかけていった。

「こ……ここは？」

ほどなくして意識をとりもどしたヒヤは、周囲をきょろきょろ見回した。

すると、その視線がフリオの視線とぶつかった。

「……ひ、ひぃ!?」

ヒヤはフリオの顔を見るなり近くにいたバリロッサの後方へ隠れ、ガタガタと震え始めた。

そんなヒヤの様子にフリオは申し訳なさそうに頭を下げた。

「ちょっとやりすぎちゃったね……治療してあげたことで、許してもらってもいいかな？」

そう言うと、フリオは仲直りとばかりにヒヤへ右手を差し出した。

ヒヤは、フリオの手を前にし、その場で土下座すると、

「……も、もちろんです。もちろんですから、どうかもうお許しください……」

そう言いながら何度も頭を下げたのだった。

◇数日後◇

「じゃ、街へ行ってくるね」

フリオは、商品が入っている魔法袋を確認すると室内に向かって声をかけた。

その横には、リースが仲良く立っておりにこやかな笑みを浮かべていた。

すると、そんな二人の眼前にヒヤが姿を現した。ヒヤは、二人に向かって歩み寄っていくと、

「至高なる御方《おかた》、家の掃除・洗濯・警備まですべてこの至高なる御方の下僕、ヒヤにおまかせくださいませ」

そう言いながら恭しく一礼した。

「ヒヤ、一緒に暮らすことになったんだから、その至高なる御方はやめてくれないかな？　ちょっと恥ずかしいよ」

そう言うフリオに、ヒヤは首を左右に振ると、

「何をおっしゃいますか……至高なる御方の奥方様を傷つけようとしたこの私を許してくださるどころか、行く当てのない私に、ともに住もうとまで申し出てくださったお方を、至高なる御方と呼ばずして、どうお呼びすればいいというのでしょう」

（ああ……これは言っても聞いてもらえないパターンだな）

熱く語り始めたヒヤを前に、フリオは苦笑を浮かべ、説得するのを諦めた。

「わかったよ、じゃ、家のことは頼むね」

「わかりました。ではいってらっしゃいませ、至高なる御方とその奥方様」

フリオとリースは、深々と頭を下げるヒヤに見送られながら家を出ていった。

「旦那様、本当によろしいのですか？　あの者を我が家で受け入れるなんて……」

家を出たリースは、少し不安そうな表情を浮かべてフリオを見つめていた。

「確かに……僕としても、リースに手を上げた相手だけに思うところはあるけどさ……二度と人の命を奪うようなことはしないって誓ったんだし、何より本人が行く当てがないって言ってるのをほっとくのも可哀《かわい》そうな気がしてさ」

そう言いながら、フリオはその顔にいつもの飄々とした笑みを浮かべていた。

すると、リースもまたその顔に笑みを浮かべていく。

「……旦那様は、優しすぎます」

そう言うと、リースはフリオの腕に抱きついた。

「そんな優しい旦那様が、私は大好きです」

「ありがとうリース。僕も君のことが大好きだよ」

二人は寄り添いながら、街へ向かって歩いていくのだった。

◇その頃・クライロード城地下宝物殿◇

クライロード城の宝物殿の中に、金髪の勇者とツーヤが立て籠もって、すでに数日が経過していた。

「どうして……どうしてこうなってしまったのだ……」

金髪の勇者は憔悴《しょうすい》しきった表情で、眼前にある宝物殿の扉を見つめていた。

「勇者様、そこにおられるのはわかっております！」

「どうか無駄に抵抗なさることなく、我らとともに第一王女様の元へ出頭願いたい！」

扉の向こうには、城の衛兵や騎士らが殺到しており、扉を叩く音や、金髪の勇者に出てくるよう促す声が響き続けていた。

金髪の勇者にとって幸いだったのは、この宝物殿は城の緊急避難用に設計されていたため内側からも独立した鍵をかけられるようになっていたことだった。金髪の勇者がこの鍵を閉めたため、城の騎士達は宝物殿の前に集結したまま手をこまねいていたのであった。

金髪の勇者は騒然としている扉の前で呆然《ぼうぜん》と立ち尽くし続けていた。

（……なぜだ……あの魔人の力で邪魔者をすべて抹殺し、私の国を建国した後、この世界の英雄として永遠に君臨するという私の計画が……どこで狂ってしまったというのだ……）

魔人が出立してすでに数日たっているが、いまだに魔人はフリオ討伐完了を告げに戻ってこない。

それどころか、盟約として発生していた断罪の首輪すら消滅している。

（ひょっとしてあの男は……フリオは……あの魔人すら倒したというのか……）

金髪の勇者の脳内を、様々な思考が駆け巡っていく。

だが、何一つとして結実することはなく、いたずらに彼の脳内を混乱させ続けていた。

(……なぜだ……私は選ばれた勇者のはずだ……なのに、なぜレベルがいくら上がっても、主要五項目の数値が初期値からまったく上がらなかったのだ……これでは同じ人間相手ならば無双であっても、上位の魔獣にすら殺されそうになるほどの惰弱さだ……これでは魔王討伐など出来るはずがないではないか……)

金髪の勇者は、両手で顔を覆いながらうつむいた。

「ゆ、勇者様ぁ……」

そんな金髪の勇者に、ツーヤが心配そうな表情を浮かべながら寄り添った。

(だから、あのフリオという男を部下にしてやろうとしたのだ……あの男、力だけはもっていたくせに、勇者であるこの私直々の誘いを断りやがった……勇者のこの私の申し出を、だぞ!?)

金髪の勇者はわなわなと体を震わせ続けていた。

ツーヤは、金髪の勇者の肩に手を置きながら心配そうにその顔をのぞき込んでいた。

(城のやつらも城のやつらだ、魔人などという力を有しているのならなぜ最初にこの私に教えておかなかった!? 私にきちんと説明しておかないから、このような事態に陥ったのではないか。全部お前らが……お前らが悪いんだ……私は何一つ悪くない……悪くないんだ……)

金髪の勇者は、顔を上げると天を仰ぐ。

「全部お前らが悪いんだ……私に力をよこさなかったお前らが……」

金髪の勇者は、まるで地獄の底から響いてくるような低音の声で、そう言い放った。

その時、金髪の勇者の脳内にドス黒い思念波が流れ込んで来た。

『力が欲しいの？』

「……誰だ？　貴様は」

『そんなこと、どうでもいいじゃない。それより、力が欲しいなら協力してあげなくもないわよ』

「……私に……私に力をくれるというのか？」

『えぇ、何者をも凌駕《りようが》出来る力をあなたにあげる』

「……対価には、何を要求する気だ？」

『あら、そんなものいらないわ……ただ、強いて言えば、この城を完全に破壊してぇ、この城の王族共をすべて根絶やしにしてくれれば……あとは好きにしてくれていいわよぉ』

「……よかろう、その願いかなえてやる。だから、私に力をよこせ」

『ふふ……契約完了ね』

「これで、私に力が……力が……ふふ……ふはははははははははは」

「ゆ、勇者様？」

ツーヤは、ブツブツ独り言を言っていた金髪の勇者が突然高笑いを始めたことに驚き、慌てて声をかけた。すると、今度はツーヤの脳内にドス黒い思念波が流れ込んでいった。

『いい贄《にえ》がいるじゃない。その体もらうわよ』

「へぇ!?」

その思念波は、困惑するツーヤの思考を一瞬にしてすべて黒く塗りつぶし、ツーヤの意識を消滅させた。ツーヤは、がっくりと首をうなだれさせると、ほどなくして再びその首を上げていく。

「ふぅ……何百年ぶりかの生身の肉体だねぇ」

ツーヤの体を乗っ取ったそのドス黒い思念は、口元をゆがめながら金髪の勇者の方へ視線を移した。

「ん～……でも、この服装はちょっと好みじゃないかしらねぇ……」

ツーヤを精神支配した黒い思念は、ツーヤが身に着けている露出の高いドレスを見つめながら顔をしかめ、指をパチンと鳴らした。

その音と同時に、ツーヤが身に着けている衣装が煙につつまれていく。ほどなくしてその着衣が漆黒のタイトなボディスーツ風のミニスカート衣装へと変わり、背に黒マントが出現した。

「うん、これなら文句ないわ」

ツーヤの体は、新しい着衣に満足そうに頷くと、その視線を金髪の勇者へと向けた。

「さぁ、金髪の勇者ぁ、我が暗黒の魔力によって禍々《まがまが》しい姿を現しなぁ」

その言葉を受けて、金髪の勇者は絶叫した。

その声は、すでに人のそれではなく、完全に魔獣の咆哮《ほうこう》となっていた。

その咆哮と同時に金髪の勇者の体はどんどん変化していく。

体は巨大化し、頭部が金色の毛で覆われ、その左右から巨大な角が生えていく。頭部は禍々しい羊、胴体は熊、尾は大蛇、手足には巨大な鍵爪が生えた、巨大な魔獣と化していったのであった。

思念体に精神支配されているツーヤは、自らの後方で魔獣化した金髪の勇者を見つめながら、ククと不敵な笑みを浮かべる。

「さぁ行きましょうか魔獣化した金髪の勇者ぁ！　この暗黒大魔導士ダマリナッセ・ザ・アプリコットを封印するという愚行を犯したこの城の者達に天罰をくだしにねぇ！」

◇クライロード城・玉座の間◇

第一王女は、その知らせに絶句した。

「こ、今度は……だ……ダマリナッセが……復活したですって……」

――暗黒大魔導士ダマリナッセ・ザ・アプリコット。

彼女はかつてクライロード魔法国最強の魔法使いとして君臨していた。だが、力を求めすぎた彼女は、魔の誘惑に負け異界の禁書とされていた暗黒魔法に手を出し、そして闇へと堕《お》ちた。

魔の力に酔いしれ暴走した彼女を、クライロード城は多くの犠牲を強いられながらもどうにかその体を消滅させ、残った思念を封印石に封印することに成功した。

ダマリナッセを封じ込めた封印石は宝物殿の奥深くに厳重に保管されていたはずなのであった。

「……そんな、封印されていたダマリナッセが、どうやって復活を」

口元に手をあて、必死に思案を巡らせる第一王女。

「ひょっとしたら……魔人が復活した反動で、封印石の力が弱まったのかも……」

「第一王女様、とにかく今はお逃げくださ い！　ダマリナッセが城を破壊しながらここへ向かって来ております」

「わ、私が逃げるわけにはまいりません！　大至急部隊を集めて……」

「無理です！　騎士団や衛兵らは魔王軍の来襲に備えてほとんどの部隊が各地の砦《とりで》に駐屯しており、城にはほとんど残っていません。

魔法部隊は浄化魔法使用による魔力枯渇のため、動ける者がほとんどおりません……現在、城の中には、ダマリナッセに対抗しうる戦力が残っていないのです……」

側近の言葉に、第一王女は真っ青になった。

「とにかく第一王女様、一度逃げましょう。そこで各地に駐屯している騎士団を集結させ、改めてダマリナッセ討伐に向かうしか、方法は残されていないかと……」

「わ、わかりました……」

衛兵の言葉にようやく頷くと、第一王女は玉座から立ち上がり、数人の者達に守られながら玉座の間を後にした。

◇数刻後◇

「……ここは？」

数人の衛兵と魔導士、魔法使い達とともに転移魔法で城から脱出した第一王女は、周囲を見回しながら不安そうに呟《つぶや》いた。

「クライロード城の西方にあるホウタウの街です。とりあえずここまで避難しておけばしばらく時間がかせげるかと……」

魔導士の報告を聞きながら、第一王女は改めて周囲を見回した。

「申し訳ありません……私達にもっと魔力が残っていれば、もっと遠くまで第一王女様を逃がすことが出来ましたのに……」

多少回復していた魔力で、どうにか第一王女達をホウタウの街まで転移させた魔法使い達は、真っ青な顔をしながら頭を下げていた。

「いえ、ここまで逃がしていただいただけで十分です。衛兵達は魔法使い達の保護を最優先に……」

「は、わかりました」

第一王女の言葉を受け、同行してきていた騎士達が魔法使い達を背負っていた。

「とにかく、まずは街の中へ入りましょう。ここでは目立ちすぎます」

第一王女達は皆に声をかけながら関所へ向かって駆けだした。

その時、

『みぃつけたぁ』

第一王女一行の脳内に、ドス黒い思念波が流れ込んできた。

『城の者は、誰一人逃がしゃしないわよぉ』

同時に、空に黒い亀裂が走り、そこから魔獣化した金髪の勇者がぬっと現れた。

魔獣化した金髪の勇者の頭上には、腕組みをしたツーヤの姿があった。ダマリナッセに精神支配されているツーヤは第一王女一行を見下ろしながら、ククと不敵な笑みを浮かべていく。

「さぁ、あなた達、一人残らずその命をさしだしなさぁい」

ツーヤの口でそう言ったダマリナッセ。

その言葉と同時に、魔獣化した金髪の勇者が裂け目から抜け出し始めた。

第一王女一行は、その顔に絶望の表情を浮かべたままその場に立ち尽くしていた。

その時だった。

「……邪魔だなぁ」

不意に、第一王女の後方から男の声が聞こえた。その声と同時に、空に出現していた黒い亀裂がピシャンと閉じ、出現しかけていた魔獣化した金髪の勇者の姿も消え去った。

すると、その男は、自分に寄り添っている女へ視線を向けた。

「さて、リース。商談が終わったら今日はどこで食事しようか？」

「私は旦那様のお好きなところで構いませんわ」

その男――フリオは、寄り添っているリースとにこやかに会話を交わしながら街の関所の方へ向かって移動している。その途中、事態が把握出来ないまま、ただ呆然とその場に立ち尽くしている第一王女一行の横を通りかかると、

「あ、こんにちは」

と、のんきに挨拶しながらその横を通り過ぎ、街の中へと入っていった。

◇その頃・クライロード城内◇

「な……何が起きたの……かしら……？」

玉座の間で尻もちをつきながら、暗黒大魔導士ダマリナッセはその顔に唖然とした表情を浮かべていた。その横には、ダマリナッセ同様に、床の上で尻もちをついている魔獣化した金髪の勇者の姿があった。

地下の宝物殿から城の内部を破壊しつつ、この玉座の間まで侵攻してきたダマリナッセは、そこに王の姿がないのを確認すると、

「アタシの討伐命令を出した王族共は、たとえ子孫や後継者でも許しゃしないんだから」

捜索魔法を駆使し、第一王女達の逃走経路を特定したダマリナッセは転移魔法を展開して第一王女達の転移先であるホウタウの街へと出現したのであった。

だが、ダマリナッセが展開していた転移魔法が強制的に解除されてしまい、その結果、その転移ゲートをくぐろうとしていたダマリナッセと魔獣化した金髪の勇者は玉座の間へと押し戻されてしまったのであった。

(こんなふざけた芸当が出来る魔法使いがまだ生き残ってるっていうの?……おもしろいじゃない)

ダマリナッセは、不敵な笑みを浮かべながら立ち上がると、

「このダマリナッセ様をコケにするとはいい度胸ね。お代はその命で払ってもらうよ」

そう言いながら魔獣化している金髪の勇者へ向かって歩み寄っていった。

◇ホウタウの街◇

第一王女一行はホウタウの街中を走っていた。

「す、すぐに先ほどの二人を見つけるのです！」

「は、はい！」

第一王女の言葉に、同行している騎士達は返事をしながら周囲に視線を向けていた。

先ほど自分たちの眼の前に出現したダマリナッセがこともなげに押し返されていた光景を前にし、しばしその場で呆然と立ち尽くしていた第一王女達は、

「暗黒大魔導士ダマリナッセの出現を封じたのは、あの二人に違いありません」

その考えに思い当たるやいなや、街中へと入っていったフリオ達を追いかけていたのであった。

（早く……早くあの方を見つけないと……ダマリナッセが再びやってくる前に……どこのどなたなのかはわかりませんが……あの方達であれば、きっとダマリナッセを……）

第一王女は、体中から汗を流し、息を切らしながら街中を走りつづけていた。

「だ、第一王女様！　あ、あれを!?」

その時、騎士の一人が空を指さしながら声を上げた。その声に、第一王女をはじめとする一行の者達や、周囲に居合わせた人々までもが空を見上げた。

そこには、魔獣化した金髪の勇者の姿があった。魔獣化した金髪の勇者は、背の巨大な羽を出現させると、それを羽ばたかせながら猛スピードで空を飛び、ホウタウの街めがけて一直線に突き進んでいた。

魔獣化した金髪の勇者は、あっという間にホウタウの街の上空へと到達すると、第一王女達の前

に着地した。

「さっきは舐《な》めた真似《まね》されちゃったけどさ、こうして飛んで来れば魔法で邪魔されることもないでしょう?」

ダマリナッセは、魔獣化した金髪の勇者の頭から飛び下りると、第一王女達の方へ向かって歩み寄っていく。眼前に迫ってくるダマリナッセの姿に、第一王女はその顔に絶望の色を浮かべながら立ち尽くしていた。

そんな第一王女の表情をダマリナッセは嬉しそうに笑いながら見つめていた。

「いい顔じゃなぁい……でも、その顔もこれで見納めかと思うと、ちょっと残念かなぁ」

ダマリナッセはそう言いながら第一王女に向かって右手を差し出した。

その手の先で魔法陣が展開し始める。

「さ、お遊びはこれでお終《しま》いにしましょうか?　今度こそ、その命を……」

「第一王女様に近づくなぁ!」

口上途中のダマリナッセに、護衛の騎士達が剣を抜いて襲い掛かっていく。

「……ちょっとぉ、今いいとこなんだから邪魔しないでくれるかしらぁ?」

ダマリナッセは、第一王女へ向けていた右手を騎士達の方へ向け直した。

「うわあああああああああああああああああ」

次の瞬間、騎士達をすさまじい衝撃波が襲っていき、その体を後方へ吹き飛ばしていった。騎士達が吹き飛んでいったのを確認したダマリナッセは、改めてその視線を第一王女へ向けた。

「さぁ、今度こそお前の番だよぉ」

ダマリナッセは、舌なめずりをすると、その右手を再び第一王女へと向けた。

◇◇◇

ダマリナッセが第一王女に右手を向けている頃、通りの一角がざわついていた。

そこには、先ほどダマリナッセに吹き飛ばされた騎士達が落下したあたりだった。

「奥方様、お怪我《けが》はありませんでしたか？」

「私は大丈夫ですが……ヒヤ、どうしてここに？　家にいたのではなかったのですか？」

「街より邪悪な波動を感じましたゆえ、急ぎはせ参じた次第でございます」

その一角では、吹き飛んできた騎士達をこともなげに受け止めたヒヤが、後方のリースと会話を交わしていた。

先ほど、ダマリナッセの魔法で吹き飛ばされた騎士達は、フリオの商談が終わるのを店の前で待っていたリースに向かってすさまじい勢いで吹き飛んできた。

重い鎧《よろい》を身にまとったまま高速で吹き飛んでくる騎士達は、砲弾なみの威力で吹き飛んでいた。

このまま壁にぶつかれば全員が圧死するのは確実であり、その進行方向にたまたま居合わせたリースにも、もし直撃していれば大怪我は免れなかったのではないかと思われた。

そこにヒヤが瞬時に出現し、吹き飛んできた騎士全員を片手であっさり受け止めたのである。

ヒヤは、リースが無傷であることを確認すると、安堵《あんど》のため息をもらしながら騎士達を地面の上に放り投げていった。

すでに意識を失っている騎士達は、そのまま地面の上に転がっていった。

すると、ヒヤはその視線をダマリナッセの方へ向けた。

開いているのかどうかわからないほど細い目の隙間から、怪しい眼光が揺らめいている。

「奥方様……、私、奥方様に危害を加えようとしたあの不届きな輩《やから》を排除してまいりたいと思いますが……ご許可いただけますでしょうか？」

「そうですね……あの女、まだ人を襲っているようですし、旦那様のお仕事が終わるまでに片づけてきてくれるかしら？」

「かしこまりました」

ヒヤは、リースに向かって恭しく一礼すると、ダマリナッセの方へ向かってすたすたと歩み寄っていった。第一王女へ再度魔法を放とうとしていたダマリナッセは、そんなヒヤに気づき視線をそちらへと向けた。

「あん？　なんだ貴様？　このダマリナッセ様の邪魔をするっていうのかしらぁ？」

「邪魔かどうかは知りませんが、私がお仕えする至高の御方の奥方様に危害を加えようとしたあなたを排除しに参りました」

苛《いら》立《だ》ち交じりの声を発するダマリナッセに、ヒヤは淡々と言葉を発していく。

そんなヒヤの言葉に、ダマリナッセは片目だけ大きく見開いた。

「はぁ!?　排除たぁ大きくでたわねぇ。この暗黒大魔導士ダマリナッセ様を排除しようっての？　しかもたった一人で？……はん、馬鹿も休み休み言いなよ」

そう言うと、ダマリナッセは、今まさに魔法を放とうとしていた右手をヒヤへと向けた。

「アタシ相手になめた口をきいたことを、あの世で後悔しなさい！」

ダマリナッセは詠唱し、右手の先で展開していた魔法陣から魔法を放った。

最上位雷撃弾
すさまじい威力の雷撃が魔法陣から出現し、ヒヤに襲い掛かっていく。

だが、次の瞬間、その雷撃はすべて消え去り、ヒヤは何事もなかったかのように平然とした様子のまま、その場に立っていた。

そんなヒヤを前にし、ダマリナッセは思わず後ずさった。

「お……お前……な、なにをしたのよ、ねぇ？……い、今の、最上位魔法だったんだよ……」

「私には、この世界に存在するいかなる魔法もその効力を発揮出来ません……至高の御方であられるフリオ様の使用される魔法以外は」

ヒヤは、その口元にわずかに笑みを浮かべながらダマリナッセへ視線を向けていた。

そんなヒヤの視線の先で、ダマリナッセは忌々しそうに舌打ちしていた。

（この女……確かにただものじゃない……アタシの暗黒魔法を無効化した……それは間違いない……全魔法が無効ってのははったりだと思うけど……）

一考した後、ダマリナッセはニヤッと笑みを浮かべた。

「……なら、これならどうかしらぁ!?」

ダマリナッセの言葉と同時に、彼女の後方に控えていた魔獣化した金髪の勇者が咆哮しながらヒヤに向かって突進していく。

「魔法が通じないと見るや、力押しですか……やれやれ」

「は!? そんだけと思わないでよねぇ!」

ダマリナッセは、呆《あき》れた表情を浮かべているヒヤに向かって詠唱した。

すると、突進していく魔獣化した金髪の勇者の周囲にすさまじい数の炎の槍《ファイアランス》が出現し、魔獣化した金髪の勇者とともにヒヤへ向かって殺到していく。

「魔法攻撃と直接攻撃……両方一度には対処出来ないんじゃないかしらぁ?」

ダマリナッセは勝ち誇ったように高笑いを上げていく。

しかし、そんなダマリナッセの前で、ヒヤは呆れかえった表情のままであった。

「……やれやれ、浅はかにもほどがありますね」

ヒヤは、自らに迫ってくる魔獣化した金髪の勇者と炎の槍《ファイアランス》に向かって右手の平を向けた。

すると、猛烈な風が巻き起こり、魔獣化した金髪の勇者達を飲み込んでいく。

その風の中で炎の槍《ファイアランス》はすべて消え去り、魔獣化した金髪の勇者はダマリナッセの後方へと吹き飛ばされていった。

「……な……」

その光景を前にして、ダマリナッセは愕然《がくぜん》としていた。

わなわなと体を震わせながら、改めてヒヤへ視線を向ける。

「あ、あんたはいったい……な、何者……」

「我が名はヒヤ……光と闇の根源を司る魔人であり、至高なる御方フリオ様の下僕でございます」

ダマリナッセに向かい、ヒヤは恭しく一礼しながらそう言った。

その言葉を聞いたダマリナッセの顔に、恐怖の色が浮かんでいた。

(光と闇の根源を司る魔人ですって……この世界のすべての光の魔法とすべての闇の魔法を極めているっていう、あの伝説の魔人なの、こ……こいつの前では、人間が使用出来うる魔法はすべて無効化されて意味をなさないって聞いてるけど……)

思考しながら、ダマリナッセは激しく顔を左右に振った。

「いやいやいや、ありえない……ありえないわ……例えありえたとしても、人知を超えた存在であるこのアタシ、暗黒大魔導士ダマリナッセ様が負けるはずがねぇんだよぉ！」

ダマリナッセは絶叫した。

絶叫と同時にその両腕からどす黒いオーラが発生し、倒れ込んだままの魔獣化した金髪の勇者を包み込んでいく。

そのオーラを吸収した魔獣化した金髪の勇者は、ただでさえ巨大化しているその体をさらに巨大化させながら立ち上がっていき、天に向かって激しく咆哮した。

ダマリナッセは、この世界の深淵《しんえん》に存在するとされる暗黒世界に無理やりアクセスし、邪悪なる魔力を強引に引き出しながらその魔力を魔獣化している金髪の勇者へと注ぎこみ続けていた。

「貴様が人を超えた存在たる魔人ならぁ、アタシも人知を超えた暗黒大魔導士ダマリナッセの名を名乗ることを許された女さ！」

巨大化し、強大化した魔獣化した金髪の勇者を背後に従えながら、ダマリナッセは高らかに笑い声を上げ続けていた。

だが、そんなダマリナッセを前にして、ヒヤは相変わらず呆れた表情のままだった。

「……恐怖にかられた人間というのは、得てしてよく喋《しゃべ》るといいますが」

そう言いながら、ヒヤは両手を広げていき、

「とはいえ、少しは手ごたえがありそうですので、少し本気を……」

と、ヒヤがそこまで言った時だった。

「ヒヤ、用事は済んだからさ、そろそろ行こうか」

そんなヒヤの後方から、フリオの声が聞こえてきた。

「き、貴様!?　ただの人間風情が邪魔するんじゃないよ！」

ダマリナッセは、突然割り込んできたフリオをにらみつける。

するとフリオは、

「邪魔もなにも……こんな街中でそんな魔法を使ったら危ないと思いますよ」

そう言いながらダマリナッセに向かって右手の平を向けた。

すると、ダマリナッセが展開していた暗黒魔法が一瞬にしてすべて消え去った。

いまだ邪悪な魔力を注ぎ込まれていく途中だった魔獣化した金髪の勇者は、魔力の流入が止まっ

ため、状態をうまく維持出来なくなり、その場で徐々に崩れ落ち始めていた。

「こ、これは至高の御方。お戻りになられるまでにあの雑魚を始末出来なかったヒヤの不始末これ万死に値します……どうかいかようにも処罰なさっていただきたい」

ヒヤは、フリオに対して激しく恐縮した。

その場で土下座までしようとするヒヤだったのだが、

「いやいや、そこまでする必要はないからさ」

フリオは苦笑しながら必死にヒヤを止めたのだった。

そんな二人のやりとりを見つめながら、ダマリナッセはその場で凍り付いていた。

（ありえない……ありえるわけがない。今の魔法……人では使用出来ない最上級の暗黒魔法……。それを、あの男、一瞬で消滅させた……って。あ……アタシが……人を捨てて手に入れたこの力を……か……片手で……）

驚愕《きょうがく》し、体を震わせ続けているダマリナッセに、ヒヤが改めて向き直った。

「至高なる御方、最後の始末はこのヒヤにお任せくださいませ」

ヒヤは、両手を天にかざすと、その手の先に魔法陣を展開していった。

「滅せよ」

ヒヤがそう言葉を発すると、ダマリナッセと魔獣化している金髪の勇者の体を汚染していた暗黒の魔力が魔法陣に向かって吸収されていく。

「そ、そんな……」

ツーヤを精神支配していたダマリナッセの意識までもが、一緒になって吸い込まれていった。すべての暗黒の魔力が吸収された後には、人間の姿に戻った金髪の勇者と、精神支配から解放されたツーヤの二人が意識を失って地面に倒れこんでいた。

暗黒の魔力を吸収し終えた魔法陣はヒヤの手の平の上で収縮していくと、やがて黒い魔石に姿を変えた。

「光栄に思いなさい。至高の御方の下僕である、この私、光と闇の根源を司る魔人の血肉となりて、悠久の時を過ごせることを」

そう言いながら、ヒヤは、黒い魔石を飲み込んだ。

「ヒヤ、終わったの？」

そんなヒヤに、リースが声をかけた。

ヒヤは、その口元に穏やかな笑みを浮かべながらリースへ向き直った。

「はい、奥方様。至高の御方もお待たせしてしまい本当に申し訳ありませんでした」

フリオは、ヒヤの言葉を聞くと小さく頷いた。

「じゃあ、街の怪我人と、破損個所《かしょ》を修復してから帰ろうか」

フリオはそう言うと周囲の怪我人達の方へ向かって歩いていった。

この光景の一部始終を、第一王女はまるで演劇でも見ているかのような錯覚に陥りながらその場で見つめ続けていた。

あまりの急展開に、頭がまったくついていかなくなり正気を失っていたのである。

そんな中、フリオ達の姿が見えなくなってようやく正気を取り戻した第一王女は、

「ま、まずは金髪の勇者を捕縛して！　そして、先ほどの方々を探してください！」

そう、声を上げた。その言葉を受けて、フリオ達によって怪我の手当てをしてもらっていた騎士達が気絶したままの金髪の勇者とツーヤの二人を捕縛した。

フリオ達も、街の食堂で食事をしているところを発見された。

その報告を受けた第一王女は、フリオの元へ猛ダッシュで駆けつけた。

「この度は、クライロード魔法国の危機をお救いくださり、本当にありがとうございました」

第一王女は、フリオ達に向かって深々と頭をさげた後、一度顔を上げ、

「あなた様には、ぜひ真の勇者として城へお越しいただきたいと思っております」

そう言いながら片膝をつき、再び深々と頭をさげた。

「第一王女様、そこまでなさらないでください」

フリオはそう言いながら第一王女を立ち上がらせ、真正面から見つめ言う。

「申し訳ないのですが……私には、勇者の資格があるとは思えません。それに、私は、今の生活の方が性に合っておりますので……」

フリオはそう言いながら、隣のリースの肩をそっと抱き寄せた。

エピローグ 8

第一王女は諦めることなく、何度も何度もフリオの元を訪れては、フリオに真の勇者への就任を依頼し続けた。

だが、フリオは決して自分の首を縦に振ることはなかった。

しかし、熱心に通いつめる第一王女を前にして、フリオは、

「依頼があれば、出来る限りの協力はさせていただきますので」

最後は根負けし、第一王女にそう約束したのであった。

フリオの言葉に、第一王女が涙を流しながら大喜びしたのは言うまでもない。

——そんな話し合いの中、

「もしお望みであれば、この私の身も心も捧《ささ》げさせていただいても……」

第一王女が、思わずそう口にした際に、

「てめぇ……人の旦那様に、何色目使ってんだ、あ?」

リースが激怒し、バリロッサ達《たち》四人がかりで止めに入ったということも起きていたのだった。

捕縛された金髪の勇者とツーヤは、城へと連行された。

だが、二人は連行途中に脱走し、いずこかへとその姿をくらました。

第一王女は二人をクライロード魔法国のみならず近隣諸国にまで指名手配書を回していき、二人

の首に賞金をかけたのだった。

◇とある日のフリオ宅◇

「じゃ、街まで行ってくるね」

「家のことはお願いね、ヒヤ」

「かしこまりました、至高なる御方《おかた》と奥方様。掃除洗濯、そして家の警備まですべてこのヒヤにおまかせを」

フリオとリースは、ヒヤの見送りを受けながら家を後にした。

「あ、お二人ともお出かけですか？」

「お疲れ様です〜」

牧場で魔獣の馬に乗っていたバリロッサと、その馬の様子を見ていたビレリーが家から出てきた二人に気づくと、笑顔で歩み寄っていく。

「あ、お疲れっす」

すると、バリロッサ達の声でフリオとリースに気が付いたブロッサムも、隣の農場から二人の方へと歩み寄っていった。

フリオはみんなを見回すと、

「みんなご苦労様。街でいる物があればついでに買ってくるよ」

皆にそう声をかける。

「いえいえいえ、お二人にお使いを頼むなど、恐れ多くて……」

バリロッサがそう言うと、ビレリーとブロッサムも何度も頷《うなず》いた。

そんなみんなの様子に、フリオは、

「そんなに気を使わなくてもいいってば。じゃ、何かお土産でも買ってこようか。何か希望はあるかい？」

「いえいえいえ、それも恐れ多いですってば」

フリオの言葉に、再び首を左右に振るバリロッサ。

「じゃあ、お土産の希望を言わなかったら、晩ご飯抜き……っていうのはどうかしら？」

そんなバリロッサに向かって、リースが悪戯《いたずら》っぽく微笑《ほほえ》む。

「ちょ!? か、勘弁してください」

バリロッサは、思わず情けない声を上げた。

そんなバリロッサの様子に、みんなは思わず笑い声を上げる。

すると、家のドアが開きベラノが駆け出してきた。

「……お二人……私もこれから学校、一緒に……」

そう言いながら、フリオ達の方へと歩み寄るベラノ。

ベラノも加わり、フリオ達はその場でしばらく雑談を交わした。

フリオとリースは、四人を笑顔で見つめていた。

「なんか……家族が増えたみたいだね」

フリオの言葉に、リースは微笑んだ。

「大丈夫ですよ旦那様。万事このリースが妻として統率してみせますので……それよりも」

そう言うと、リースは急に頬を赤らめ、もじもじし始めた。

「……私、旦那様の子供を早く産みたいですわ」

そう言いながら、そっと目を閉じていく。

フリオは、バリロッサ達の視線を少し気にしながらも、リースへゆっくり口づけていった。

バリロッサ達は、そんな二人に気を使い、あえてそっぽを向いていた。

フリオは、そんなバリロッサ達に内心で感謝していた。

二人は互いに抱きあいながら口づけを交わしていった。

そんな二人を、家の窓から顔をのぞかせたサベアが、フンスフンスと鳴き声を上げながら見つめていた。

青空の下、フリオとリースは長い口づけを交わしていたのだった。

番外編　……しばらく後のみんなのお話……8

――とある森の奥深く。

「……どうにか追手をまけたようだな」

巨木の陰に隠れていた金髪の勇者は、しばらく周囲を見回していたのだが、人の気配が近づいてこないことを確認すると安堵《あんど》のため息をもらした。

暗黒大魔導士騒動の後、クライロード城へ向かって連行されている最中にどうにか馬車から脱走してすでに数日が経《た》っていた。

クライロード魔法国により、多額の賞金がかけられた上で、城からの追手も放たれている中、金髪の勇者は、ツーヤと二人で逃亡の旅を続けていたのだった。

「ゆ、勇者様ぁ……さすがに三日三晩森の中を走り続けたのは疲れましたねぇ……」

ツーヤは、疲労困憊《ひろうこんぱい》の様子で地面の上へ、力なくへたり込んだ。

「あぁ……まさかここまでしつこく追われるとは思わなかったな……まったくしつこい奴《やつ》らだった……」

金髪の勇者もまた、ツーヤの横にどっかと腰を下ろすと、再度安堵のため息をもらしたのだった。

脱走してから今までの間、金髪の勇者とツーヤの二人は休むことなく逃走を続けていた。

街に泊まろうにも、どこへ行っても自分達の指名手配書が貼り出されているため、二人は山奥で野宿するしかなかった。

常に追手の影におびえながらの逃走を続けている二人は、すでに疲労のピークを越えた状態で逃亡を続けていたのであった。

金髪の勇者は、となりのツーヤへと視線を向ける。

その視線の先で、ツーヤは体育座りをしたままがっくりと肩を落としていた。

膝に頭をつけたまま、ツーヤは荒い息を吐き続けており、とてもすぐに立ち上がれそうには見えなかった。

「……うむ、仕方ない。ここでしばらく休憩していくとしよう」

金髪の勇者はそう言うと、自らも目を閉じ天を仰いだ。

二人の周囲は、鬱蒼《うっそう》と茂った木々に覆われており、街道からもかなり離れた場所であった。

(ここなら、しばらくは見つかるまい)

金髪の勇者は荒い息を吐きながら腰の魔法袋へ手を伸ばした。

この魔法袋……

この世界に召喚され、魔王討伐のための準備を始めるにあたりクライロード王から与えられた品物のうちの一つであった。

「脱走する際に、どうにかこれを取り返せたのは幸いだったな……」

金髪の勇者はそう言うと、魔法袋の中から永続水袋を取り出した。

「魔獣討伐に向かう際に必要と思われる品物が一通り入っている……おかげで、しばらくはなんとかなりそうだ」

金髪の勇者は手にした永続水袋をツーヤに差し出した。

「そら、先に飲め」

「あ……いえぇ、私は勇者様の後で結構ですよぉ」

「遠慮しなくてもいい。この水袋は水魔石の力で半永久的に水を出すことが出来るのだしな」

「あのぉ……そうではなくてですね……勇者様より先に頂くという行為がですね、とても申し訳ないと思いましてぇ……」

ツーヤはそう言いながら首を左右に振った。

すると、金髪の勇者は、

「そんなこと、気にする必要はない、それでは遠慮なくいただきますねぇ」

「わ、わかりましたぁ、それでは遠慮なくいただきますねぇ」

そう言いながら再度水袋を差し出した。

ツーヤはようやく水袋を受け取ると、すぐに口をあて飲み始めた。

よほど喉が渇いていたらしく、ツーヤはすごい勢いで水を飲んでいく。

（不思議な女だ……このような状況になっても、私を勇者と呼んでくれ、敬意まで示してくれるとは……）

金髪の勇者は、ツーヤを見つめながらその顔に苦笑を浮かべていた。

金髪の勇者はしばらくツーヤの様子を見つめた後、その視線を自らの腰につけている魔法袋へと向けた。

（今後のこともあるし、中身を少し確認しておくか……）

金髪の勇者が魔法袋に手をあてがうと、その目の前にウインドウが表示されていく。

そのウインドウの中には魔法袋の中身が列挙されていた。

その内容を確認しながら、金髪の勇者は眉をひそめた。

「……非常食がこんなに少なかったとはな……それに現金もほとんど入っていなかったのか……」

金髪の勇者は、思わずうなり声を上げた。

水は、永続水袋のおかげで確保出来ているものの、食べ物も金もほとんどないことが判明し、金髪の勇者は一瞬、めまいに似た感覚を覚えた。

（……まぁ、ない物はないのだ……嘆いても仕方あるまい……）

金髪の勇者は、気持ちを落ち着かせると、改めて魔法袋の中身を確認する。

「あとは、予備の武器が少々と……ん？」

その中身を確認してた金髪の勇者は、最後の行へ視線を向けたところで思わず首をひねった。

そこには『宝箱』と記載されていたのである。

「……なんだ？　この宝箱とは？」

「あぁ、それでしたらぁ、城の宝物殿に忍び込んだ際にぃ、記念に一つくらいいいだろうって言われながら勇者様が魔法袋に詰め込まれたものではありませんかぁ？」

ツーヤに言われて、しばらく考え込んでいた金髪の勇者は、ほどなくして手を打った。

「そういえばそんなこともあったな……その後の、魔人事件と暗黒大魔導士事件のインパクトが大きすぎたせいですっかり忘れていたではないか」

金髪の勇者は、宝箱を魔法袋から取り出した。

すると二人の前に豪華な飾りのついた宝箱が姿を現した。

「こうなったら、この宝箱の中にある財宝を売りさばきながら逃走資金を稼いでいくしかあるまい」

そう言いながら、金髪の勇者は宝箱へ手をかけた。

宝箱には鍵がかかっていなかったらしく、金髪の勇者が手に力をこめると簡単に開いた。

「……ん？」

「……え？」

宝箱の中へと視線を向けた金髪の勇者とツーヤは、思わず目を丸くした。

そこには、二本のスコップが入っていた。

「……ほかには何もないのか？」

「そうですねぇ……このスコップだけのようですねぇ」

宝箱の中を必死に確認していた二人だが、その宝箱の中にはスコップ以外何も入っていなかった。

「……なんてこった……とんだ外れだったなこれは」

金髪の勇者は、落胆の表情をその顔に浮かべながら、改めてその視線をスコップの方へと向けた。

そのスコップは、多少作りが頑丈そうな感じがしないでもないのだが、それ以外は何の変哲もな

いただのスコップにしか見えなかった。

「しかし……なんでこんなスコップが、わざわざ城の宝物殿の中に納められていたのだ？」

金髪の勇者は、首をひねりながらそのスコップに向かって鑑定魔法を使用した。

すると、

『品目：ドリルブルドーザースコップ』


そう表示されたのだが、まともに表示されたのはその一項目のみで、それ以外の項目はすべて『鑑定不能』と表示されていたのだった。

「……どうやら私の鑑定魔法のレベルでは、このスコップの正式な品名を調べるのが精いっぱいのようだな」

金髪の勇者は、自虐的な笑みをその顔に浮かべながら、そのスコップを手に取った。

「ドリルブルドーザースコップか……まぁ、何かの役に立つかもしれぬな」

金髪の勇者は、そう言いながらドリルブルドーザースコップに向かって微笑《ほほえ》みかけた。

「……これから、よろしく頼むぞ相棒」

金髪の勇者が、ドリルブルドーザースコップに向かってそう声をかけると同時に、金髪の勇者の眼前に、新たなウインドウが表示された。

『新しいスキルを習得しました：穴掘り』


「なんだと？」

そのウインドウの文字を前にして、金髪の勇者は困惑の表情を浮かべた。

「穴掘りスキルですかぁ……私、初めてみましたぁ」

ウインドウを横からのぞき込んでいたツーヤも、思わず首をかしげた。

「この穴掘りスキル……なんの役に立つんだ？」

「それはぁ……やっぱり穴をよく掘れるようになるってことじゃぁないでしょうかぁ？」

ツーヤは右の頬に右手の人差し指をあてがいながら、金髪の勇者へ答えた。

「それくらいは想像がつく……要はその穴を掘る能力をどう活用しろというのだ、と聞いているのだ」

金髪の勇者の言葉に、ツーヤは両手で頭を押さえながら考え込んでいく。

「えっとぉ……えっとぉ……あ、そうだ、落とし穴を掘って獲物を捕らえるとかぁ！」

ツーヤは、笑顔を浮かべながら金髪の勇者へ視線を向けた。

金髪の勇者は、腕組みをしながら考え込んだ。

「……なるほどな……そういう使い方もあるといえばあるな……」

そう言いながら立ち上がると、金髪の勇者は、

「念のためにもう少し森の奥へ行ってから落とし穴を試してみるとするか」

そう言いながらツーヤへと視線を向けた。

その視線の先で、ツーヤもまた立ち上がっていた。

「はいぃ、少しお休みさせていただけましたので、もう大丈夫ですよぉ」

「よし、ならばすぐに移動するとしよう」

金髪の勇者は、ツーヤから受け取った水袋を口にあて、ぐいっと水を口の中に流し込むと、水袋を魔法袋の中へと収納した。

「あ、勇者様……」

そのまま歩き出そうとする金髪の勇者を、ツーヤが呼び止めた。

「あのぉ……この宝箱はぁ、このままおいていくのですかぁ？」

「あぁ、もう中身はいただいたしな。用はあるまい」

「はぁ……まぁ、そうなんですけどぉ」

「どうした？　何か気になることでもあるのか？」

「いぇ……大したことではないのですけどぉ……この宝箱ぉ、キラキラしていて綺麗《きれい》ですしぃ……ひょっとしたら、高値で売れたりしないかなぁって思ったんですけどぉ……」

「馬鹿かお前は？　スコップが二本しか入っていなかった宝箱だぞ？　そんな物を入れるのにわざわざ高価な宝箱を使用すると思うか？」

「あぁ!?　なるほどぉ……言われてみればそうですよねぇ、さすがは勇者様ですねぇ」

金髪の勇者の言葉に、ツーヤは大きく頷《うなず》きながら手を打った。

「と、いうわけだ。では行くぞ、ツーヤ」

「はいぃ、了解しました勇者様ぁ」

「……お前、私のことをいつも勇者様と呼ぶな」

「はいぃ、勇者様は勇者様ですからぁ」

「……勇者は今までにも多数いたと聞くし、その名で呼ばれるのもあれだし……」

少し考え込むと、金髪の勇者は、

「そうだな……以後、私を呼ぶ時は『金髪勇者』と呼んでもらおうか」

「はいぃ、勇者様がそうおっしゃられるのでしたらぁ、私は構いませんけどぉ……」

そう言うと、ツーヤは小さく咳《せき》ばらいをして、

「では、金髪勇者様、まいりましょう」

「うむ、行こうかツーヤよ」

二人は頷きあうと、森の奥へ向かって歩いていった。

◇数日後◇

「これはすごい品物ですよぉ！　よくこんなものが転がっていましたねぇ」

冒険者組合のミーニャは、思わず目を見開いていた。

そんなミーニャの目の前には、豪奢《ごうしゃ》な装飾が施されている宝箱が置かれていた。

そんなミーニャの横では、この品を冒険者組合に持ち込んできた若い木こりの姿があった。

「これってそんなにすごいのか？」

「マルコビアさん、すごいなんてもんじゃありませんよ」

その若い木こり――マルコビアに、ミーニャは熱く語りかけた。

「いいですか？　この宝箱の周囲に埋め込まれている石ですが……すべて本物の魔石か宝珠です。しかもこれ、どれも非常に純度が高いものばかりなんですよ」

そう言うと、ミーニャはその場で腕組みしたまま考え込んでいく。

「……そうですね……これ一個で金貨五枚はくだらないんじゃないかなって思います」

ミーニャの言葉に、周囲に集まっていた野次馬達《たち》が一斉に騒然となっていく。

「おいおい……あの宝箱、魔石らしい石がどう見ても二十個は埋め込まれてるよな」

「ってことは何か!?　あの宝箱一個で金貨百枚の価値があるってのか、おい!?」

「Cランクの魔獣を狩って小銭稼いでるのが、なんか馬鹿らしく思えてくるな」

野次馬達がわいわい騒ぎ始める中、ミーニャは改めてその視線をマルコビアへと向けた。

「でも、マルコビアさん、こんなすごい宝箱いったいどこで見つけたのですか？」

「いやぁ……いつもの裏山だよ。いつものように木を伐《き》りに森へ入ったらさ、この宝箱が茂みの中に転がってたんだよ」

「……となると、山賊がどこかから強奪してきた宝物をそこで開封した……とも考えられますね……宝箱の価値にはまったく気が付かないまま……」

ブツブツ呟《つぶや》いていたミーニャは、

「あ、とにかくこの宝箱は買取させてもらいますのでしばらくお待ちくださいい」

そう言いながら店の奥へと入っていった。

すると、野次馬達の中から、

「……ひょっとしたら、まだ転がってるかもしれないな、あの宝箱……」

そんな声が聞こえてきたかと思うと、皆、すさまじい勢いで街の近くにある森に向かって駆け出していったのだった。

マルコビアは、そんな冒険者達の後ろ姿を見送りながら、その顔に乾いた笑いを浮かべていた。

（俺もさ、そう思ったから、ここに来る前にあちこち調べまわってきた後なんだよね……お疲れさまぁ……）

◇◇◇

数日後……

クライロード城の玉座の間で、第一王女は衛兵からの報告を聞いていた。

「……では、城の宝物殿から盗まれた宝物が入っていたと思われる宝箱が見つかったというのですね？」

「はい、間違いありません。すでに現品は冒険者組合から回収しておりますが、クライロード城から、あの金髪の勇者が持ち出した物に間違いないとの調査結果がすでに出ております」

「中身は……中身はどうでしたか？」

「残念ながら、すでに持ち去られた後でして……」

「……そうですか」

その報告に、第一王女はがっくりと肩を落とした。

「……持ち去られたのは……確かドリルブルドーザースコップでしたね？……あの伝説級アイテムの……」

「はい、そうです」

「かつて、魔王すらはい出ることが出来なかったというほどの落とし穴を作成することが出来たと伝えられる、あのドリルブルドーザースコップ……」

第一王女は、そう言いながら唇を噛《か》みしめた。

「……最優先事項は魔王軍への備えですが、可能な限りの人員を割き、宝箱が運び込まれた冒険者組合のある一帯を中心に捜索隊を編成し派遣してください……あの金髪の勇者とその仲間を一刻も早く捕え、宝物を回収しなければなりません」

「は、わかりました。早速手配いたします」

衛兵は、第一王女の言葉を聞き終えると、深々と一礼し玉座の間を後にした。

衛兵の後ろ姿を見送りながら、第一王女は大きなため息をついていた。

（……フリオ様が最初から勇者に認定されていれば、どれだけ楽だったことでしょうか……魔人は復活しなかったでしょうし、暗黒大魔導士が復活することもなかったでしょう……魔王が攻めてきたとしてもおそらく簡単に追い返したのではないでしょうか……）

そこまで考えた第一王女は、再びため息をつきながら顔を左右に振った。

（いえ……そんなことをいまさら言ってはなりませんね……私も結果的にはあの金髪の男を勇者とすることに加担したといっても過言ではない立場にあるのですもの……）

第一王女は、またしても大きなため息をつくと、玉座に深く腰掛け、そのまま天井を見上げたのだった。

（それでも、今はフリオ様が城に協力してくださると約束してくださっている……今はそれだけでもよしとしなければなりません）

◇◇◇

クライロード城で、そんなやり取りが交わされている頃……

フリオは、ベラノと二人きりで家の裏手にいた。

「じゃあ、今教えたとおりにやってごらん」

フリオの言葉に頷くと、ベラノは眼前に打ち込まれている杭《くい》へと視線を向けた。

精神を集中すると、ベラノはその両手を杭に向けていく。

ベラノが詠唱を始めると、杭へと向けられているその手の先に魔法陣が展開し始めた。

ベラノはさらに神経を集中させていく。

「……炎の槍《ファイアランス》」

ベラノの言葉と同時に、魔法陣の中から魔法の槍《やり》が一本出現した。

その槍はかなり小ぶりではあったものの、炎をまとった状態のまま杭に向かって一直線に飛んでいき、かなりの威力を持ったまま杭の上部へと突き刺さり、その部分を吹き飛ばしていった。

その光景に、フリオは思わずガッツポーズをしていた。

「やったじゃないかベラノ！　初めて成功したね炎の槍《ファイアランス》」

フリオは嬉《うれ》しそうに声を上げながらベラノへ向かって満面の笑みを向け続けていた。

そんなフリオの前で、ベラノは、

「……いえ、その……まだやっと一本出せたばかりですし、その……」

そう言いながら頬を真っ赤に染めながら、恥ずかしそうにうつむいていた。

そんなベラノがそっと視線を上げると……そこには、ベラノが攻撃魔法の使用に成功したことを我がことのように喜んでいるフリオの姿があった。

そんなフリオの笑顔をそっと見上げながら、ベラノもまた嬉しそうに微笑んでいたのだった。

◇その夜◇
ベラノは自室で椅子に座り机に向かっていた。

以前、バリロッサやベラノ達はフリオ宅のリビングの脇にベッドを並べて寝起きしていたのだが、フリオが魔法で家を拡張したおかげで、家の広さが従来の一・五倍になっており、今ではバリロッサヤベラノ達にもそれぞれ個室が割り当てられていたのであった。

ベラノの机の上には、彼女が通っている魔法学校で使っている教科書や参考書が並んでいるのだが、それらの上の部分にあたる壁には一枚の肖像画が飾られていた。

その肖像画の中には、男性二人に囲まれている幼いベラノの姿が描かれていた。

「……お父さん……お兄ちゃん……」

ベラノは、肖像画を見つめながら、ボソッと呟いた。

ベラノの母は、ベラノを産んですぐに亡くなっていた。

そんなベラノは、父と十才年上の兄の手で育てられた。

ベラノの父と兄は、ともにクライロード城で働く魔導士だった。

母も魔法使いであったベラノは、魔法の適性を生まれながらにして所持しており、父と兄はそんなベラノに優しく魔法を教えていた。

しかし、そんな父と兄は、ある日突然帰らぬ人となった。

街や村を襲っているという巨大毒蛇《サラマンダ》討伐に向かう城の騎士団に同行し、命を落としてしまったのであった。

「……お父さん……お兄ちゃん……あの巨大毒蛇《サラマンダ》はね、フリオ様が倒してくれたんだよ」

ベラノは絵に向かって微笑みかけていた。

「……すごいんだよ、フリオ様って……すっごい魔法を使えるし、とっても優しいの……私のような落ちこぼれ魔法使いにもね、根気強く魔法を教えてくださるの……まるで、お父さんやお兄ちゃんみたいな人なんだよ」

ベラノは、そう言いながら自らの右手の指を広げていく。

そこには、フリオからプレゼントしてもらった魔力増幅効果が付与された魔石の指輪が六個、中指と薬指にはめられていた。

ベラノは、右手の薬指にはめている指輪を一つはずすと、それを愛《いと》おしそうに見つめていく。

「……お父さん……お兄ちゃん……私さ……フリオ様のこと……」

そう呟きながら、ベラノは手に持っていた指輪をそっと左手の薬指に……


ベラノ？


「ひぃ!?」

その時、ベラノは背後に悪寒を感じて飛び上がった。

まるで地の底から響いてくるような声で自分の名前を呼ばれたような気がしたベラノは、大慌てしながら部屋の中を見回していった。

しかし、どれだけ探しても部屋の中にはベラノ以外の人影はなかった。

（……あの声……リース様の声に似てた気が……）

ベラノは、そう思い当たると背筋がゾクッとするのを感じていった。

その後、ベラノは指輪を右手の薬指へと戻した。

ベラノはそのまま布団にもぐりこみ眠りについた。

だが、この夜のベラノは、鬼の形相をしたリースに追いかけられる悪夢にうなされ、一晩中うめき声を上げ続ける羽目に陥っていったのだった。

◇◇◇

ベラノがうなされているのと同じ頃。

「うわぁ!?」

バリロッサはベッドから飛び起きていた。

下の下着だけを身に着けた姿のバリロッサは、肩で息をしながらしきりと周囲を見回し続けていた。

ほどなくして、そこが自室であることを確認し、自分以外にはほかに誰もいないことを確認したバリロッサは、

「……夢だったか……そうか、夢だったのだな……よかった……本当によかった……」

そう言いながら、大きなため息をつくと、そのままベッドへ向かってあおむけに倒れこんだのだった。

「……最近、いつもだ……いつもあの夢を見てしまう……」

顔を両手で覆い隠しながら、バリロッサはうわごとのようにそう呟き続けるのだった。

その夢の中では……

「バリロッサよ、美しいぞ」

魔王ゴウルが、バリロッサに向かって満面の笑みを浮かべていた。

そんな魔王ゴウルの横で、バリロッサは真っ黒なウェディングドレスを身にまとい、魔王の花嫁としてその場に立っていた。

そんな二人の眼前には、ウリミナスをはじめとした魔王軍の者達が片膝をついたまま頭を下げている。

「ゴウル様、バリロッサ様、この度はご結婚まことにおめでとうございますニャ。お二人のご結婚のお祝いといたしまして、我ら魔王軍一同すべての力をもってこの世界を征服して、お二人に献上させていただきますニャ」

「うむ、すぐに取り掛かるがよい」

「ニャ」

ウリミナスが立ち上がると、同時にその後方に控えていた魔族達も一斉に立ち上がった。

ウリミナスは、後方へ視線を向けると、

「いいか、皆の者、これから魔王軍全軍をもってこの世界を征服しに行くニャ！　全員気合入れていくニャよ！」

オー！

オー！

オー！

その声に呼応し、魔族達が一斉に雄たけびを上げていく。

同時に、
魔王ゴウル様ばんざーい！

バリロッサ様ばんざーい！

二人を称《たた》える声までもが魔族達のあちこちから上がり始めていく。

魔王ゴウルは、そんな皆を一度見回すと、その視線をおもむろに横に立っているバリロッサへと向けた。

「バリロッサよ、世界を征服した暁には、この世界をお前の美しさの前に捧《ささ》げるとしよう」

そう言うと、魔王ゴウルはバリロッサを抱き上げていく。

魔王ゴウルにお姫様抱っこされたバリロッサはその腕の中で頬を赤く染め、感涙し続けていた。

「ゴウル様……バリロッサは果報者でございます……」

そう言い、目を閉じるバリロッサ。

「うむ……愛しているぞ、バリロッサ」

そんなバリロッサに、魔王ゴウルは口づけを……

「うわぁ!?」

さっきまで見ていた夢の内容を思い出していたバリロッサは、ここまで思い出したところで、再び悲鳴を上げながら跳ね起きた。

「……ま、魔王が……あの魔王が毎日のようにこの家を訪ねて来ていたのはもう昔の話ではないか……なのに、なぜまだこのような夢を見るのだ私は……しかもしょっちゅう……」

バリロッサはブツブツ呟きながら、先ほどのシーンを思い返していた。

(……しかし、あの魔王ゴウルって、確かにちょっと好みの顔だちではある……あの顔で迫られると……)

「うわぁ!?」

そこまで考えたところで、バリロッサは再び悲鳴を上げた。

「……おかしい……絶対おかしいのだ……なんでそんなことを考えてしまうのだ？　あの魔王ゴウルがちょっと好みの顔をしているとか……そんなのおかしいではないか……」

バリロッサは、再びブツブツ呟き始めベッドに倒れこんでいくと、そのまま布団の中へともぐりこんでいった。

「もう寝る！　寝るぞ！　夢なんか見ないで私は寝る！　寝るんだ！」

バリロッサは、布団の中で何度もそう叫び続けながら、きつく目を閉じていたのだった。

◇◇◇

ブロッサムの朝は早い。

夜が明ける前には起きだして畑に向かうのである。

「……なんか、ベラノとバリロッサの部屋から妙な声が聞こえてきた気がするんだけど……」

ブロッサムはそう言いながら首を傾《かし》げていた。

ブロッサムの部屋は、バリロッサとベラノの部屋の間にあたる。

その部屋はかなりしっかりと防音がしてあるのだが、窓を開けて寝ていたせいか、どうもそちらから隣室の声が漏れ聞こえていたらしかった。

「バリロッサはよくわかんない悲鳴を何度も何度も上げてたし……ベラノはベラノでなんか一晩中うなされてるみたいな声を上げ続けてるし……ちょっと様子を見に行った方がいいのかなぁ」

ブロッサムは、ベッドの上で左右の壁を見回しながら腕組みをしつつ考え込んでいた。

その後、しばらくするとブロッサムはその顔にニカッと笑みを浮かべた。

「……ま、あれだ……よっぽどひどかったらフリオ様がなんとかしてくれるだろうし……ま、アタシがどうこうしなくても大丈夫だろ、うん」

ブロッサムは、自分に言い聞かせるようにそう言いながら立ち上がると、近くの椅子の背もたれにかけておいた衣服を手に取り身に着けていった。

服を着終えたブロッサムは、その足で自室を出ると一階へと向かった。

「ふんす?」

すると、階段から下りてくるブロッサムの気配に気が付いたサベアが、顔を上げた。

サベアは嬉しそうに鳴き声を上げながらブロッサムへ向かって駆け寄っていった。

普通の一角兎《ホーンラビット》であれば、普通四足で走っていくところなのだが、元が狂乱熊《サイコベア》のサベアは、二足歩行でブロッサムへと駆け寄ってきた。

「おぉ、おはようサベア。今日も出迎えありがとな」

ブロッサムは駆け寄ってきたサベアを笑顔で抱き上げると、その頬に何度も頬ずりしていく。

「そうだ、今日はさ、野菜の収穫をするんだけど、よかったら手伝ってくれないか、サベア？」

ブロッサムがそう訊《たず》ねると、ブロッサムに抱っこされたままの姿のサベアは、

「ふんす！」

と、一鳴きしながら頷いた。

ブロッサムが、そんなサベアを床に下ろすと、サベアは自らの体を本来の姿である狂乱熊《サイコベア》の姿へと変化させた。

ブロッサムも女性としては背が高い部類に入るものの、三m近い巨体を誇るサベアの前では、小柄な女性に見えなくもなかった。

ブロッサムは、自分よりも大きくなったサベアを見上げると、

「んじゃ、すまないけどお手伝いたのむな。あとでリース様に頼んで肉をいっぱい焼いてもらってやるからさ」

ブロッサムはそう言うとニカッと笑った。

ほどなくして、農具を担いだブロッサムと、荷車を引いたサベアがフリオ家の先にあるブロッサ

ムの畑へと到着した。

「ここに引っ越してきてから植えた野菜達がさ、続々と実をつけてんだよな」

ブロッサムは笑顔でそう言いながら、荷車の中に山積みにして持ってきていた背負い籠を一つ手に取り背負うと、そのまま野菜畑の中へ向かって移動した。

サベアは、そんなブロッサムを見送ると、荷車に積んであった背負い籠を一つ一つ丁寧に荷車の横に並べていった。その作業が終了するとサベアは荷車の横にどっかと座り、畑の方をボーッと見つめ続けていた。

畑の中には、背丈が二、三ｍまで成長している野菜が多く群生しているため、サベアからはブロッサムの姿は見えなかった。

とはいえサベアは、匂いと気配でブロッサムがどこにいるのか大まかな位置を把握しているらしく、ブロッサムが作業をしていると思われるあたりを見つめ続けていたのだった。

すると、

「サベア、来てくれ」

サベアの視線の先のあたりからブロッサムの声が聞こえてきた。

サベアは、背負い籠を一つ手に取りそれを頭上にのせると、そのままの格好で畑の中へ入っていった。

野菜の合間には通路も設けられているのだが、サベアの巨体が入っていくと、歩いて進むのがやっとの状態であった。

そんな中を、サベアは籠を頭の上に乗せ慣れた様子で歩いていく。

サベアが到着すると、そこには最初に持っていった籠を収穫した野菜でいっぱいにしているブロッサムの姿があった。

ブロッサムは、サベアに向かってニカッと微笑むと、

「じゃ、これを持って行ってくれ。代わりにそっちの籠をもらうからさ」

そう言いながら手を伸ばしていく。

「バホ」

サベアは、一鳴きしながら頷くと、まず頭の上にのせていた空の背負い籠をブロッサムに手渡し、次いで地面に置かれている野菜が満載の背負い籠をひょいっと持ち上げ自らの頭の上へと乗せていった。

ブロッサムは、サベアが回れ右をしている様子を確認すると、

「んじゃ、この背負い籠がいっぱいになったらまた声をかけるからさ、しばらく待っててくれ」

そう声をかけながらその場に座り込んで野菜の収穫作業を再開していった。


やがて夜が明け、陽《ひ》が昇り始めた頃。

「バフゥ」

サベアは、最後の背負い籠をブロッサムから受け取ると、それを頭にのせていった。

そんなサベアの後方で、ブロッサムはゆっくりと立ち上がり、

「よっしゃ、今日の作業はここまで」

そう言いながら大きく伸びをした。

「さぁて、収穫も済んだし、あとは畑を一回りしてから帰るとするかね」

ブロッサムは、サベアの後ろについて畑から出ていきながら、周囲へと視線を向けていった。

その後、一刻ほど畑とその周囲を見回ったブロッサム。

「よし、まあ、こんなもんか」

そう言うとブロッサムは、サベアと一緒に家へ向かって移動し始めたのだった。

サベアが引っ張っている荷車の中には、野菜で満載になってる背負い籠が山積みになっていた。

「いやぁ、サベアが力仕事を引き受けてくれるからさ、ホント助かるぜ。アタシ一人じゃ、この半分持って帰るのがやっとだからさ」

「バホ」

ブロッサムはニカッと笑いながらサベアの背中をポンポンと叩《たた》いていく。

するとサベアは、嬉しそうに一鳴きして、その左腕でブロッサムを抱き上げた。

「うわ!? ち、ちょっとサベアぁ!?」

そんなサベアのいきなりの行動に、びっくりしたような声を上げるブロッサム。

サベアは、そんなブロッサムを自らの肩の上へと乗せていった。

「あは……こりゃいいや」

ブロッサムは、落ちないようにサベアの頭に腕を回しながら周囲を見回した。

周囲を見下ろす格好になってるブロッサムは、嬉しそうに微笑んでいた。

「良い眺めだなサベア……よし、せっかくだからさ今日はもう少し散歩してから帰ろうぜ」

ブロッサムがそう言うと、サベアは、

「バホホ」

と、嬉しそうに一鳴きし、軽く頷いた。

◇◇◇

「あら～？　ブロッサムとサベアちゃんたら、どこに行くのかしら～？」

ブロッサムの畑とフリオの家の間にある牧場の中で荷車を引っ張っていたビレリーは、思わず立ち止まり首をかしげていた。

先ほどまで家に向かってまっすぐ進んでいたブロッサムとサベア。

ところが、そんな一人と一匹は、いきなり方向転換したかと思うとそのまま山の方へ向かって進み始めたのである。

ビレリーはそれを不思議に思い首をかしげていたのである。

ぶるる……

そんなビレリーの耳に、馬小屋の方から馬の嘶《いなな》きが聞こえてきた。

ビレリーは、その声でハッと我に返った。

「ああ、はいはい〜、みんな待たせてごめんね、すぐ行きますよ〜」

ビレリーは、改めて荷車を引っ張りはじめるとそのまま馬小屋の中へと入っていった。

馬小屋の中には現在六頭の馬型の魔獣が飼育されていた。

首が二つに分かれている双頭馬
蹄《ひづめ》が水晶のように透けて透明な水晶蹄馬
蛇の頭と鷹《たか》の羽をもった蛇鷹馬
それぞれの馬が各二頭合計六頭である。

本来であれば、いずれも獰猛《どうもう》な魔獣なのだが、フリオの魔法によってビレリーに隷属化されているることもあり、皆ビレリーの言うことをよく聞いていた。

時には商会の荷馬車を引っ張る仕事をしに行くこともあるのだが、かなり高速で移動出来るため予定より早く目的地に到着出来たり、道中で襲ってきた魔獣を返り討ちにしたりするため、利用者の評判は非常によく、そんなビレリーの元には馬の貸し出し希望がひっきりなしに舞い込んでいたのであった。

しかし、ビレリーは無理をしてそのすべての要望に応えるようなことはせず、馬にしっかり休養を取らせたうえで貸し出すことを常としていた。

そのため、貸し出された馬達は常にベストコンディションで仕事に臨むため、常に最高の仕事を行っていたのであった。

「はい、みんなお待たせ〜、朝ごはんですよ〜」

馬小屋に入ったビレリーは、自分の引っ張ってきた小型の荷車に乗せている桶《おけ》を順番に下ろしていった。

その桶の一つの中には、馬一頭分の餌が入っている。

その中身はすべてビレリーの手作りであり、各馬の好物を中心に、野菜や果物などがバランスよく配合されていたのであった。

ビレリーは、その一つ一つを、柵から頭だけを出している馬の前に並べていく。

すると、馬達は必ず一度ビレリーに一礼してから餌の桶に顔を突っ込んでいくのであった。

ビレリーもまた、馬達が一礼すると、

「はい～どういたしまして～」

そう元気な返事をしながら、満面の笑みをかえしていたのであった。

「よいしょっと、はい、君達で最後だね～」

ビレリーは、蛇鷹馬の兄弟の前に餌の桶を置くと、ふぅ、とため息をつきながら額の汗をぬぐった。

そんなビレリーに、蛇鷹馬は嬉しそうに一鳴きすると、他の馬達がそうするように一礼していった。

すると、その舌を伸ばし、ビレリーの頬をなめていく二頭。

顔が蛇のため、舌が細くて長い蛇鷹馬ならではの行動であった。

「ああ～、もう、二頭は相変わらず甘えんぼさんですね～」

ビレリーは、自分の左右の頬を舐《な》めまわしている二頭の方へ歩み寄っていくと、その頭を交互に抱き寄せていった。

その時、蛇鷹馬の弟の方の舌が、偶然ビレリーの背中に滑り込んでいった。

「ひゃう!?」

予期せぬ感触に、ビレリーは思わず妙な声を上げた。

これがまずかった。

蛇鷹馬の兄弟は、ビレリーが喜んだと勘違いしたのである。

すると、二頭は、その舌をさらに伸ばすとビレリーの背中に突っ込んでいった。

ビレリーにもっと喜んでもらおうと思ったのである。

「ひやぁぁぁぁぁぁぁぁぁぁ」

細くてしなやかな舌が背中をなめまわす感触に、ビレリーは背をのけぞらせながら妙な声を上げ続ける。

すると、二頭は、ビレリーが喜んだと勘違いし、さらに舌を激しく動かし始めた。

ビレリーは、どうにかしてその舌から逃れようと体をよじった。

しかし、その弾みで、その舌が今度はビレリーの前面へと移動してしまい、胸の突起部分をはじいていった。

「ひゃうん」

その感触に、ビレリーは顔を真っ赤にしながらうずくまってしまう。

蛇鷹馬の兄弟は、それをビレリーが喜んだと勘違いし、さらに舌を動かしていく。

「だ、誰かぁ、た、助けてぇ……」

ビレリーは、顔を真っ赤にしながら必死に声を上げようとした。

しかし、二頭の舌に胸の周囲を集中して刺激され続けているため、力の抜けた弱弱しい声しか出せずにいた。

と、その時だった。

「だからビレリー、そういう時は馬に向かって『やめなさい』って言いなさいって教えてあげたでしょう?」

「ふ、ふぇ?」

不意に聞こえてきた男の声を前にして、ビレリーは慌てて顔を上げた。

すると、ビレリーと蛇鷹馬の間にフリオが立っており、蛇鷹馬に向かって右手を向けて『待て』の合図をしていた。

そのため、蛇鷹馬の兄弟はすでに舌を引っ込めて後ずさっていたのであった。

「ふ、フリオ様ぁ、助かりましたぁ」

そう言いながら、ビレリーは思わずその場にへたり込んでいった。

そんなビレリーへ視線を向けたフリオは、

「さ、餌やりが終わったのなら家に帰ろうか。リースの朝ごはんの用意も出来てると思うからさ」

そう言いながら、その顔にいつもの飄々《ひょうひょう》とした笑みを浮かべていた。

ビレリーは、そんなフリオへ視線を向けると、

「あ、ちょっと待ってくださぁい」

そう言いながら、蛇鷹馬の兄弟の方へ向かって歩み寄っていった。

フリオに怒られたと思っている二頭は、少ししゅんとした様子で餌を食べていた。

ビレリーは、そんな二頭の頭を優しくなで始めた。

「いいですか〜？　舐めるのは頬《ほ》っぺただけにしてくださいね〜、大好きな二頭ですから、きっとこの約束を守ってくれると信じてますよ〜」

そう言うと、ビレリーは蛇鷹馬の兄弟へ交互に頬を寄せていった。

すると、それまでしゅんとしていた二頭は嬉しそうに微笑んで、ビレリーの頬へ自らの頭を摺《す》り寄せていったのだった。

（ホント、ビレリーは馬と仲良くなるのが上手だよなぁ）

その光景を、フリオはいつもの飄々とした笑みを浮かべながら見つめていたのだった。

◇◇◇

フリオがビレリーと馬小屋にいた頃……

フリオ家のリビングの片隅で、ヒヤは腕組みをしたまま目を閉じていた。

ヒヤは、自らの脳内に広がっている精神世界の中に自らの思念体を送り込んでいた。

すべてが真っ白なその空間の中に立ち尽くしているヒヤ。

その眼前には一人の女の姿があった。

「……アタシはお前に飲み込まれて消滅したんじゃなかったのかい？」

その女、ダマリナッセは床に胡坐《あぐら》をかいて座りこんだ姿勢のままヒヤを見上げていた。

そんなダマリナッセの眼《め》の前で、ヒヤは細い目を少し開いていく。

「ここは光と闇の根源を司《つかさど》る魔人の精神世界……あなたの魂を捕縛し、ここに拘束させていただいております」

ヒヤがそう言うと、ダマリナッセは楽しそうに笑い始めた。

「は……死んでも許さないってことかい？　魔人様ってのは結構執念深いんだねぇ」

そう言いながら、ダマリナッセはしばらく笑い続けていた。

そんなダマリナッセの眼の前で、ヒヤはその顔に冷ややかな笑みを携えたまま静かにダマリナッセを見つめ続けていた。

そんなヒヤの様子を前にして、ダマリナッセはひとしきり笑い終えると、改めてその視線をヒヤへと向けた。

「で？　こんな世界にアタシの魂を拘束してさ……あんたはアタシに何をさせようっていうんだい？」

ダマリナッセがそう言うと、ヒヤはその口元に微笑をたたえていく。

「あなたには私の修練の相手をお願いしようと思っております」

「は？　修練？」

「はい、修練です」

怪訝《けげん》そうな表情を浮かべるダマリナッセ。

そんなダマリナッセの眼の前で、ヒヤは右手をダマリナッセへと向けていく。

「な、なんだぁ!?」

床の上に胡坐をかいて座っていたダマリナッセの体がいきなり宙に浮かび上がったかと思うと、ヒヤの横に出現した大きなベッドの上へと放り出されていく。

ダマリナッセの体は、ベッドの四隅から伸びてきた革ヒモによって固定され、ちょうどバツの文字の形に手足を固定されていった。

「ちょ、ちょっと待て!?　な、なんでアタシがベッドの上で拘束されなきゃなんないんだ？」

嫌な予感を覚えながら、ダマリナッセはヒヤに向かって声を上げた。

ヒヤはベッドに上がっていくと、張り付け状態のダマリナッセの側《そば》へと移動し、その体に向かって右手を向けていく。

「私がお仕えしております至高なる御方《おかた》は、奥方様と毎夜体を重ね愛情を交わしておられるのです」

ヒヤが右手を振ると、ダマリナッセの着衣がすべて消え去り、ダマリナッセは素っ裸の状態でベッドの上に張り付けにされた格好になっていく。

「このヒヤ、知識としてしか知らなかったこういう行為を身近で感じ、非常に興味をもったのです

……あなたには、私のこの知的探求心を満たすために行う修練のお相手を務めていただきたいと思っているのです」

「ち、ちょっとまて!?」

徐々に自分に近づいてくるヒヤに、ダマリナッセは慌てた声を上げていく。

「お前、馬鹿言ってんじゃないぞ、アタシは女だし、てめぇも女だろう？　女同士でどうやってアレを試そうっていうんだ？　悪いけど、アタシはそういう趣味は持ち合わせちゃいないからな」

必死に声を上げるダマリナッセ。

すると、ヒヤはそんなダマリナッセの眼の前で自らの着衣を消し去っていった。

非常に細身だが、均整の取れたスタイルのヒヤは、自らの下半身に向かって右手を向けていった。

すると、その女性の部分から、男性のアレらしき物体がいきなり出現しどんどん巨大化していった。

それを前にして、ダマリナッセは真っ青になった。

「ちょ!?　な、なんなんだそれ!?　ふ、ふざけたもん出してんじゃねぇよ！」

「私はヒヤ……光と闇の根源を司る魔人。性別を超越した両性具有の存在」

そう言いながらヒヤはダマリナッセの上に覆いかぶさっていった。

「ば、馬鹿野郎！　も、物がついてればいいってもんじゃねぇんだよ！ってか、いくらなんでもでかすぎだろ、それ！　そ、そんなのが入るわけないってんだ……だ、だからその……お願いだから堪忍してくれぇ！」

ダマリナッセは涙目になりながら、ヒヤに向かって必死に懇願する。

そんなヒヤに向かって、ダマリナッセは微笑んだ。

「心配しないでください。私の知識によれば『痛いのは最初だけ』だそうですから」

「ば、馬鹿野郎、アタシは初めてじゃないけど、その大きさがむむむむむ……」

言葉を続けようとしたダマリナッセに、ヒヤはおもむろに口づけをし、その口をふさいでいった。

ヒヤは、そのままダマリナッセの股間の間に自らの体を移動させていくと、ゆっくりと腰を下ろしていく。

「んぐうううううううううううううううううううう!?」

事前の行為は何もないまま、いきなり始まった行為を前にして、ダマリナッセはヒヤに口をふさがれたまま、悲鳴を上げていた。


——数分後。

ヒヤは腕組みをしたまま首をひねっていた。

「……はてさて、何がまずかったのでしょうか……」

ヒヤは、首をひねり続けながら眼前のダマリナッセを見つめ続けていた。

そんなヒヤの眼の前で、ダマリナッセは体をビクビクさせながら完全に気を失っていた。

ヒヤは、ほとんど何もしていなかった。

にもかかわらず、ダマリナッセはまともに意識を保てなくなっていたのである。

ヒヤは、改めてダマリナッセを見つめると、

「……やはり、最初から至高なる御方と奥方様のようにはいかないものなのですね……なかなかに奥が深い……」

その場で腕組みをしながら改めてあれこれ考えはじめていたのであった。


「ヒヤ？　どうかしましたか？」

リビングの片隅で目を閉じたまま立ち尽くしているヒヤに、リースが怪訝そうな表情を浮かべながら声をかけた。

しばらく、無言のままその場に立ち尽くしていたヒヤは、うっすらと目を開けると、おもむろにその視線をリースへと向けた。

「……いえ、なんでもございません。至高なる御方の奥方様」

そう言うと、ヒヤは恭しく一礼した。

「そう？　ならいいんだけど……何かあったら遠慮なく言ってくださいね。一人で抱え込んでは駄目ですよ」

リースは笑顔でそう言うと、

「もしお手すきでしたらお手伝いしてもらえますか？　これから皆の朝ご飯を作りますので」

「は、喜んでお手伝いさせていただきます」

ヒヤはそう言うと、リースの後ろについて、厨房《ちゅうぼう》の中へと入っていったのだった。

◇◇◇

リースとヒヤが厨房へと入って、すでに数十分経過していた。

リースは、厨房であれこれ料理をこなし続けていた。

「奥方様、こちらの料理は盛り付けしてしまってもよろしいでしょうか？」

そんなリースの後方では、ヒヤが準備を手伝っていた。

リースは、スープの味見をしながら視線をヒヤの方へ向ける。

「えぇ、それはもう盛り付けてリビングに持って行ってくださいな。他はもう少し待ってくださ
い」

「わかりました。ではこの料理はさっそく盛り付けをしてリビングへお持ちしておきます」

ヒヤは、そう言いながら恭しく一礼すると、大皿に山盛り状態で載っている肉と野菜の炒《いた》め物を
小皿へと取り分けはじめた。

そんなヒヤの前で、スープを再度口に含んだリースは、思わず首をひねった。

（おかしいわ……何か足りない気がします……）

眼の前の寸胴《ずんどう》鍋の中身をよくかき混ぜたリースは、再びその味見をしていった。

そして、やはり首をひねるリース。

（おかしいです……やはり何か足りない……）

リースはその場でしばし考え込むと、おもむろに寸胴鍋を両手で抱え上げた。

「少し出てきます」

「はい？」

ヒヤが返事するのを待つこともなく、その体の一部を牙狼《がろう》化させたリースはすさまじい勢いで家の外へ向かって駆け出していったのだった。


数分後、リースは、商店街の一角にある、一軒の店の前に立っていた。

その店には「ミレーノ料理教室　ホウタウ校」と書かれた看板が掲げられていた。

リースは、牙狼化していた部分を人族の姿に戻すと、大きな寸胴鍋を左手一本で抱え直していき、空いた右手でドアをノックした。

「はいはい、どちら様……って、あらあら、リースさんじゃないですか、おはようございますぅ」

店の中から出てきた兎人《とじん》の女は、リースの姿を見ると微笑んだ。

「ジャピョナ先生……朝早くから申し訳ありません……昨日の料理教室で教わったミルネストローネなのですが……どうも味がおかしくて……どうかご教授願えないでしょうか？」

そう言いながら、リースは寸胴鍋を兎人――ジャピョナへ向かって差しだしていく。

「ん〜、どれどれ……」

ジャピョナは寸胴鍋に突っ込まれたままになっているお玉で寸胴鍋をよくかき混ぜると、ひとすくいして、それを口に運んでいった。

「……あぁ、なるほどね。リースさん、これは分量が間違っています」

「ぶ、分量ですか？……ですが、昨日の授業で教わった分量どおりに入れたはずですが……」

困惑した表情を浮かべるリースに、ジャピョナは耳を揺らしながら右手の人差し指を左右に振っていく。

「昨日の料理教室でお教えしたのは、この寸胴鍋でいえば半分の量のスープを作る際に使用する調味料の分量です。この寸胴鍋でミルネストローネを作るのであれば、調味料も倍の量入れないと、味が薄くなるのは当然ですわ」

「あぁ!?　な、なるほど……」

リースは、目を見開きながら目の前の寸胴鍋の中身を見つめていた。

「このスープの味がどうにもおかしい理由がようやく理解出来ました。さっそく家に帰って言われた分量を追加してみます」

リースは、慌てふためきながらそう声を上げた。

そんなリースに、ジャピョナは微笑んだ。

「リースさん、せっかくですからお茶でも飲んでいかれま……あら？」

ジャピョナが顔を上げると、つい先ほどまで目の前にいたはずのリースの姿はすでに消えてなくなっていたのであった。

ジャピョナは、慌てて街道にまで歩み出た。

しかし、どこを見てもリースの姿を見つけることは出来なかった。

「……リースさんったら、どの道を通って帰っていかれたのでしょうか……このあたりには裏道なんてそうないはずなんですけどねぇ……」

ジャピョナは困惑した表情を浮かべながらしきりに首をひねり続けていたのだった。

――その頃のフリオ宅。

「ただいま戻りました」

半牙狼化したまま厨房へと入ってきたリースは、挨拶もそこそこに魔法調理台の前へと移動していた。

そこに寸胴鍋をセットし、調理台の火を強くして温め直していくと、棚の上にある調味料を寸胴鍋の中へと追加しはじめた。

「……これが、もう二振りで……こっちはあと三振り……」

調理台の上に置いてある、「ミレーノ料理教室」の授業の際にメモした内容を見返しながら、先ほどジャピョナに言われたように調味料を追加していくリース。

ほどなくして、調味料を追加し終えたリースは、お玉で寸胴鍋の中をかき混ぜていくと、再度味見をしていった。

「……うん!」

リースは、その顔にようやく会心の笑みを浮かべると、後ろの台の上にのせている家族みんな用の器の中へと個々にスープをよそっていった。

「ヒヤ、他の料理はどうなっているのかしら?」

「は、ブロッサムが新鮮な野菜を持ってまいりましたので、いつものように大皿に盛り付けてリビングへ運びこんでおきました。他の品もすべてリビングへ運び終わっております」

「わかりました。では、このスープを皆のところへ運んでしまえば朝食の準備完了というわけですね。急ぎましょうか」

「了解しました、奥方様」

リースとヒヤは会話を終えると即座にスープの入った皿をリビングへと運んでいった。

リビングには、すでにフリオ家の皆が勢揃《せいぞろ》いしていた。

「お待たせしました。さ、これが今日のスープです」

リースは、トレイにのせている皿を皆の前に並べていく。

その反対側ではヒヤもまたスープの皿を並べていた。

ほどなくして、皆の前に朝食の準備が整った。

リースは、一度厨房に戻ってエプロンを厨房入り口脇においてある留め金に引っ掛けると、フリオの隣の席へと座った。

フリオは、皆揃ったのを確認すると、

「じゃあ、みんなでいただきましょう」

そう言うと、おもむろに手を合わせていき、

「いただきます」

そう言いながら軽く頭を下げた。

するとと、他の皆もそれにならい、

「「「いただきます」」」

手を合わせて、声を上げながら軽く頭を下げていった。

ほどなくして、皆は朝ご飯を口に運んでいく。

フリオは、スープを口に運ぶと、その視線をリースへ向けた。

「リース、このスープは初めて食卓に上るメニューだね。とっても美味《おい》しいよ」

そう言いながら、フリオはリースに向かって満面の笑みを浮かべた。

そんなフリオの言葉を聞いた他の者達も、スープを口に運んでは、

「おぉ、言われてみれば、確かにこの色のスープは初めてでした」

「これは美味しいですね、野菜もいっぱいですし」

「さすがはリース様です」

口々に、リースへと声をかけていった。

そんな皆の前で、リースは嬉しそうに微笑んでいた。

ちなみに、そのテーブルの下でリースは小さくガッツポーズをしていたのだが、さすがのフリオもそれには気が付いていなかったのだった。

◇◇◇

朝食を食べ終えたフリオは、リースと兼用している自室へと移動していた。

この部屋は、寝室と室内がつながっており、人知れず寝室へと移動することも可能になっている。

そんな部屋の机の前に座ると、フリオは腰につけている魔法袋からいくつかの魔石を取り出し、その机の上に並べていった。

「さて、今日は付加能力のついた指輪でも作るとしようか」

そう言いながら、フリオは同時に鉄鋼板を取り出していく。

この鉄鋼板はかつてフリオがクライロード城から下賜された粗悪な武具類をすべて融解させ一枚の板状にしたものであった。

「……あの武器って、ほんと使い道がなかったもんなぁ……武具店に持っていったら『このような粗悪品は買取出来ません』って言われたくらいだったし」

フリオは、思い出し笑いをしながら鉄鋼板に向かって魔法を展開していった。

すると、板の一部がまるで粘土のように剝がれていった。

フリオはその塊を手に取ると、指先に魔法を展開させていく。

そのフリオの指の先で、鉄鋼の塊はどんどん形作られていき、やがて指輪の形に変化していった。

「ん……まぁこんなもんかな」

台座の周囲にあれこれ模様を刻んでいたフリオは、作業の合間に何度か出来具合を確認しながら、満足そうに頷いた。

次に、魔石を手に取ったフリオは、その魔石に右手の人差し指をあてていくと、そこから直接魔力を注ぎ込んでいく。

「……うん、だいぶコツみたいなものがわかってきたような気がするな」

フリオは満足そうに頷きながら、詠唱を続けていた。

ほどなくして、この魔石には、

・速度向上

・体力向上

以上の二能力が付加された。

「さて、それじゃあ最後の仕上げだ」

フリオはそう言うと、先ほど加工したばかりの指輪の台座を手にとり、それに魔石をあてがっていく。

その結合部分に向かって、フリオは再び詠唱をおこなった。

すると、小さくカチッと音がすると同時に魔石は台座に完全に固定された。

「ん〜……こんなもんかな……」

フリオは、出来上がった指輪をあらゆる角度から確認すると、満足そうに頷いた。

その後、一刻とかからない間に、フリオは魔石の指輪を二十個作り上げていった。

ちなみに、この指輪を魔石職人が作成しようとした場合、

・台座の作成に三日

・魔石への魔力注入に二日

このように一個作成するのに五日はかかるのだが、そんな代物をフリオは一個あたり三分少々で作り上げてしまっていたのであった。

「さて……じゃあ早速街の雑貨屋に売りに行ってくるか」

フリオはそう言いながら出来上がった指輪を魔法袋へと収納していった。

すると、ちょうど部屋へと戻ってきたリースが、フリオへ視線を向けた。

「あ、旦那様、街へ行かれるのですか？」

「うん、ちょうど準備が出来たんでね」

「では、私も準備いたしますので、少しお待ちください」

そう言うと、リースは洋服ダンスからお気に入りの白いワンピースを取り出して、一度着衣をすべて脱ぎ捨てていき、下着だけの姿になってからそのワンピースへと着替えていった。

その光景を、フリオはぼーっとしながら見つめていた。

そんなフリオの様子に、リースは怪訝そうな表情を浮かべる。

「旦那様、どうかなさりましたか？」

「い、いや……どうというか、なんというか……その……リースは相変わらず綺麗だなと思ってさ」

フリオはそう言うと、照れくさそうに頬を染めていった。

「まぁ……旦那様ったら……」

リースもまた、思わず口元を手で押さえながら頬を赤く染めていた。

すると、リースはフリオの側へ近づいていき、椅子に座っているフリオの膝の上に横座りをして、その首に腕を回すと、そのまま口づけをしていった。

フリオも、リースの腰に腕を回すと自らの方へと抱き寄せながら唇を重ね続けた。

二人はしばらくの間、抱き合ったまま口づけを交わしつづけていった。

ほどなくして、口を離した二人。

「……名残惜しいですけど、まずは用事をすませないといけませんものね」

リースは、その顔にやや名残惜しそうな表情を浮かべながらそう言うとフリオの膝の上から立ち上がった。

「そうだね。まだ昼間だし、まずはすべきことを片付けようか」

そう言いながら、フリオもまた立ち上がっていったのだった。

その後、二人は連れだって家を出発した。


リースは、いつものようにフリオの左腕にそっと寄り添い、手のひらを握りしめあいながら歩いていた。

「このホウタウの街って、とても賑《にぎ》やかですよね」

リースは周囲を見回していた。

そんな二人の周囲では、多くの人が街道を往来し、にぎやかな声が活発に交わされ続けていた。

「そうだね、このホウタウの街はクライロード城からは離れているけれど、そのおかげもあってか魔王軍の攻撃目標からもはずれているらしんだ。だから、クライロード城近くの街よりも栄えているのかもしれないね」

フリオもまた、そう言いながら周囲を見回していたのだった。

「こんな街でさ、いつか僕も自分の店を出せたらなって、そんなことを思ったりしているんだ」

「まぁ、旦那様のお店ですか？　それは絶対に繁盛すると思いますわ。私も知り合いに声をかけて店にこさせますわよ」

「おいおい、リースの知り合いって、魔王軍の人達じゃないのかい？　僕はいいけど、そんな人達が店に大挙してやってきたら街が大混乱になるんじゃないかな？」

「その際には、ちゃんと人族に変化してくるようにしっかり教育しておきますので、ご心配には及びませんわ」

そう言うと、リースは微笑んだ。

「旦那様……私、旦那様のためでしたらなんでもさせていただきます。ですから、なんでもお申し付けくださいね」

「ありがとうリース。その時はよろしく頼むよ」

フリオは、そう言うとリースの頬へそっと唇を触れさせていった。

すると、リースもまたフリオの頬へ自らの唇を触れさせていった。

「……ここは人の往来が多いからさ」

「わかっておりますわ、旦那様」

二人はヒソヒソと言葉を交わすと、その足でいつもの雑貨屋へ向かって歩いていった。

ほどなくして、雑貨屋の前にたどり着いたフリオは隣のリースへ視線を向けた。

「じゃあ、僕は商談をしてくるね」

「では、私はいつもの料理教室へと行ってまいります」

そう言うとリースは深々と頭を下げた。

最初の頃はフリオに内緒で料理教室へと通っていたリースなのだが、さすがに隠し事はよくないと思ったリースがフリオに告白し、改めて料理教室へ通うことの許可を申し出たのであった。フリオがそれを快諾したことで、今ではリースはフリオ公認で料理教室へと通っていたのである。

「じゃ、商談が終わったらいつもの食堂でいいかい?」

「はい、よろしくお願いします」

リースは、フリオに向かって深々とお辞儀をすると料理教室へ向かって歩いていった。

その肩には、勉強した内容をメモするための羊皮紙やペンが詰められたバッグがかけられていた。

フリオは、そんなリースの後ろ姿を見送ると、

「さて、僕も商談を頑張ろうか」

そう言いながら、いつもの雑貨屋の中へと入っていったのだった。

◇◇◇

その夜。

フリオとリースはいつものようにベッドの中に、二人一緒に入っていた。

リースは、フリオの腕枕に頭を預けながら、その右手をフリオの胸の上にのせていた。

「今日の晩ご飯も美味しかったよ。ミンチにした肉を固めて焼いたあの料理って、今日料理教室で習った物なのかい？」

「はい。ハルンバーグといいまして、安い肉でも美味しく食べることが出来る調理法とのことでしたわ。さっそく試してみたのですけれど、お口に合ったようで何よりです」

リースは、そう言いながらフリオの腕に自らの頰をすり寄せていった。

フリオは、そんなリースをそっと抱き寄せていく。

「旦那様の魔石の卸売りも、高値で売りさばけたとか……」

「そうだね……ちょっと頑張りすぎちゃって、雑貨屋の店主が少し涙目になっていたっけ」

フリオはそう言いながらその顔に苦笑を浮かべた。

リースは、そんなフリオの話を聞きながら、自らもクスクスと笑っていた。

しばらく笑っていたリースは、改めてその視線をフリオへと向けた。

「……そういえば旦那様……今日作ったハルンバーグなのですが……子供もとても好きな料理なのだそうですよ」

そう言うとリースは、その頰を赤く染めながらフリオを見上げていた。

「そうか……となると、僕達にも早く子供が出来るように頑張らないといけないね」

フリオは微笑むと、リースへ口づけていった。

リースは瞳を閉じるとフリオの首へ腕を回していく。

二人は、しばらくそのまま抱き合っていた。

ほどなくして、部屋の隅で点灯していた魔法灯の光がフッと消えていった。

真っ暗になった室内で、フリオとリースは互いに抱き合い続けていたのであった。

◇翌朝◇

フリオが目を覚ますと、カーテンの隙間から朝日が差し込んでいた。

「……朝か」

フリオが目を開けると、その横ではリースがフリオに抱き着いたまま寝息を立てていた。

フリオは、そんなリースの寝顔を見つめながらしばらくまどろんでいた。

すると、ほどなくしてリースがゆっくりと目を覚ました。

「おはようございます旦那様」

「おはようリース」

互いに朝の挨拶を交わしあうと、二人はどちらからともなく口づけを交わしていった。

「今日もいい天気みたいだよ」

「よかった。今日はみんなのシーツも洗濯しようと思っていましたので」

リースはそう言いながらベッドから起き上がった。

「では、私は皆の朝食の準備をしてまいりますわ」

そう言いながら着衣を身に着けていくリース。

「じゃあ、今日は僕も手伝うよ」

「まぁ、よろしいのですか?」

「うん、いつもリースだけにしてもらっていたら申し訳ないからね」

「では、旦那様、今日はよろしくお願いしますね」

「こちらこそ」

二人は、言葉を交わしあうと、互いにクスッと笑みを漏らしながら部屋を後にした。

フリオとリース。

生まれた世界も人種も違う二人は、今日も仲良く暮らしていたのだった。

あとがき

この本を手にとっていただきまして本当にありがとうございます。

この作品は、昨年ネット小説を発表し始めた私が三作目として書き始めた作品でした。

最初の二作品にはチートな主人公は存在しません。もともと考えが古い人間なものですから『異世界物だからってチートなキャラが都合よく出てくる作品なんて』と思っていたのですが『でも、これだけ流行《はや》っているんだし、一度とことんチートな主人公が出てくる作品を書いてみるのも面白いかも』と思い直して書き始めたのが最初でした。

そんな作品が紆余《うよ》曲折《きょくせつ》を経てこうして書籍化されることになりました。正直、ホントにやりたい放題やりまくっている作品なだけに、いいのかなぁと思ったりもしつつ、それでもやはりフリオをはじめとする多彩な登場人物達《たち》を書籍として世に送り出せることを本当に嬉《うれ》しく思っています。

ウェブ版はすでにずいぶん先まで話が進んでいますが、書籍版のフリオ達はそっちへ向かっていかないかもしれません。そういった部分も含めてウェブ版ともども、この書籍版『Ｌｖ２チート』をこれからも見守っていただけたら幸いに思います。

最後に素敵なイラストを描いてくださった片桐《かたぎり》様、出版に関わってくださったオーバーラップや関係者の皆様、そしてこの本を手に取ってくださった皆様に心から御礼申し上げます。

二〇一六年十二月　鬼《き》ノ城《じょう》ミヤ

Lv2からチートだった元勇者候補のまったり異世界ライフ

発行　2016年12月25日　初版第一刷発行
　　　2024年3月1日　第四刷発行

著者　鬼ノ城ミヤ

イラスト　片桐

発行者　永田勝治

発行所　株式会社オーバーラップ
〒141-0031
東京都品川区西五反田8-1-5

校正・DTP　株式会社鷗来堂

印刷・製本　大日本印刷株式会社

ISBN 978-4-86554-180-9 C0093

【オーバーラップ　カスタマーサポート】
電話　03-6219-0850
受付時間　10時～18時（土日祝日をのぞく）

作品のご感想、ファンレターをお待ちしています

あて先：〒141-0031　東京都品川区西五反田 8-1-5 五反田光和ビル4階　ライトノベル編集部
「鬼ノ城ミヤ」先生係／「片桐」先生係

骸骨騎士様、只今異世界へお出掛け中
Ennki Hakari
秤猿鬼
illust. KeG
目立たず過ごす——はずだったのに!?
最強の骸骨騎士による
無自覚“世直し”異世界ファンタジー、
ここに参上!!
目覚めると「見た目は鎧、中身は全身骨格」のゲームキャラ“骸骨騎士”の姿で異世界に放り出されていたアーク。目立たず傭兵として過ごしたい思いとは裏腹に、ある日、ダークエルフの美女アリアンに雇われ、エルフ族の奪還作戦に協力することに。だが、その裏には王族の策謀が渦巻いており——!?
大ヒット御礼!
骸骨騎士様、只今、
緊急大重版中!!
OVERLAP NOVELS

OVERLAP NOVELS
サモナーさんが行く
ロッド〈イラスト〉四々九
WEB小説界、最大級の戦闘録、
書籍も人気急上昇！
不遇職？
ネタプレイ？
そんな……、「召喚士《サモナー》」
その唯一の
戦い方とは——。
βテストを終え、本サービスを開始したVRゲーム『アナザーリンク・サーガ・オンライン』。碌にゲームの説明すら読まずにログインした青年、キースは一人途方に暮れていた。彼が、偶然に選択したのは「召喚士《サモナー》」——召喚モンスターを使役する職業にして魔法使いだった。そして間もなく、予備知識のない彼を待っていたのは「召喚士は不人気である」という事実で!?
シリーズ
絶賛発売中